신神의 몰락

신神의 몰락

초판 1쇄 인쇄 2025년 9월 25일
초판 1쇄 발행 2025년 9월 27일

저　자 최희영
발행인 박지연
발행처 도서출판 도화
등　록 2013년 11월 19일 제2013－000124호

주　소 서울시 송파구 중대로34길 9-3
전　화 02) 3012－1030
팩　스 02) 3012－1031
전자우편 dohwa1030@daum.net
인　쇄 유진보라

ISBN｜979－11－24052－00－6*03810
정가 17,000원

*이 책은 경기도, 경기문화재단의 지원을 받아 발간되었습니다.

잘못 만들어진 책은 교환해 드립니다.
저자와 출판사의 허락 없이 책의 전부 또는 일부 내용을 사용할 수 없습니다.

도화道化, fool는
고정적인 질서에 대한 익살맞은 비판자,
고정화된 사고의 틀을 해체한다는 뜻입니다.

신神의 몰락

최희영 장편소설

도화

| 차례 |

프롤로그

1부, 봉홧불 / 7

2부, 해무 속으로 / 81

3부, 섯알오름 / 165

4부, 신神은 죽었다 / 225

5부, 붉은 해안 / 271

에필로그

작가의 말

| 프롤로그 |

    1948년 8월 15일, 마을 뒷산에서 솟아오른 봉화를 끝으로 섬 제주를 달궜던 열기는 산간으로 숨어들었다.
    그해 10월이 접어들 무렵, 한라산 소슬바람이 중산간 평원으로 불었다. 한라산이 토했던 용암길을 따라 화산석 돌담이 해안 절벽까지 출렁거리고, 대양의 거센 파도가 섬 제주 해안으로 들이쳤다. 수십만 년 전, 뜨거운 용암을 식힐 때처럼, 섬 제주 해안이 붉게 들끓기 시작했다.
    소개령이 내려졌다. 섬 제주 서남부 중산간 평원의 상평마을도 예외는 아니었다. 무장대 접근이 쉬운 중산간 마을을 떠나, 해안 1.5킬로미터 이내로 소개하라는 이승만 정부의 명령은 단호했다. 게다가 제주에 계엄령이 내릴 거라는 소문까지 나돌아, 해안가에 집을 구하지 못한 마을 사람들이 전전긍긍했다.
    10월이 끝날 무렵, 소문으로 나돌던 계엄령은 사실이 되었고, 적의를 품은 거센 파도가 섬 제주를 혼란 속으로 욱여넣었다.

1부
봉홧불

1

"봉화가 올랐다!"

창백한 탄성이 마을 구석구석 박혔다. 사람들은 귀를 의심했다. 다시는 봉홧불을 못 볼 줄 알았다. 그런데, 곶자왈 안개를 밀어내고 뒷산 빌레 봉화터에서 거짓말처럼 힘차게 봉홧불이 솟아오르고 있었다. 마을 사람들이 하나둘씩 주위를 흘끔거리며 서낭당으로 모여들었다.

부종수가 사립문을 나섰다.

'무장대가 다시 움직이려는 걸까?'

지난 팔월 보름 이후 무장대 움직임이 뜸했다. 며칠 전, 약속 장소에 아버지가 나타나지 않았다. 북두 꼬리가 한라산 멧부리에 드러누울 때까지, 조록나무에 숨어 가슴 졸이며, 곶자왈 동굴을 지켜보았으나, 아무도 나타나지 않았다. 아버지 생사라도 확인하고 싶었다. 하긴, 십수 년이나 소식조차 없다가 불쑥 집에 들러, 하룻밤 보낸 뒤 한라산으로 들어갈 만큼 아버지는 가족에게 무심했다. 아무 일 없었다는 듯이 불쑥 집으로 돌아올 터인데, 굳이 안달복달할 필요가 없었다. 그런데, 하루가 다르게 쇠약해 가는 어머니를 볼 때마다 부종수는 자식 도리를 다하지 못하는 것 같아 마음 편치 않은 것도 사실이었다.

힘차게 솟아오르던 봉홧불이 멈칫거렸다. 부종수는 주먹을 불끈 쥐었다. 손등이 따끔거렸다. 죽창 끝을 벼리다 끓는 들기름에 덴 생채기가 아물지 않아 힘을 쓸 때마다 진물이 흘렀다. 토벌대의 M1 소총을 상대하려면 죽창이라도 들어야 맞서 싸울 수 있었다. 그런데, 그조차 쉽지 않았다. 토벌대가 대밭을 모조리 불태워 대나무 구하기도 쉽지 않았다. 곶자왈 동굴도 마찬가지였다. ㄲ나풀을 앞세운 토벌대가 수시로 드나들며 수색해 무장대는 더 깊은 산간으로 철수할 수밖에 없었다.

부종수는 곶자왈 너머 이웃 저지리를 바라보았다. 연이어 봉홧불이 힘차게 솟아오를 거라 기대했다. 봉홧불은커녕 곧게 오르던 연기마저 비틀거리고 있었다.

'이것으로 끝인가……?'

상평리 사람들은 늘 힘들었다. 일제강점기 때는 독립운동하다가 왜놈 순사에게 고초를 겪었고, 해방 후에는 통일을 외치다가 토벌대에 쫓겨 한라산 산간으로 숨어들었다. 죽지 않으면 다행이었다. 부종수는 죽창을 꼬나들고 오름에서 보초 서기에 여념이 없는 동료들이 눈앞에서 어른거렸다. 왜놈들이 제 나라로 돌아가면 평화로운 세상이 될 거라 믿었다. 그런데 그게 아니었다. 어이없게도 양놈들이 섬 제주를 지배했다. 양놈들을 등에 업은 이승만이 터무니없는 부정선거로 반쪽짜리 대통령이 되면서, 왜놈 앞잡이들이 감췄던 속내를 드러내기 시작했다.

"아버지……?"

동우가 부종수 손을 잡아당겼다.

"어, 아들…….".

부종수는 봉홧불에 눈을 떼지 않은 채 말했다. 손바닥이 축축했다. 동우가 긴장하고 있었다. 수십 년 전, 상해로 밀항하던 아버지(부일환)의 손에서 나던 땀이었다.

"집에 가요?"

동우가 아버지를 올려다보았다. 봉홧불이 감격스러운지 아버지 눈시울이 촉촉이 젖어 있었다.

"어~, 여기 다 모여 있었네…….".

이장 고순봉이 뒤늦게 너스레를 떨면서 서낭당으로 들어섰다. 마을에서 잠복하던 토벌대가 엊그저께 철수했다. 열흘 전, 남로당 서남부 부위원장 김성숙이 무장대를 이끌고 보성 지서를 습격한다는 정보를 토벌대장 이치순에게 전하면서 토벌대는 바짝 긴장했다. 이치순은 9연대 병사 일 개 중대를 인솔해 보성 마을 길목마다 잠복했는데, 무장대는 나타나지 않았다.

'그런데 마을 뒷산에서 봉화가 오르다니……?'

고순봉은 고개를 갸웃거렸다. 무장대 속임수에 놀아난 것 같아 괜스레 기분이 찜찜했다. 무언가 잘못 돌아가고 있었다.

"야, 이장, 동짓달 보름까지 소개하란다며?"

부종수가 아래턱을 들어 봉홧불을 가리키며 이장을 윽박질렀다. 시퍼런 힘줄이 짧은 목에서 꿈틀거렸다.

"……그러게."

고순봉은 작은 눈을 깜빡거렸다. 부종수가 아무리 비아냥거려도 무장대는 산간으로 쫓겨갔다. 게다가 9연대가 상평마을을 한눈에 바라볼 수 있는 모슬봉에 주둔하는 한, 상황은 달라지지 않을 것이다. 지금쯤 이치순도 봉홧불을 열심히 지켜보고 있을 터, 부종수 따위가 아무리 윽박질러도 이미 바뀌어버린 세상을 되돌리기에는 역부족일 것이다.

"야! 이 자식아, 어물쩍거리지 말고 대답이나 좀 똑바로 해봐라!"

자발없이 나불거리는 고순봉의 주둥아리가 꼴사나워 부종수가 멱살을 쥐어틀었다.

"아니, 이 사람아, 이게 무슨 짓이야, 멱살이나 놓고 말하게!"

고순봉이 목소리를 높였다.

"이 자식이 그래도!"

부종수가 턱을 한 번 더 추어올렸다. 면서기 나부랭이 꽁무니나 졸졸 따라다니며 거드름을 피우더니 뒷산 빌레에서 솟아오르는 봉홧불에 기가 죽었는지 고순봉은 말꼬리를 내리며 주위를 흘끔거렸다. 하긴, 이장 따위가 나서서 소개하라 말라 할 처지가 아니었다.

"이 사람아, 멱살이라도 놓아야 말할 게 아닌가."

고순봉이 얼굴을 붉히며 대들었다.

"그래, 말 좀 해봐라."

부종수는 못 이기는 척 슬그머니 멱살을 놓았다.

"그게 그러니까……."

고순봉은 숨을 헐떡거리며 하려던 말을 목구멍으로 욱여넣었다. 사실, 부종수의 어깃장보다 뒷산에서 솟아오르는 봉홧불이 더 신경 쓰였다. 봉화가 오르기 시작하면 섬으로 퍼져나가는데 한순간이었다. 지난 팔월 보름 자정을 기해 모든 오름에서 일제히 봉화가 솟아올랐을 때는 정말 세상이 뒤집힐 것 같았다. 그 서슬 퍼렇던 모슬봉 주둔 9연대조차 무장대 기세에 눌려 출동하지 않았다.

"그래도, 이 자식이……. 똑바로 말 안 할 거야?"

부종수가 눈을 부릅뜨고 고순봉을 노려보았다. 이장 고순봉은 마을 사람들 앞에서는 거들먹거리면서 토벌대나 면서기 앞에서는 한마디는커녕 주둥아리조차 뻥긋하지 못했다.

"아이고, 동우도 아버지 따라왔구나!"

고순봉은 말 머리를 얼른 돌렸다.

'하필이면 마을 뒷산 빌레(돌무지)에서 봉홧불이 솟아오르다니…….'

고순봉은 불길한 생각이 들었다. 이장 감투까지 썼으니 마냥 입만 다물고 있을 수 없었다. 게다가 둘러댈 말도 마땅찮았다. 동짓달 보름까지 소개하지 않으면 마을을 불살라버리겠다고 으름장 놓던 이치순의 살벌한 상판대기가 눈앞에서 얼쩡거렸다.

"예, 아저씨……."

동우는 아버지가 이장과 싸우는 게 싫었다.

"아버지, 집에 가요……."

동우가 부종수를 잡아당겼다.

"그래, 동우야 아버지 모시고 얼른 집에 들어가."

사실, 어처구니없기는 고순봉도 마찬가지였다. 마을 사람들을 보호하려고 소개령을 내렸다지만, 집도 절도 없는 사람들에게 다짜고짜 총구를 들이대고 해안가로 소개하라 다그치는 토벌대 명령에 동의할 수 없었다. 그렇다고 거절하기는 더더욱 없었다.

"토벌대장이 동짓달 보름까지 마을을 소개하라고 하네만……."

고순봉은 서낭당에 모인 사람들이 들으라는 듯이 목소리를 높였지만, 입속에서 우물거렸다.

"이보게 이장, 이사할 곳이라도 구해야 소개하든지, 마을에서 떠나든가 할 거 아닌가!"

부종수가 눈을 흡떴다.

"허 참, 이 사람 종수. 자식들을 봐서라도 어떻게든 해안가로 소개해야 할 것 아닌가. 그리고 자네는 상모리에 외가도 있으니, 자네 외삼촌 김 면장에게 부탁하면 곁채를 내 줄지도 모르잖는가……."

고순봉은 목소리를 높였다. 사실, 김 면장의 비워둔 집을 매입하기로 구두 약속을 받아 두었던 터여서 함부로 발설할 수도 없었다. 어쨌든, 이장 고순봉의 눈길은 곶자왈 너머 저지리에서 허우적거리는 연기에 그나마 안심되었다.

"아버지 집에 가요."

동우가 부종수 옷자락을 잡아당겼다.

"그래, 그러자……."

동우를 바라보았다. 이 아이들이라도 무사해야 할 텐데, 부종수는 자신이 없었다.

"아버지……!"

아버지 이마에 땀이 번질거렸다. 곶자왈로 도망갈 시간이었다. 동우는 토벌대를 피해 수시로 곶자왈에 들락거리는 아버지가 싫었다. 토벌대에 굽실거리더라도 이장처럼 집에 있는 게 좋았다.

"동우야, 그만 가자……."

날이 밝으면 토벌대가 마을에 들이닥칠 것이다. 아내가 챙겨주는 음식과 옷가지를 들고 곶자왈이나 산간으로 달아나야만 살 수 있다. 그러나 더 서글픈 것은, 이 도망이 언제 끝날지조차 알 수 없다는 사실이었다.

"동우야, 아버지 모시고 어서 들어가!"

고순봉은 마을로 향하는 부종수 부자에게 무심한 척 한마디 던졌으나, 사실 부종수가 부러웠다. 동우를 볼 때마다 구구단도 못 외는 외아들 영준을 생각하면 부아가 치밀었다. 두들겨 패서라도 공부시키고 싶어도 아내를 닮았는지 도무지 머리가 돌아가지 않았다.

어쨌든, 이장은 날이 밝는 대로 9연대에 들러 마을 뒷산에서 봉화가 올라 사람 이름을 들추면서, 죄다 몰려들었다고 토벌대장 이치순에게 꼬치꼬치 일러바친 뒤, 상모리 김승보 면장에게 들러 문안 인사라도 올릴 참이었다.

그리고 모슬포 교회에 들러 정기준 목사에게 심방도 부탁할 겸, 오래전에 부탁해 두었던 미제 회중시계를 언제쯤 받을 수 있는지 알아보려면 일찌감치 출발해야 해 떨어지기 전에 마을로 돌아올 수 있을 것이다.

영준의 일이라면 못 할 게 없었다. 김승보 면장이 절을 하라면 절을 할 것이고, 무릎을 꿇으라면 꿇을 것이다. 마음 같아서는 뒷돈 대어서라도 아들을 중학교에 보내고 싶었다. 영준이 성적이 시원찮아 읍내 농업중학교는 어림없다고 담임 선생님이 귀띔했을 때는 솔직히 한숨이 나왔다. 이대로 시골에 처박혀 농사나 짓게 내버려 두려니 이장 체면도 말이 아니지만, 자존심도 상했다. 쓸만한 왓(밭) 서너 마지기 팔아서라도 읍내 농업중학교에 꼭 보내고 싶었다.

2

마라도 너머 수평선에서 초승달이 가쁜 숨을 헐떡거렸다. 얼빠진 개들이 짖어댔다. 상평마을 어귀에 사람 그림자 여럿이 길게 늘어섰다. 올레에서 주억거리던 네댓 명이 이장 집으로 빠르게 들어갔다.

"어서 들어오세요."

마당을 서성거리며 집 밖을 기웃거리던 이장 고순봉이 하얀 이를 드러내며 사람들을 반겼다.

"형제자매님들 안으로 들어오세요."

정기준 목사가 방문을 열어젖혔다. 점심나절에 모슬포 교회를 출발해 일찌감치 상평리 이장 집에 도착해 있었다.

"예, 목사님."

고순봉이 다소곳이 대답했다.

"자, 다들 오셨으면 안으로 들어와 기도합시다."

정기준 목사의 찰진 목소리가 문풍지를 두들겼다.

"동우 오빠?"

고영신이 고개를 등 뒤로 젖히면서 아는 체했다.

"어……?"

동우는 영신을 바라보았다. 배시시 웃고 있었다. 주위를 곁눈질했다. 사람들이 무릎에 손을 모으고, 정기준 목사는 주기도문을 읊기 시작했다.

"하늘에 계신 우리 아버지, 이름을 거룩하게 하옵시며, 나라에 임하옵시며, 뜻이 하늘에서 이룬 것같이 땅에서도 이루어지이다. 오늘날 일용할 양식을 주옵시고 하늘에서……."

—탕탕탕

주기도문 암송이 채 끝나기도 전에 총소리가 마을을 뒤흔들었다. 왜놈 99식 장총이 뿜어내는 총소리였다. 곧이어 구둣발 소리가 돌담을 흔들었다.

"무장대다……!"

고순봉은 짧은 탄식과 함께 호롱불을 껐다. 방안은 순식간에 칠흑처럼 깜깜했다. 문풍지가 파르르 떨 때마다 산간에서 부는 바람이 문틈을 비집고 들어왔다. 누군가 심방 정보를 무장대에 흘린 게 틀림없었다. 턱주가리를 들어 봉홧불을 가리키던 윗마을 부종수가 떠올랐다.

"부종수, 이 나쁜 새끼……."

고순봉은 어금니를 으드득 갈았다. 그러나 돌담을 흔들며 점점 다가오는 무장대 구둣발 소리가 더 신경 쓰였다.

"쉿!"

검지를 입술에 대고 주위를 살폈다. 교인들의 두려운 눈빛이 고순봉을 바라보고 있었다.

"형제자매님들 걱정하지 마세요. 하나님은 우리를 반드시 악의 무리에서 지켜주실 겁니다."

정기준 목사가 나서서 교인들을 안심시켰다. 아무리 포악한 무장대라도 교인들을 해치지 못할 거라 믿었다. 그보다 예수님이 지켜줄 거라 진심으로 믿었다.

"아멘!"

교인들 목소리가 어둠 속에서 파닥거렸다.

"준영 아버지 걱정하지 마시고 호롱불 켜세요."

담담하게 말하는 정기준 목사와 달리 고순봉은 호롱불 켜기를 망설였다. 예수를 믿는다고 무장대가 가만히 놔둘 리 없었다. 그들의 관심은 통일이지 예수 따위가 아니었다.

"형제자매님들 걱정하지 마세요. 예수님은 반드시 우리를 지켜줄 겁니다."

정기준 목사가 주위를 둘러보았다. 교인들 숨소리가 바닷가에 떨어지는 폭포 소리처럼 귓전에서 와글거렸다.
"목사님, 그게······."
무장대가 집으로 들이닥치는데 호롱불을 켜라니 큰일 날 소리였다. 고순봉은 두려움에 온몸이 와들와들 떨었다.
"하나님 아버지, 이 어린양들을 악에서 구해 주시옵소서······."
돌담을 두드리는 구둣발 소리가 가까이 다가오자, 정기준 목사 기도 소리도 떨리기 시작했다.
"목사님······?"
고순봉 목소리가 목구멍 속으로 기어들었다.
"부종수, 이 나쁜 새끼!"
고순봉이 욕지거리를 쏟아냈다.
"아버지······."
고영신은 아버지 옷자락을 잡아당겼다. 동우 오빠를 겨우 설득해 심방에 참석시켰다.
"나쁜 새끼, 심방 장소를 무장대에 일러바치다니······."
고순봉은 딸 영신이 말리든 말든 개의치 않았다. 턱주가리를 치켜들고 이죽거리던 부종수 생각에 부아가 치밀었다.
"······?"
동우는 영신 아버지가 아버지를 의심하는 게 불편했다. 하지만, 태연한 척 아무 말 하지 않았다. 이따위 일들은 늘 있었다. 이장뿐이 아니었다. 아니라고 말해도 사람들은 믿지 않았다. 동우는 못

들은 척 성경책을 뒤적거렸다. 이장이 아무리 아버지를 나쁘다고 비아냥거려도 이미 곶자왈로 달아난 아버지가 들을 리 없었다. 설혹 들었더라도 아버지는 빙긋이 웃어넘겼을 것이다.

"자, 기도합시다."

정기준 목사가 마음을 추슬렀는지 담담하게 말했다.

"하나님 아버지, 악의 무리가 어린양들을 위협하고 있습니다. 주님께서 어린양들을 다치지 않게 보살펴 주시고, 저들에게도 회개할 기회를 주시어 새 삶을 주시옵소서. 그리고 이 어린양들을 악의 무리에서 구원해 주시기를 주 예수그리스도 이름으로 간절히 기도하옵나이다."

"아멘."

교인들이 응답을 목구멍으로 구겨 넣었다. 성경책 갈피를 넘기는 정기준 목사 손이 부들부들 떨었다. 마태복음, 마가복음, 요한복음, 고린도 전후서……, 요한계시록. 성경책 갈피들이 어둠 속에서 파닥거렸다.

군홧발 소리가 이장 고순봉 집 앞에서 멈춰 섰다.

"부셔!"

무장대의 짧은 명령과 사립문 부수는 소리가 방안으로 들려왔다.

"도망가……!"

고순봉이 뒷문을 열어젖혔다. 교인들이 우르르 뒷담을 뛰어넘었다. 영신의 손을 잡은 이장이 도망가고 그 뒤를 고영준이 뒤따라 뛰었다. 정기준 목사가 허겁지겁 달아나고 있었다. 동우도 정기준 목사를 뒤따라 재빨리 뒷담을 뛰어넘었다. 돌부리에 걸렸는지 무릎이 시큰거렸다.

"동우야! 왓(밭)에서 돌을 주워내야 봄에 씨앗을 뿌리고, 가을에 낟알이라도 곡식을 거둘 수 있단다."

밭에서 돌을 파내 광주리에 담으면서 중얼거리던 할머니 말이 언뜻 떠올랐다. 동우는 할머니 말을 믿지 않았다. 가을에 밭을 일궈 이른 봄에 씨앗을 뿌리고 곡식을 거둔들 아무런 소용이 없었다. 왜놈들은 공출이라 거둬가고, 무장대는 이유 없이 뺏어가고, 땅을 파고 묻어둔 곡식은 작대기를 쑤셔 들춰내 토벌대가 탈취했다. 해마다 씨앗을 뿌린들 먹을 곡식은 남지 않았다.

"치이~ 거짓말······."

동우는 돌담을 따라 정신없이 뛰었다. 앞서 달아나던 정기준 목사도, 이장 고순봉도, 영신도, 영준도 어디로 달아났는지 보이지 않았다. 게다가 교인들도 보이지 않았다.

개울이 눈앞에 보였다. 윗마을과 아랫마을을 가로질러 흐르는데, 폭우 때나 물이 흘러 평소에는 건천이었다. 동우는 개울로 뛰어들어 몸을 낮춰 마을 동정을 살폈다. 아랫마을 기태네와 그 뒷집, 그러니까, 방금 도망 나온 이장 집에서 불길이 활활 타오르고 있었다.

'영신은 괜찮을까……?'

군홧발 소리가 성담(마을을 둘러 성처럼 쌓은 돌담)을 넘어 곶자왈 쪽으로 멀어지고 있었다. 동우는 영신이 궁금했다. 하지만, 머리를 가로저었다. 동생도 챙기지 못하면서 엉뚱한 걱정이나 한다니 어처구니가 없었다. 못 가에 놀던 동생 동혁과 동희가 생각나 주위를 살펴보았다. 사람은커녕 그림자조차 보이지 않았다.

'먼저 집에 갔을 거야…….'

여태 이곳에서 놀고 있을 리 없었다.

"예배당은 무슨……."

조상도 모르는 쌍놈들이라며, 정기준 목사를 비아냥거리던 할머니가 생각났다. 동우 생각은 달랐다. 영신네 심방에 예배하러 가지 않았더라도 모슬포 교회에 나가 예수님에게 기도할 참이었다. 야학도 다니고 싶었다. 중학교에 못 갈 바에는 영어와 수학을 가르쳐 주고 성경을 가르쳐 주는 모슬포 교회 야학이라도 다니고 싶었다. 안 다닐 이유가 없었다.

'할머니는 무사하겠지……!'

할머니는 무릎을 다쳐 집에만 있었다. 무장대가 집에 불이라도 지르면 할머니는 꼼짝없이 당할 수 있어 동우 발걸음이 빨라졌다. 바닷가로 소개하라던 이장 말이 생각났다. 동짓달 보름까지라면 보름이나 남아있는데, 당장 소개하라 으름장을 놓아도 아들을 기다린다며 움쩍하지 않던 할머니가 상모리 김 면장 곁채라도 알아본다며 다녀오더니 가타부타 말하지 않았다. 어머니는 소개할 생각이 없는지 집을 나간 지 며칠이 지나도록 돌아오지 않았다.

상평마을에서 매일 피비린내가 났다. 낮에는 토벌대가 밤에는 무장대가 마을을 쑥대밭으로 만들었다. 젊은 사람들은 죄다 곶자왈이나 산간으로 도망가, 마을에는 노인들과 어린애밖에 남지 않았다. 토벌대에 붙잡히면 살기 어려웠다. 산으로 도망가면 빨갱이라 죽였고, 마을에 숨으면 무장대 끄나풀이라며 머을왓으로 끌고 가 죽였다. 아버지처럼 곶자왈로 달아나지 않으면 이장 고순봉의 말대로 해안가로 이사하는 수밖에 없었다.

'우리 집도 해안가로 빨리 이사하면 좋을 텐데……,'

동우네는 그나마 운이 좋았다. 해안가로 소개하지 않는다고 토벌대장 이치순이 윽박질렀을 때도 할머니는 토벌대장을 똑바로 바라보며 거침없이 말했다.

"상모리 김승보 면장 알지, 그 어른이 내 친정 오라비라고, 곁채를 비워준다고 했으니, 며칠만 말미를 줘. 곧 이사할 테니."

김승보 면장이 친정 오라버니라고 목소리를 높였으니 아무리 위세 당당한 토벌대장 이치순이라도 함부로 할머니를 대할 수 없었을 것이다.

기태 집에 연기가 자욱했다. 무장대가 불을 지른 것 같았다. 기태 할아버지가 기태를 데리고 곶자왈로 달아나도록 토벌대를 막아섰다는 이유로 기태 부모는 토벌대에 총살당했다. 기태 동생 숙자는 어머니 젖꼭지를 물고 울다가 지쳐서 죽었다. 곶자왈로 달아난 기태와 기태 할아버지가 살아남았는데, 기태 할아버지 김하호는 마을에서 나이가 가장 많아 마을 사람들은 어르신이라 불렀다.

동우는 발걸음을 멈추고 기태 집을 눈여겨보았다. 그러나 타다 만 시커먼 서까래밖에 보이지 않았다.

돌담 틈으로 한라산에서 서늘한 바람이 담쟁이 잎사귀를 훑고 모슬포로 흩어졌다.

'할머니는 무사하실까……?'

동우는 할머니가 걱정되었다. 무릎 상처가 낫지 않아 온종일 마루에 앉아 마라도를 바라보는 할머니가 생각나 무작정 윗마을 집으로 내달렸다.

3

"할머니……?"

봉창으로 다가가 까치발을 세워 조용히 할머니를 불렀다. 기척이 없었다. 여느 때 같았으면 내다보았을 터인데, 아무런 반응이 없었다. 동우는 더럭 겁이 났다.

"할머니!"

동우가 목청을 돋워 다시 할머니를 불렀다.

"아이고, 내 새끼, 할미 목 빠지겠다."

어렴풋한 동우 목소리에 깜짝 놀란 상모 댁이 헐레벌떡 사립문을 열었다. 손주들을 기다리다가 쪽마루에서 선잠이 들었던 모양이었다.

"동혁이 왔어요?"

사립문으로 들어서자마자 동우는 동혁 행방을 먼저 물으며, 집 안을 두리번거렸다.
"쉿……!"
상모 댁은 동우의 큰 목소리가 신경이 쓰였다. 허튼 말이라도 이웃에서 들어 좋을 리 없었다. 입술에 검지를 대고 눈까지 껌뻑거렸다. 이웃도 믿을 수 없었다. 토벌대가 협박하면 토벌대에, 무장대가 협박하면 무장대에 일러바쳤다.
"쉿!"
동우도 얼른 낌새를 알아차리고 입술에 검지를 대며, 주위를 두리번거렸다. 다행히 엿보는 사람은 없었다. 동희야 어린아이라서 안방에서 잠들었겠지만, 동혁은 아직 잠들지 않았을 터인데, 기척이 없었다.
"아이고, 이런, 피 좀 봐!"
상모 댁이 목소리를 삼켰다.
"괜찮아요. 할머니."
잠방이에 핏자국을 보고서야 동우는 깜짝 놀랐다.
"아이고……."
상모 댁의 탄식이 마당을 쓸고 지나가자, 지나가던 바람마저 넋 나간 듯 숨죽이고 있었다.
"도채비고장(산수국) 줄기가 남아있는지 모르겠다."
상모 댁은 장독대 옆에서 산수국 줄기를 꺾었다. 그리고 부엌

앞에 쓰러진 절구를 세우고 바닥을 닦았다. 먼지가 뿌옇게 묻어나왔다. 빻을 곡식도 없지만, 남편 뒷바라지로 곶자왈에 들락거렸으니 며느리인들 절구 건사할 짬이 없었을 것이다.

"아이고, 내 새끼 아파서 어쩌누!"

절굿공이를 들어 올리는 상모 댁 입에서 한숨이 파닥거렸다.

"에구, 나쁜 놈들, 차라리 이 늙은이나 잡아가든가······. 청춘이 만 리인 젊은 사람들을 죽이기는 왜 죽여······."

상모 댁 넋두리에 사립문이 들썩거렸다.

"할머니, 동혁이 어느 방에 있어요?"

동우는 동생들이 궁금했다. 이 정도로 소란을 피웠으면, 동희는 몰라도 동혁은 문밖으로 뛰어나왔을 것이다.

"같이 안 있었어?"

상모 댁이 되물었다.

"동혁이 집에 안 왔어요?"

할머니를 바라보았다.

"집에 오다니······? 아이고, 동혁아!"

그러고 보니 동혁과 동희가 보이지 않았다. 상모 댁은 깜짝 놀랐다. 아랫마을에 총소리가 나더니 사고가 난 게 틀림없었다. 그녀는 절굿공이 들 힘마저 없어 풀썩 주저앉았다.

"아이고, 이를 어째······."

담장 밖에서 인기척이 났다. 상모 댁은 긴장했다. 오밤중에 집으로 찾아올 사람이 없었다. 동우를 안방으로 밀어 넣었다. 그리고 아무 일 없었다는 듯이 손바닥을 탈탈 털었다.

"할머니……?"

지친 목소리였다.

"동혁이냐?"

상모 댁이 떨고 있었다.

"예, 할머니……!"

동혁이 사립문을 들어서더니 눈물을 찔끔거렸다. 게다가 혼자였다. 문구멍으로 사립문으로 들여다보던 동우가 바깥으로 뛰어나왔다.

"동희는……?"

가슴이 조여들었다. 고영신의 집, 그러니까. 이장댁에 심방 갔을 무렵 동혁은 동희와 함께 윗마을 입구 못에 둘러앉아 기태와 놀고 있었다.

"몰라…….”

"모르다니, 이 새끼 무슨 말을 하는 거야!"

동우는 가슴이 철렁했다. 동혁은 거짓말을 자주 했다. 배가 고프면 더 심해 어머니에게 혼나기 일쑤였다.

"형, 그게…….”

동혁이 지레 겁을 먹고 울먹였다.

"이 새끼, 거짓말이지?"

보지 않아도 뻔했다. 기태와 정신없이 놀았으니 동희 챙길 생각을 못 했을 것이다.

"나쁜 새끼."

"거짓말 아냐. 형, 동희가 갑자기 사라졌단 말이야."

"똑바로 말 안 할 거야!"

동우가 눈알을 부라렸다.

"정말이야……. 형!"

"기태 집으로 가보자. 앞장서, 이 새끼야!"

동우는 동혁 뒷덜미를 잡아챘다.

"아이고, 동우야 이 밤중에 어디 가려고?"

상모 댁이 동혁을 끌어안았다.

"동희 찾아야 해요."

동우가 단단하게 말했다.

"안 된다. 동우야! 그깟 계집애 내일 찾으면 되지. 오밤중에 가기는 어디를 가. 그만두어라. 날이 밝으면 할미가 찾아보마."

상모 댁은 동혁을 방 안으로 밀어 넣었다. 동희를 찾으려다 서청인지 뭔가 하는 놈들에게 붙잡히면 큰일이었다.

"할머니, 안 돼요! 동희를 찾아야 해요."

동우는 할머니 만류를 뿌리치고 동혁을 앞장세우고 아랫마을로 갔다. 무장대도 이미 산채로 돌아갔을 것이다. 마을을 뒤덮었던 안개는 이미 곶자왈로 물러갔고 별이 총총했다. 올레 돌담이 별빛을 빨아들이고 있었다. 돌담 너머 타다만 서까래가 얼기설기 걸쳐져 금방 무너질 것 같았다.

기태 집은 못과 개울을 지나면 아랫마을 올레 입구에 있었다.

"형, 저긴데……."

동혁이 서까래를 가리켰다.

기태네 집이었다. 동우가 무장대에 쫓길 때 눈여겨보았던 곳, 타다만 서까래를 헤치면서 집안을 자세히 들여다볼 수 없었다.

"여기 맞아?"

동혁을 다그쳤다.

"응…….”

동혁은 자신이 없었다. 못가에서 노는데 마을 어귀에서 총소리가 들려 깜짝 놀라 돌담 뒤에 숨었다. 정신을 차려보니 동희가 사라지고 없었다. 무서웠다. 너무 무서워 담장 밑에 숨어서 동희가 돌아오기만을 기다렸다.

"나쁜 새끼!"

동우는 기태네 집을 샅샅이 뒤졌다. 동희는커녕 사람 그림자도 보이지 않았다.

"형, 잘못했어……!"

동혁이 눈물을 찔끔거렸다.

"이 새끼, 거짓말이지?"

"거짓말 아니야 형, 정말 여기에서 놀았단 말이야……."

동혁은 아무리 생각해도 이해할 수 없었다. 동희가 분명히 건너편 못 가장자리에서 놀고 있었다. 그런데 눈 깜짝할 사이에 사라져 버렸다. 어쩌면 무장대가 쏜 총소리에 놀라 어딘가에 숨었을지도 몰랐다.

"나쁜 새끼! 동생이 사라졌는지도 모르고 놀다니……."

아무리 배가 고프더라도 동혁이 사라진 동생을 두고 거짓말을 할 만큼 약삭빠르지 않았다.

'설마……?'

동우는 불길한 생각이 들었다.

4

 북두꼬리별이 한라산 멧부리에서 일어섰다. 자정이 가까웠다. 일본군에 패해 북간도로 퇴각할 때도 이 시각쯤이었다. 은하가 만주 벌판에 쏟아지면 모슬포 바다에 비치는 윤슬이 아른거렸다. 조국이니 독립이니 팽개쳐 버리고 섬 제주로 돌아가고 싶었다.
 '가족들은 무사히 잘 있을까…….'
 부일환은 며칠 전 아들 종수와의 약속을 지킬 수 없었다. 산채를 탈출한 동지들 때문에 곶자왈 동굴에서 종수를 만나려던 계획을 지킬 수 없었다. 동지들의 명운이 걸린 일이어서 함부로 결정할 수 없었다.
 십수 년을 자식에게 집안을 떠맡긴 아비의 허접한 변명이라도 하고 싶었다. 하긴, 전투에 나서는 병사가 병영으로 돌아오기 전까지 살아도 산 게 아니라지만, 자식과 약속을 지키지 못한 아쉬움은 컸다.

　석 달 전, 그러니까, 지난 팔월 보름까지 섬 곳곳에서 봉홧불이 솟아올랐다. 그런데 근래에 들어 그조차 뜸했다. 무장대도 전력과 화력 보충이 필요했다. 그런데 그게 실수였다. 육지에서 군인들이 보강되면서 토벌대는 더 강해졌다. 해안 경비도 강화되어 산채까지 무기 보급은커녕 생필품조차 조달이 어려웠다. 통일할 때까지 버티려면 자구책이라도 찾아야 하는데, 토벌대가 한라산 중산간 마을까지 옥죄어 그조차 쉽지 않았다.

　동지들이 성담을 넘어 곶자왈로 들어가고 있었다. 상평마을 이장 고순봉이라도 사로잡았으면 그나마 덜 힘들었을 터인데, 놓치고 말았다. 게다가 창고도 텅 비어있었다.

　'여우 같은 놈…….'

　부일환은 이장 고순봉을 놓친 게 분통이 터졌다. 동지들의 축 처진 어깨가 힘겨워 보였다. 힘들더라도 통일될 때까지 함께 견디자며 위로하던 동지들이 돌아가는 뒷모습을 바라보고 있으려니 괜히 울적했다.

　'버텨낼 수 있을까?'

　부일환은 고개를 흔들었다. 해방 후 북간도를 떠나 연해주를 거쳐 섬 제주로 돌아왔을 때, 통일에 대한 동지들의 열기는 뜨거웠다. 거기까지였다. 산채 상황도 불리하게 돌아갔다. 북한 사정도

미묘하게 돌아갔다. 게다가 제주 상황도 바뀌고 있었다. 지난 4·3 봉기 때까지 우세하던 무장대 화력은 육지에서 추가 투입한 군경에게 밀려 산간으로 퇴각한 뒤 마음만 조급했다.

조국이라고 돌아오니 제대로 된 게 없었다. 찬탁과 반탁으로 나라는 둘로 나뉘어져 혼란스러웠다. 3·8선 이남은 이미 이승만의 정부가 들어섰고, 이북은 김일성이 조선인민공화국을 수립했다. 그토록 염원하던 조국은 자의든 타의든 해방되었다. 하지만, 통일은 요원했다. 남쪽이든 북쪽이든 한쪽을 위한 투쟁은 의미가 없었다.

부일환은 돌담에 몸을 숨겼다. 중산간 평원 지평선 끝에서 송악산 벼랑에 뚫은 해안 진지 동굴에서 달빛을 빨아들이고 있었다. 지금 생각해도 끔찍했다. 막장으로 떨어져 개죽음당하느니 차라리 도망쳐 왜놈들과 싸우다가 죽는 편이 나을 거라는 생각에 단신으로 상해로 밀항했다.

"아악!"

죽음에 이르는 비명이 들리는 듯 귓속이 얼얼했다. 소름이 끼쳤다. 송악산 해안동굴 막장에서 들리던 아버지의 비명이 매일 밤 괴롭혔다. 부일환은 결국 상해행 밀항선을 탔다. 그때가 갓 서른 살이었다. 하모리 바닷가 솔밭에서 황해도 남포항으로, 그리고 상해까지, 무려 두 달이 걸려 만주 무장 독립군으로 합류했다. 죽을힘을 다해 왜놈들과 전투를 벌일 때마다 송악산 해안동굴 막장에서 들려오는 아버지의 비명을 생각하며 어금니를 깨물고 왜놈들과 싸웠다. 하지만, 왜놈들의 신식 무기를 당할 수 없어 결국 북간도로 퇴각했다.

"아, 아아~ 엄마······."

어린아이 앓는 소리가 들렸다. 부일환은 깜짝 놀라 귓바퀴를 세우고 주위를 두리번거렸다. 혹시라도 있을 토벌대 끄나풀이 신경 쓰였다. 사방은 쥐 죽은 듯 달빛이 휘청거렸다. 부일환은 돌담에 기대어 소리 난 곳으로 조심스럽게 다가갔다.

"엄마······, 물······!"

사립문 귀퉁이에 계집아이가 쓰러져있었다.

'어린아이까지 상하게 하다니······.'

산채 동지들의 짓일 것이다. 어쨌든, 관심 가질 일이 아니어서 부일환은 발길을 돌렸다.

"물······ 물······!"

또다시 앓는 소리가 났다. 금방 숨이 끊어질 것처럼 지르는 비명을 지나칠 수 없어 슬쩍 들여다보았다.

"아니······, 이 아이가 왜 여기 있지?"

낯설지 않았다. 아내 옆에서 새큰거리며 잠자던 손녀였다.

"애야, 동희 아니냐······?"

부일환은 계집아이를 얼른 가슴에 껴안았다. 피투성이가 된 채 가냘픈 숨을 할딱거렸다.

"어떻게 하지……?"

부일환은 당황했다.

"어떻게 어린아이를 죽창으로 찌르다니……. 나쁜 새끼들……."

동희의 머리가 축 늘어졌다. 부일환의 가슴이 덜컥 내려앉았다. 지금 당장 치료하지 않으면 큰일 날 것 같았다. 그는 당황했다. 동희를 동료들과 함께 산채로 데려갈 수도, 그렇다고 그대로 내버려둘 수도 없었다.

"어디야?"

올레 초입에서 아이들 말소리가 들렸다.

"……저기."

부일환은 동희를 내려놓고 허리춤에서 단검을 꺼내 돌담에 등을 붙이고 다가오는 아이들을 지켜보는 끄나풀을 주시했다.

어린 녀석들이 집집이 기웃거리며 다가오고 있었다.

'아니, 저놈들이 어떻게 여길……?'

동우와 동혁, 손자 놈들이었다.

'동생 동희를 찾으러 온 건가……?'

부일환이 나서려는데 올레 입구에 수상한 그림자가 빠르게 움직였다.

"어디냐고 이 새끼야!"

"저기라고 했잖아!"

제 형에게 얻어터지기라도 했는지 작은 손자 동혁이가 징징거리며 앞장서서 걸어왔다.

수상한 그림자가 올레에서 다시 움직였다. 부일환은 단검을 단단히 쥐었다. 그리고 자세를 낮췄다.

'저런 나쁜 놈들······. 아이들까지 감시하다니······.'

부일환은 헛웃음이 나왔다. 설령 끄나풀이 아니더라도 경찰에 신고하면 손주들은 물론 가족들이 위험할 수 있어 함부로 나설 수도 없었다.

"부동혁, 너 이 새끼, 한 번만 더 거짓말하면 가만두지 않을 거야, 알았어!"

동생을 으르는 맏손주 동우 말솜씨가 제법이었다.

"내일 아침에 다시 오자."

불탄 집을 한참 뒤적거리더니 손자 놈들이 올레로 되돌아가고 있었다. 조금만 더 안으로 들어왔으면 여동생 동희를 발견할 수 있었을 터인데······. 결국 제 동생을 찾지 못하고 돌아가는 손주 놈들을 지켜보고 있으려니 안타까웠다.

'이 일을 어떻게 하지······?'

부일환은 동희를 물끄러미 내려다보았다. 집으로 돌아가는 손주 놈들을 불러세우려니 끄나풀이 신경 쓰였다. 그렇다고 산채로 데려가기에는 길도 멀고 험한데다 의원醫員은커녕 치료할 약도 먹을 음식도 없었다. 게다가 사상까지 의심받을 수 있어 상황은 더 어려워질 것이다.

사실, 부일환은 지난 8·15 봉기 이후부터 고민했다. 토벌대가 증원되는 것도 문제였지만, 산채 동지들이 먹을 식량도 모자라 하루 한 끼 먹기도 부족했다. 중산간 마을을 습격해 곡식을 탈취하는 것도 한두 번이지 그 또한 못 할 짓이었다. 간부들끼리 다투는 일도 잦았다. 통일된 조국을 보기도 전에 자중지란으로 무너질지도 몰랐다. 하긴, 부일환이 우려한다고 해결될 문제가 아니었다. 다툼이 잦으면 작전 성공은 어렵다. 만주에서 왜놈들과 전투를 치를 때도 마찬가지였다. 간부들끼리 목청 돋워 싸웠던 전투에서 패하는 꼴을 여러 번 경험했다. 더군다나 한라산 산간과 곶자왈도 일부를 제외하면 대부분 토벌대가 장악했다. 중산간 마을 주민들에게 해안가로 떠나라는 소개령도 내렸다, 계엄령이 내릴 거라는 소문도 파다했다. 승산 없는 싸움이었다. 최악의 상황이 오기 전에, 섬에서 탈출하는 게 그나마 가족이 살 수 있는 유일한 방법일지 몰랐다.

하늘을 쳐다보았다. 북두꼬리가 한라산 멧부리에 드러눕기 시작했다. 만주에서 왜놈들과 전투를 시작할 때나, 퇴각할 때나 북두칠성 꼬리별은 늘 길잡이였다. 동희를 살폈다. 숨소리가 점점 약해지고 있었다. 치료가 늦으면 목숨이 위태로울 것 같아 부일환은 조바심이 났다.

'어떻게 하지……?'

손녀를 내버릴 수도 없었다. 죽창에 입은 자상刺傷이라 의원이 아니면 치료도 어려웠다. 우선 동희에게 물부터 먹여야 할 것 같았다. 부일환은 불탄 서까래를 헤집고 부엌으로 들어갔다. 광주리는 물론 가마솥도 텅 비어있었다. 동지들이 털어갔을 것이다. 부뚜막 안쪽에 물허벅으로 가려는데 발밑이 물컹했다.

"어이쿠!"

부일환은 깜짝 놀라 뒤로 물러섰다. 불탄 서까래 틈으로 별빛이 희미하게 비쳤다.

"아니, 이 사람이······."

낯익은 시체였다. 부일환은 시체를 자세히 들여다보았다. 섬 제주를 떠나 상해로 함께 밀항하기로 약속했던 아랫마을 동갑내기 김하호였다. 숨을 거둔 지 얼마 되지 않았는지 비릿한 피 냄새가 진동했다. 방금 산채로 돌아간 동지들에게 당한 것 같았다. 살려고 발버둥 치더니 이렇게 허무하게 죽다니······.

오래전, 하모리 솔밭을 빠져나가던 김하호의 축 처진 어깨가 생각났다.

그러니까, 이십여 년 전, 상해로 함께 밀항하기로 약속한 날이었다. 하모리 바닷가 약속 장소에 나온 김하호가 계면쩍게 뒤통수를 긁적거렸다.

"일환아, 미안하게 됐네!"

"이 사람아, 뜬금없이 미안하다니 그게 무슨 소린가?"

"그게 그러니까……, 상해로 못 갈 것 같아서……."

실컷 약속해 놓고 인제 와서 못 가다니 부일환은 어처구니가 없어 김하호를 한참 동안 멍하게 바라보았다.

"……왜?"

김하오는 한숨을 길게 내쉬면서 말했다.

"병든 노부모를 두고 도저히 못 가겠네……."

"아니, 이 사람아, 그래도 그렇지……, 철석같이 약속해 놓고 나 혼자 가라니……. 이 무슨 경우야?"

부일환은 배신감에 치를 떨었다.

"나쁜 새끼, 약속이나 하지 말든지……."

"어쨌든, 미안하게 됐네. 왜놈들과 싸워서 이기게, 그리고 꼭 살아서 섬으로 돌아와 대한독립 만세를 마음껏 외치게……."

고개를 숙인 채 뒤도 돌아보지 않고, 솔밭을 빠져나가던 김하호의 마지막 뒷모습이 눈에 선했다. 그때를 생각하면 부일환은 지금도 배신감에 가슴이 답답하고 분통이 터질 것 같았다.

"나쁜 놈……. 결국 이렇게 될 것을……."

부일환은 김하호의 주검을 물끄러미 바라보았다. 삶에 찌든 그의 마지막 모습이 안타까웠다.

"친구 잘 가게……. 죽고 사는 것이 사람 마음대로 되든가……."

총 들고 왜놈들과 싸워도 나라는 온전하게 독립하지 못했다. 병든 노부모를 섬에 남겨두고 차마 떠날 수 없다며 미안해하던 김하호 모습이 설핏했다. 그의 아버지는 송악산 동굴에서 왜놈들에게 매 맞아 죽었다는 소문을 만주에서 패해 북간도로 퇴각한 뒤 병영에서 들었다. 이제는 이해할 수 있을 것 같았다. 부일환은 눈을 부릅뜬 김하호의 시신을 한라산을 향해 반듯하게 뉘고 눈을 감겼다.

"친구, 저승에서나마 편안하게 쉬게나."

부일환은 김하호의 명복을 빌었다.

"그래……. 섬을 떠나자!"

부일환은 마음을 굳혔다. 어차피 통일된 조국을 볼 수 없을 바에는 섬 제주를 떠나자. 이북도 이남도 아닌 북간도나 연해주로 가 버리면 가족들도 섬에서 안전하게 살 수 있을 것이다.

"엄마……."

동희가 헛소리를 질렀다. 그나저나 손녀가 문제였다. 당장 의원에게 응급조치를 받아야 하는데…….

"일단, 모슬포로 가자."

의원을 찾아 동희를 치료하고 집으로 돌려보낸 뒤, 섬 제주를 떠나자. 다행히 남로당 북제주 부위원장 강득구가 오늘 밤 남포행 밀항선을 탈 계획이었다. 강득구는 지금쯤 산채에서 출발해 새벽 세 시쯤, 섯알오름에 도착할 것이다. 시간이 그리 많지 않았다.

"하모리 바닷가에서 접선한다고……."

부일환이 중얼거렸다. 그는 이십여 년 전에도 하모리 바닷가 솔밭에서 남포행 밀항선을 탔다.

"밀항선이라……!"

만주 벌판에 출렁거리는 능선처럼 가파도가 파도 속을 들락거렸다. 부일환은 정신이 맑아지는 것 같았다.

"……섬을 떠나자."

동희가 숨을 할딱거렸다. 이대로 놔두면 죽을지도 몰랐다. 부일환은 모슬포를 바라보았다. 발아래 알뜨르비행장 활주로가 길게 펼쳐지고 그 끝에 하모리 바닷가 솔밭이 보였다.

부일환은 모슬포 불빛을 바라보며 돌담을 따라 걸었다.

5

　해무로 가득한 모슬포는 한 치 앞을 가늠할 수 없었다. 세상 이치도 이와 다르지 않았다. 금방 해방될 것 같았다. 그런데 35년이 걸렸다. 서른 살이 갓 넘었을 때 상해로 밀항했다. 처자妻子를 섬에 남겨두고 떠나는 게 쉽지 않았다. 아버지처럼 송악산 해안동굴 막장 공사를 하다가 개죽음당하느니 차라리 총 들고 왜놈들과 싸우다 죽으면 여한이라도 없을 것 같았다.
　그러나 그 또한 쉽지 않았다. 만주 벌판에서 왜놈들의 총탄에 죽어가던 동지들의 비명을 들을 때마다 부일환은 섬 제주로 돌아가는 꿈을 꾸었다. 하지만, 전투가 시작되면 한 놈이라도 더 죽일 생각만 했다. 생사를 넘나드는 치열한 전투를 겪으면서 동지들의 죽음은 부일환을 더욱 단단하게 만들었다. 인제 와서 생각하면 조국의 독립을 염원하며 총을 들었던 열정마저 다 헛된 꿈이었다. 그나마 부일환은 운 좋게 살아남아, 꿈에도 가고 싶었던 섬 제주로 돌아왔다. 그러나 그뿐이었다. 왜놈들에게 부역하던 놈들은 그대로였고, 그가 발붙일 곳은 섬 어디에도 없었다. 세상은 조금도 달라지지 않았다. 그때는 왜놈들이 섬을 지배했지만, 지금은 양놈들이 섬을 좌지우지했다. 독립군이라는 이름으로 총 한 번 쏘지 않은 얼간이들은 왜놈에게 빌붙어 목숨을 구걸하더니, 이제는 양놈을 등에 업고 자리를 꿰차려고, 찬탁이니 반탁이니, 그들끼리 삿대질하는 꼴이 보기 싫어 한라산으로 숨어 들어갔다. 한데, 그곳 또한 만만치 않았다. 민족통일을 한다면서 서열 다툼이나 일삼는 꼴을 보고 있으려니 배알이 틀려 도무지 견딜 수 없었다. 독립이 도대체 무슨 소용인가, 부질없는 짓이었다.

동희 숨소리가 할딱거렸다. 위험을 무릅쓰고 집까지 데려다주려니 당장 치료하지 않으면 살 가망은 없어 보였다. 끄나풀 따돌리기도 쉽지 않았다. 모른 척 지나치려니 부일환은 발걸음이 떨어지지 않았다. 의원에 들러 치료한 뒤에 데려다주는 게 할아비 도리겠지만, 상황이 만만치 않은 게 신경 쓰였다.

"어쨌든, 먼저 치료부터 하자."

부일환은 동희를 등에 업고 모슬포로 향했다. 엎어지면 코 닿을 것처럼 가까워 보였지만, 생각보다 멀었다. 모슬봉 9연대 오르는 길가에 부러진 가로수가 상모리 향사를 내려다보고 있었다. 향사 아래 홀아비가 된 처남 김승보 면장과 처조카 내외가 살고 있었다. 그는 수십 년 전, 마당에 꿇어앉아 매 맞던 기억이 언뜻 떠올랐다.

"제가 책임지겠습니다."

머슴 주제에 하나밖에 없는 여동생을 임신시켰으니 처남 김승보도 어처구니없었을 것이다.

"네놈이 어떻게 책임질 건데?"

김승보가 고래고래 소리를 질렀다. 하긴 불알 두 쪽밖에 가진 게 없는 머슴에게 여동생을 시집보내려니 기가 찼을 것이다. 게다가 독립운동한답시고 밤마다 이 마을 저 마을로 싸돌아 다녔으니, 왜놈 순사 꽁무니를 따라다니던 장인어른과 처남 김 면장이 도저히 결혼을 허락할 수 없었을 것이다. 결국, 아내가 광에 갇힌 지 일주일 만에 쓰러졌다. 장인어른이 당황했던지 결혼식을 서둘렀다. 부일환은 처가 가까운 곳에 집을 얻어 신접살림을 차렸다. 뒤에 들은 이야기지만, 그가 상해로 밀항한 뒤 아내는 결국 오라버니 김승보에게 쫓겨나 상평마을 본가로 이사했다는 소문을 들었을 때 마음이 아팠다.

섯알오름이 눈앞에 보였다. 알뜨르비행장 콘크리트 격납고가 유령처럼 아가리를 벌리고 하모리 바닷가 솔밭에서 시작한 활주로가 상모리까지 뻗어있었다.

모슬포는 여전했다. 부두 서쪽 외진 곳에 절간고구마 창고가 우뚝했다. 길 건너 우체국과 경찰서가 나란히 서 있었다. 사거리에서 북쪽을 돌아가면, 건물과 건물 사이에 한라산 서쪽 능선이 한눈에 들어왔다. 곶자왈이 중산간 평원을 사시사철 섬처럼 떠다녔고, 화산석 돌담이 뱀처럼 평원에서 출렁거렸다.

부일환은 포구 길로 들어섰다. 도로 끝, 모슬포 교회 맞은편 부둣길을 따라 해안으로 곧게 뻗은 도로를 따라 빠르게 걸었다. 왜놈들이 송악산 벼랑에 해안포 동굴 공사 패석을 운반해 섬사람들의 피눈물로 만든 도로였다.

막 들어온 고기잡이 어선에서 어부 서넛이 오색깃발을 내리고, 해녀들이 어구를 챙기고 있었다. 해삼 몇 마리라도 더 건져야 보리쌀 두어 됫박이라도 바꿔, 식구들이 끼니라도 때울 것이다. 부일환은 절간고구마 창고 골목으로 들어서기 전에 길거리 동정을 살폈다.

밤이 이슥해서인지 경찰서 앞에서 부두를 빠져나온 어부들과 젊은 패들이 실랑이를 벌이고 있었다. 서청(서북청년단) 놈들일 것이다. 부일환은 부아가 치밀어 올랐다. 어린놈들이 세상모르고 날뛰는 게 가관이었다. 마음 같아서는 당장 쫓아가서 때려눕히고 싶었다. 부일환은 서청 놈들이 떠나기를 기다렸다가 모슬포 교회를 지나 오른쪽 골목으로 들어섰다. 맞은편 골목에 '모슬포 의원'이라는 나무 간판이 어렴풋이 보였다.

"계시오?"

부일환은 주위를 살핀 뒤 모슬포 의원 출입문을 두드렸다. 기척이 없어 다시 문을 두드렸다.

"뉘시오?"

지친 목소리가 의원 안에서 들렸다. 매일 사람이 죽어 나가니 의원醫員도 힘들 것이다. 부일환은 단검을 단단히 잡고 출입문에 비켜섰다. 의원으로 보이는 사람이 바깥을 두리번거렸다. 익숙한 얼굴이었다.

'누구지……?'

부일환의 예상은 적중했다. 초등학교 동기 양성준이었다. 한글도 제대로 모르면서 왜놈 가나(일본어 알파벳)는 잘도 외우던 놈이었다. 꾀죄죄한 몰골에 코를 질질 흘리던 아이가 기름기가 달빛에 번질거렸다.

아들놈을 오사카에 밀항시켜 왜놈으로 만들더니, 이제는 토벌대에게 들러붙어 대가리를 굽실거리는 꼬락서니가 눈에 보이는 듯 선했다.

'줏대 없는 놈!'

의원 면허도 왜놈들에게 빌붙어서 취득했을 것이다. 버젓하게 의원醫院 간판을 내걸고 의원醫員 행세까지 하다니……, 아무튼, 양성준의 속내야 알 수 없지만, 겉치레는 그럴듯해 보였다.

'하필이면 양성준이라니…….'

이제는 토벌대 부역까지 하는 것 같았다. 일찌감치 죽여서야 할 놈이었는데, 살려두었더니 의원행세를 하고 있었다. 부일환은 배알이 뒤틀렸다. 의원 양성준이 안으로 들어가려고 돌아섰다. 그는 재빠르게 양성준의 뒷덜미를 낚아채고 단검을 턱밑에 들이댔다.

"어이쿠, 누구시오……?"

양성준은 얼결에 두 손을 번쩍 들어 올렸다. 오후에는 토벌대장 이치순이 의원을 찾아와 협박하더니, 밤중에는 강도가 칼을 들이댔다. 일진이 나빠도 더럽게 나쁜 날이었다.

"쉿! 조용히 해, 안 그러면 심장에 구멍이 뚫릴 거야!"

부일환은 양성준을 의원醫院 안으로 밀어 넣고 출입문을 닫았다.

"이보게 친구, 조용히 하게!"

부일환은 의원 양성준 목줄에 단검을 들이밀었다.

"친구라니, 누구……?"

양성준은 귀를 의심했다. 오밤중에 생면부지의 사람이 의원을 찾은 것도 꺼림칙한데, 친구라 부르니 신경이 곤두섰다. 친구든 아니든 상관없었지만, 갑자기 들이대는 칼날에 당황했다. 의원에 들르는 사람들 신분 고하를 불문하고 무조건 신고하라 겁박하던 토벌대장 이치순의 살벌한 표정이 설핏 떠올랐다.

"치료 좀 해주게!"

양성준이 눈을 크게 떴다. 수염을 덥수룩하게 기른 꼬락서니가 분명 산에서 내려온 무장대였다. 그는 바짝 긴장했다. 얼마 전에는 알뜨르비행장 콘크리트 격납고에서 9연대 소속 토벌대 앞잡이를 무장대가 죽창으로 잔인하게 살해했다.

마을 사람들은 죽어 마땅한 놈들이라고 수군거렸으나 곶자왈 동굴을 안내하던 앞잡이가 살해됐으니 모슬포가 발칵 뒤집혔다. 자칫 토벌대장 이치순의 눈 밖에 나면 소리소문없이 죽일 것이다.

"혹시……?"

어디서 본 듯한 얼굴이라 양성준은 눈을 끔뻑거렸다.

"그래, 맞네, 부일환일세."

양성준은 말문이 막혔다. 얼핏 보아도 부일환 그 작자였다. 상해로 떠난다며 밀항선을 수배해 달라던 때가 20여 년 전, 무척 무덥던 여름이었다. 그리고 해방된 지 3년이 지나도록 소식이 없어 죽은 줄 알았다. 그런데 그 부일환이 버젓이 모슬포에 나타났다.

"뉘신대……?"

양성준은 시침을 뚝 뗐다.

"양 가야, 날세, 부일환이라고. 아무리 세월이 흘렀더라도 나를 기억 못 할 리 있나."

어릴 때 같았으면 금세 울음보를 터뜨렸을 놈이었다. 의원질을 하더니 배짱까지 생겼는지, 제법 대담하기까지 했다. 시체를 매일 주물러 간덩이가 부었든지 토벌대에 아부해 긁어모은 재산이 우쭐하게 했든지, 거들먹거리는 꼬락서니가 가관이었다.

부일환은 단검을 양성준 목줄에다 지그시 눌렀다.

"부일환이라고……?"

양성준은 긴가민가했는데, 역시 부일환이었다. 정신이 번쩍 들었다. 하필이면 부일환에게 걸려들다니 더럽게 재수 없는 날이었다. 사나흘 전에는 중산간 상평마을 사람들이 떼로 몰려와 치료받고 가더니, 오늘은 부일환까지 찾아와 겁박했다.

"아니, 자네가 이런 오밤중에……. 무슨 일로……. 그리고 섬에 돌아왔으면 소식이라도 먼저 전해주지 않고……."

양성준이 더듬더듬 말했다.

부일환은 여지를 두지 않았다. 나불거리는 양성준의 주둥아리에 기름기가 번들거렸다. 원래부터 간사스러운 놈이어서 무슨 짓을 해서라도 위기를 벗어나려고 발악할 것이다. 어림없는 수작이었다. 가나(일본어 알파벳)를 배우려고 왜놈 선생 꽁무니를 따라다니던 터라, 이익이라면 무슨 짓이라도 할 놈이었다.

"미안하게 됐네. 소식 전하지 못해서."

"그나저나 어떻게 된 일인가?"

"각설하고, 저 아이 치료 좀 해주게."

양성준은 그때야 땅바닥에 널브러진 계집아이를 발견했다. 어처구니가 없었다. 도대체 이런 오밤중에 어린 계집아이를 데리고 의원을 찾아오다니……, 간뎅이가 부은 놈이었다.

9연대 군인들이 아니더라도 모슬포를 제집처럼 드나드는 서청 놈들에게 발각되면 어쩌려고……. 아무리 무식해도 그렇지, 간뎅이가 제대로 부은 놈이었다. 먼저 주위부터 두리번거렸다. 무장대를 치료해 줬다는 소문이라도 나면, 의원 폐업은 차치하더라도 목숨까지 위험할 수 있어 신경이 곤두섰다.
"아니, 이 사람아, 그래도······."
양성준은 기가 막혔다.
하긴, 부일환은 어릴 때부터 보통내기가 아니었다. 왜놈 애들을 두들겨 패놓고 곶자왈로 달아나 한 달이 지나도록 등교하지 않아, 일본인 담임 선생까지 혀를 내두를 만큼 엉뚱한 놈이었다.
"아, 참. 양가야, 허튼수작하지 말게! 내가 자네 숨통을 먼저 끊을 수도 있어, 무슨 말인지 알아들었나!"
양성준이 눈을 끔벅거렸다. 허튼 말은 아니었다. 부일환이라면 정말 죽일지도 몰랐다.
"이 사람아 아이 치료는 걱정하지 말고, 그 칼이나 좀 거두게."
부일환은 단검 끝을 양성준의 가슴패기에 한 번 더 들이밀었다. 예전에도 그랬지만, 양가 놈은 겁을 줘도, 돌아서면 딴소리를 지껄였다. 하여튼, 뒤가 구린 놈이었다.
"왜 이러나, 이 사람아······!"
양성준은 다리가 후들거렸다.
부일환은 단검을 들어 보였다. 시퍼런 칼날이 번쩍거렸다. 아무리 토벌대가 뒷배를 봐줘도 눈앞에서 번뜩이는 칼날은 아무리 약삭빠른 양가 놈이라도 쉽사리 빠져나갈 수 없을 것이다. 게다가 무장대를 치료해 줬다는 소문까지 나돌면, 빨갱이로 몰릴 터인데, 함부로 주둥아리를 나불거릴 수도 없을 것이다.

"안으로 데려오게."

양성준 시선은 이미 널브러진 계집아이에게 쏠려있었다.

"어떤가?"

부일환은 동희를 안았다. 숨소리가 가물거렸다.

"아니, 이 사람아. 이렇게 늦게 오면 어떻게 하나."

양성준 목소리는 의외로 차분했다. 그는 두말하지 않고 의료기구를 챙겨 수술실로 들어가면서 부일환에게 말했다.

"이곳에 내려놓게."

부일환은 동희를 수술대에 내려놓았다.

양성준은 수술칼로 동희 저고리를 찢었다. 피범벅이었다. 계집아이 상처가 심상찮았다.

수술칼을 보자 더럭 겁이 났다. 숨줄을 끊으려면 수술칼 한 번이면 충분했다. 부일환은 양성준 뒷덜미에 단검을 겨눴다.

"함부로 나댔다가 네놈의 배때기에 구멍이 뚫릴 수 있어!"

"그 칼 좀 치우게!"

양성준은 단호하게 부일환을 물리쳤다.

"자네가 그런다고 죽은 아이가 살아나지 않을 걸세."

"……?"

부일환은 당황했다. 동희에게 해코지하려면 수술칼 한 번이면 죽일 수 있었다. 단검을 겨눈다고 달라질 것은 없었다. 예전과 달리 단검 따위에 흔들리지 않는 양성준은 의외였다.
"……, 알았네."
부일환은 머쓱해 슬그머니 단검을 거둬들였다.
"자네도 나가서 기다리게."
거리낌 없는 말은 어릴 때의 얼치기 양성준이 아니었다. 의원醫員 양성준이었다. 그러나 온전히 믿기에는 짧은 만남이었다. 부일환은 틈틈이 수술실을 흘낏거렸다.

6

두어 시각 지나도록 의원 양성준은 수술실에서 나오지 않았다. 가끔 들리는 동희 신음과 다독이는 의원 목소리가 흘러나왔다. 양성준이 허튼수작이라도 부릴까 봐 부일환은 틈틈이 수술실을 흘끔거렸다.

"운이 좋았네."

의원 양성준이 손을 비비며 커튼을 젖혔다. 이마에 땀이 번질거렸다.

"어떻게 됐나……?"

부일환은 엉거주춤 바라보았다.

"걱정하지 말게, 천운이라고 봐야지……. 상처가 조금만 더 깊었으면 큰일 날 뻔했네, 살리기 어려웠을 거야. 다행히 죽창 끝이장기를 빗나가 위험한 고비는 넘겼다네, 걱정하지 않아도 될 걸세. 저 아이가 죽고 사는 것이야 운명 아니겠나……. 그리고 일환이, 도끼눈을 치뜨고 나를 쳐다볼 필요 없다네. 내 말했잖은가? 모든 게 운명이라고…….”

수술하느라 긴장했던지 양성준이 숨을 몰아쉬었다.

"이 사람아, 도끼눈이라니 과한 말이네…….”

지나치게 예민했던 게 미안해 부일환이 어물쩍거렸다.

"자네가 호들갑 떨어도, 그리고 어떤 명의名醫라도 죽을 아이는 살릴 수는 없다네, 아무튼, 의원醫員이 할 수 있는 조처는 다 했으니 저 아이를 데리고 빨리 이곳 모슬포의원醫院을 떠나게. 그게 이로울 거야. 그리고 이 약 첩도 함께 가지고 가게. 하루에 세 번 식후에 먹이면 될 걸세.”

양성준은 서랍을 뒤적여 한지韓紙에 싼 약 첩貼 뭉치를 꺼냈다.

"약 첩이라니……?”

양성준이 약 첩까지 챙길 줄은 몰랐다. 부일환은 그의 속내를 가늠할 수 없어 당황했다.

"이 사람아, 뭐하나? 약 첩 받지 않고?”

양성준이 끈으로 묶은 약 첩 뭉치를 내밀었다.

"근데, 자네는 언제 섬으로 돌아온 거야? 그리고 이 계집아이는 또 누구고……, 무슨 일이 있었던 게야?”

"자네가 알 필요 없지 않나.”

부일환이 눈을 홉떴다.

"하긴, 그렇지……. 내가 굳이 알 필요가 없지."

양성준은 더는 할 말이 없었다. 돈을 빌려 가고도 돌려줄 생각은커녕 눈조차 깜짝하지 않던 놈이 계집아이가 누군지 무슨 일이 있었는지 알려줄 리 없었다.

"그렇게 됐네……. 어쨌든, 주둥아리를 함부로 나불거리면 자네가 되려 토벌대에게 당할 수 있으니 입 다무는 게 좋을 걸세."

부일환은 다짐이라도 받으려는 듯 양성준을 몰아붙였다.

"이 사람아 지금 나를 걱정할 때가 아닌 것 같네만, 아무튼, 나야 그렇다 치더라도 이 계집아이를 데리고 산으로 돌아갈 텐가?"

부일환은 대답하지 않았다. 별 볼 일 없던 놈이 의원행세라도 하려는지 가르치려 들었다.

"아무튼, 고맙네!"

동희를 치료해 준 것은 고맙지만, 그렇다고 어쭙잖은 지식으로 가르치려 드는 양성준과 대화할 만큼 부일환은 여유롭지 않았다.

"그러지 말고 자수하게."

입산한 무장대라도 경찰에 먼저 신고하고 자수하면 살려 준다던 모슬포 교회 정기준 목사 말이 생각나서 양성준이 한 말이었다.

"미친놈!"

부일환이 발칵 했다. 아무리 친구 사이라도 십수 년을 섬 제주를 떠나있었다. 함부로 주둥아릴 놀리다니 어처구니가 없었다. 게

다가 양성준의 말이라면 팥을 팥이라고 말해도 믿을 수 없었다.

"모른 척하는 게 나을 걸세, 주둥아리를 잘못 놀리면 자네가 되레 당할 수 있으니 잘 생각해서 행동하게."

부일환이 양성준의 말머리를 낚아챘다. 주제넘게 나불거리는 주둥아리가 꼴사나웠다. 의원이랍시고 이 사람 저 사람 말을 듣고 9연대 토벌대나 경찰에 일러바친 대가로 의원醫院을 유지하는 모양이었다.

"자수하라고! 네놈이 양코배기 똥을 받아 처먹더니 주둥아리까지 함부로 놀려, 줏대 없는 놈!"

"이 사람아, 누군들 그렇게 하고 싶겠나, 이런 시국에는 그래야 살 수 있다네. 찬탁이니 반탁이니 이제 다 끝난 일이라고, 세상은 이미 바뀌었단 말일세……. 일환이, 제발 정신 좀 차리고 그만 자수하게……."

부일환은 부아가 치밀었다.

"양가야, 내 걱정은 하지 말게, 자네가 토벌대에 신고하더라도 그때는 나는 이미 섬에 없을 거야. 그 주제넘은 훈장질은 그만하고 자네 살길이나 찾아보는 게 나을 걸세."

양성준은 금방 알아차렸다. 십수여 년 전, 섬을 떠날 때처럼 부일환은 전혀 달라지지 않았다.

"어리석은 놈!"

제 놈 앞가림도 못하면서 독립운동이네 통일운동이네, 떠들어

대더니 이제는 빨갱이 짓까지 하는 모양이었다. 양성준은 제주농업중학교에 다니는 손자 놈이 생각났다. 사회주의가 아무리 좋더라도 지금은 아니라고 수없이 말렸는데 기어코 말을 듣지 않았다.

제 아비 놈도 마찬가지였다. 일본 유학까지 보내, 오사카 중심가에 의원醫院까지 차려주었다. 그런데 아비 말을 무시하고 조선총련에 가입해 기부금을 보낸다는 소문을 들었을 때 가슴이 철렁 내려앉았다. 토벌대에 신고가 들어가면 의원이고 나발이고 한순간에 끝장나고 말 것이다.

"아이고, 미친놈들……."

십수 년 전, 무척 덥던 여름이었다. 부일환이 불쑥 찾아와 상해에 가서 돈 벌어 갚겠다며, 이십 전을 빌려달라고 하더니 주머니까지 몽땅 털어 달아난 뒤 여태까지 소식조차 없다가 느닷없이 나타나더니 돈을 갚기는커녕, 어린 계집아이까지 데려와 수술해 달라며 단검까지 들이대며 협박했다. 게다가 다시 섬 제주에서 떠날 거라며 걱정하지 말란다. 엉뚱하기는 예나 지금이나 조금도 달라지지 않았다.

"이 아이는 괜찮겠나?"

"너무 걱정하지 말게, 죽고 사는 것은 이 아이의 운명이라고 내가 진작 말하지 않았던가."

"알았네, 아무튼, 고마우이. 허나, 치료비는 못 주네."

"걱정하지 말게."

양성준은 피식 웃음이 나왔다. 치료비 달란다고 줄 놈도 아니었지만, 양심은 있었든지 치료비가 마음에 걸렸던 모양이었다.

부일환은 양성준을 살려둘지 잠시 고민했다. 날이 밝으면 부일환을 잡으려고 토벌대가 벌떼처럼 달려들 것이다. 십수여 년 전, 아버지가 과로로 몸져누워 송악산 해안포 토굴 공사 부역을 아버지 대신 나간 적이 있었는데, 사정도 모르는 양성준이 왜놈 감독에게 일러바쳐 마을이 온통 아수라장이 되었다. 결국 아버지는 그 사고로 다시는 일어나지 못했다. 이득이 되면 무슨 짓이든 할 놈이었다.

'나쁜 새끼……!'

양성준이 수술 침상 옆으로 돌아섰다. 기회는 이때뿐이었다. 부일환은 양성준의 뒷덜미를 찍어 눌렀다. 맥없이 쓰러졌다. 섬을 벗어나려면 양가 입부터 틀어막아야 뒤탈이 없을 것이다. 마음 같아서는 죽이고 싶었다. 하지만, 손녀 동희를 대가 없이 치료해줬다. 치료비는 주지 못하더라도 목숨까지 빼앗을 수 없어 이쯤에서 그만두었다. 밀항선이 섬 제주를 떠나면 어차피 상관없는 일이지만.

'미안하네, 친구…….'

부일환은 동희를 안고 모슬포 의원을 나왔다. 모슬포 교회 첨탑 등이 깜빡거리고, 가파도에 고기잡이 어선에서 불빛이 비쳤다. 북두칠성 꼬리별이 한라산 멧부리에 드러눕고 있었다. 서너 시간 지나면 새벽 기도차 교인들이 모슬포 교회로 올 것이다.

"집으로 돌아가……."

부일환이 중얼거리며 동희를 모슬포 교회 출입구에 내려놓았다. 동희가 정신이 들 때쯤이면 교인들이 발견할 것이다.

해무가 하모리 바닷가 솔숲에 촘촘히 박혔다. 파도가 철썩거렸다. 분명 파도를 거스르는 노 젓는 소리, 제주 어부의 노질과 다른 소리였다. 부일환은 솔숲을 벗어나 바위 틈에 숨어 바다를 바라보았다. 해무 속에서 노 젓는 소리가 들릴 뿐 아무것도 보이지 않았다.

솔숲에서 바스락거리는 소리가 들렸다. 부일환은 몸을 낮추고 소리 나는 곳을 향해 귓바퀴를 세웠다. 어린 계집아이가 비틀거리며 걸어오고 있었다.

"누구야……?"

부일환은 바짝 긴장했다.

"할아버지……!"

부일환은 황급히 바위 틈에 몸을 숨기고 솔숲으로 시선을 집중했다.

"아니. 저 녀석이……."

동희가 솔숲으로 걸어오고 있었다. 모슬포 교회 입구에 내려놓았는데, 그새 뒤따라오다니……. 부일환은 바다와 솔숲을 번갈아 바라보았다. 노 젓는 소리와 동희 발소리가 동시에 다가오고 있었다.

"할아버지······."

동희가 정신이 들었을 때 사방이 컴컴했다. 분명, 상평마을은 아니었다. 주위를 두리번거렸다. 어디가 어딘지 알 수 없었다. 찢어질 듯 아프던 가슴에 난 상처도 괜찮았다.

'여기가 어딜까······?'

뒤를 흘끔거리며 어둠 속으로 걸어가는 낯선 할아버지가 눈에 띄었다. 동희는 혼자 남는 게 두려웠다. 온 힘을 다해 일어났다. 그리고 할아버지 뒤를 멀찌감치 떨어져서 따라갔다.

"아니, 애야······. 집으로 돌아가야지······, 할아비를 따라오면 어떻게 해······?"

부일환은 동희에게 돌아가라고 손사래를 쳤다. 그러나 막무가내로 따라오는 동희를 돌려보낼 방법이 없었다.

노 젓는 소리가 하모리 바닷가에서 철썩거렸다.

'저 아이를 어떻게 집으로 돌려보내지······?'

부일환은 마음이 조급했다.

7

곶자왈 조록나무가 잎을 털어냈다. 계절 문턱의 이질적인 기후 탓만은 아니었다. 사람들이 떠난 상평마을은 음산했다. 이유도 모른 채 죽은 사람들 원혼들이 밤마다 떠돌아다녔다. 흐느끼며 울다가 밤새 미친 듯이 낄낄거리다가 동틀녘에야 돌아갔다.

밤마다 유령이 올레를 어슬렁거리는 상평마을에서 동우는 하루라도 빨리 떠나고 싶었다.

"할머니, 우리 집은 언제 이사해요?"

곶자왈을 바라보며 한숨만 쉬는 할머니에게 동우가 매달렸다.

"네 에미 오면……."

집을 나선 지 사흘이 넘었다. 여느 때 같았으면 이미 돌아왔을 터인데, 기별조차 없는 며느리가 상모 댁은 은근히 걱정되었다.

"엄마 언제 오는데요?"

동우도 어머니 소식이 궁금했다. 어머니가 집을 나서면, 하루 이틀은 예사로 집을 비웠다.

"곧 오겠지……."

상모 댁이 시무룩했다. 돌아오지 않는 며느리가 걱정되었지만, 곧 돌아올 거라 믿었다.

"동우야, 네 에미 올 때까지 이삿짐이라도 챙겨 두어라."

아침나절에 이장댁이 마을을 떠났다. 친정 근처, 상모리 윗마을로 이사한다고 말했다. 그 집은 오래전, 남편 부일환이 상해로 밀항하기 전까지, 상모 댁이 살았던 집이었다. 그 집을 이장 고순봉이 매입했다는 소문이 나돌았다. 사실, 그 집은 돌아가신 친정아버지가 고명딸인 상모 댁에게 물려주었던 집이었다. 그런데, 오라버니 김승보가 남편이 집안을 망하게 할 거라며 쫓아낸 뒤, 왜놈 순사에게 빌려주었다.

며칠 전, 상모 댁은 상모리 친정집을 찾아 오라버니 김승보를 만났다.

"오라버니, 윗마을 빈집으로 이사하려고 하는데……."

그녀는 신접살림을 차렸던 윗마을 빈집을 염두에 두고 한 말이었다. 친정아버지가 물려주기도 했지만, 왜놈들이 떠난 뒤라 이사하는데 딱히 문제 될 것이 없을 것 같아서 한 말이었다.

"안 돼……!"

김승보는 가차 없이 거절했다. 매제가 돌아오면 눌러앉을 수 있어 허락할 수 없었다.

"비어 있잖아요?"

상모 댁도 지지 않았다.

"이미, 상평리 이장 고순봉에게 팔았어."

상모 댁은 배신감이 들었다. 친정을 찾지 않았던 것은 집에서 쫓아낸 오라버니에 대한 원망 때문에, 아버지 임종조차 거절해, 가슴 한편에 한으로 남아있었기 때문이었다.

"그 집은 아버지가······."

김승보가 말을 끊었다.

"네게 물려주었다고? 턱없는 소리 작작 해라. 아버지 돌아가신 지 십수 년이 넘었는데 인제와 허튼소리를 하다니······. 아버지 임종도 거절한 네가 감히 집을 내놓으라니, 그리고 네 집이라는 증거라도 있더냐?"

"그래도 오라버니······, 저에게 상의라도 하셔야지."

"상의는 무슨, 시집간 여동생에게 집안일로 상의하는 사람도 있더냐?"

"오라버니······!"

상모 댁이 목소리를 높였다.

"정 이사할 집이 없으면 곁채라도 오던지······."

상모 댁은 기가 막혔다. 그래도 양심은 있었던지 곁채를 내준다고 했으니 그나마 다행이었다. 아무튼, 며느리가 집으로 돌아오면, 아들놈 소식이라도 들은 뒤에 이사하든지 마을에서 머물든지 할 참이었는데, 여태 소식이 없었다.

'제발 아무 일 없어야 할 텐데…….'

걱정이 앞섰다.

"알았어요, 할머니."

동우가 할머니 방으로 들어갔다. 방구석에 초등학교 2학년 국어 교과서가 눈에 띄었다. 동희는 여태 소식이 없었다. 무장대가 마을을 들이친 다음 날 동트기를 기다려 윗마을 초입부터 아랫마을까지 샅샅이 뒤졌다. 기태네 집 부엌에서 기태 할아버지 시체를 보았지만, 동희 흔적이 없었다. 시체 썩는 냄새가 지독했다. 동우는 마을을 떠나지 않으면, 할머니도 기태 할아버지처럼 죽을지 모른다는 생각이 들어 더럭 겁이 났다.

사립문에서 인기척이 들렸다. 동희라는 생각에 동우는 마당으로 뛰어나갔다.

"동희야!"

동우가 사립문을 열었다. 수건을 동여맨 어머니가 서 있었다. 초췌해 보였다. 곶자왈에 다녀왔는지 치맛자락에 검불이 잔뜩 붙어있었다.

"엄마……!"

동우는 깜짝 놀랐다.

"할머니는?"

어머니 안중에 동우는 없었다.

"에미 이제 왔구나. 애비는 어떻게 지내더냐?"

"걱정하지 마세요. 오늘 새벽 산간으로 들어갔어요."

성산 댁이 시무룩했다. 남편 부종수의 축 처진 어깨가 머릿속에서 떠나지 않았다. 그렇다고 다른 대안도 없었다.

"그럼 됐다. 이사부터 먼저 하자. 빨리 소개하라고 야단도 아니구나. 아이고 우라질 놈들······."

할머니는 기다렸다는 듯 이사를 서둘렀다.

"동우야, 빨리 짐 챙겨라."

"예, 할머니."

동우는 집안을 둘러보았다. 서청 놈들이 세간을 죄다 부숴버려 딱히 챙길 이삿짐도 없었다.

"엄마, 동희는 어떻게 해요······?"

동우는 욕먹을 각오로 말을 꺼냈다.

"아니, 무슨 계집애가 여태 집에 안 들어와······. 그냥 놔둬라. 살았으면 찾아오겠지······."

성산 댁은 한숨이 나왔다. 동희가 마음에 걸리지만, 이사를 미룰 수 없었다. 동희를 기다리다가 토벌대에 걸리면 빨갱이로 몰려 자칫 온 식구가 위험해질 수 있어 돌아올 때까지 기다릴 처지가 아니었다.

안방 문을 열었다. 온통 아수라장이었다. 외사촌 시동생 김경태 짓일 것이다. 남편 부종수를 체포하려고 진심으로 안달인 놈이었다. 친척이라기보다 차라리 철천지원수였다.

"아이고, 나쁜 놈······!"

성산 댁은 욕지거리를 내뱉으니 그나마 가슴이 탁 트인 것 같았다. 눈시울을 붉히며 곶자왈 동굴을 빠져나와 산간으로 떠나던 남편의 참담한 모습이 어른거렸다.

'동희를 어떻게 하지······?'

아직 생사조차 모르는데, 이사 먼저 하려니 상모 댁은 마음이 심란했다.

"살아있으면 찾아오겠지······."

"엄마······."

동우는 가슴이 철렁했다. 동희를 내버리고 떠날 모양이었다.

"오늘 아침 마을을 뒤졌는데, 찾을 수가 없어, 살아있으면 집으로 찾아오겠지······."

상모 댁이 말꼬리를 흐렸다.

"······!"

동우는 대답하지 않았다. 게다가 동우가 뻗댄다고 할머니가 들어줄 것 같지 않았다. 동우는 돌을 주워, '상모리'라고 적은 뒤 사립문 담벼락에 올려놓았다. 동희가 돌아오면 볼 수 있도록 반듯하게 세워 두었다.

"고영신이도 상모리로 이사 간다던데, 우리는 어디로 가요?"

동희가 사라진 것을 잊어버렸는지 동혁은 아무렇지도 않은 듯 야지랑 떨었다.

"우리도 상모리 아랫마을 김 면장 댁으로 이사 할 게다."

할머니 친정 곁채로 이사할 모양이었다. 민수 아버지가 서청(서북청년단) 놈들을 끌고 와 집을 쑥대밭을 만들었다. 그런데 집을 불태우지 않았다며 엄지를 치켜세우며 외려 고마워하던 할머니의 활짝 핀 미소가 동우는 설핏 떠올랐다.

"이야기는 잘 됐습니까?"

친정 곁채로 이사하자는 시어머니가 성산 댁은 마뜩잖았다. 더군다나 남편을 체포하지 못해 혈안인 외사촌 김경태를 믿을 수 없었다.

"그래, 상모리로 갈 게다. 당분간 에미가 외가 허드렛일을 도와라."

"예, 어머니……."

성산 댁은 상모리 외가댁이 마뜩잖았지만, 오갈 데 없으니 고개를 끄덕일 수밖에 없었다.

"동우야. 너는 민수를 잘 데리고 놀아야 한다. 알았니?"

"예, 할머니, 걱정하지 마세요."

동우가 고개를 끄덕였다. 상모리까지 무장대가 습격할 리 없었다. 게다가 모슬봉 기슭 솔밭을 지나면 모슬포였다. 하모리 바닷가에서 소라도 잡고 게도 잡을 수 있었다. 아무튼, 무엇보다 모슬포 교회가 가까워 야학에 다닐 수 있었다.

성산 댁은 동우와 동혁 표정을 살폈다. 남편이 토벌대에게 쫓겨 다녀도 자식들까지 곤란을 겪게 할 수 없었다. 더부살이가 마뜩잖아도 시어머니 친정이라 아이들은 안전할 수 있어 그나마 다행이었다.

"에미야, 이삿짐 끌어내라."

성산 댁은 곶자왈을 힐끗 보았다. 가슴이 울컥했다. 곶자왈 동굴이 토벌대에 발각되어 더는 머무를 수 없다고 했다. 이제, 남편이 집으로 찾아오지 않으면 만날 수 없었다. 음식도 옷가지도 남편 스스로 해결하고 추위도 스스로 견뎌야 한다.

"예……, 어머니."

집안을 둘러보면서 며느리는 눈물을 보였다. 그 눈물의 의미를 상모 댁은 알고 있었다.

"짐을 다 꾸렸으면 어서 떠나자."

사립문을 나서던 상모 댁이 집안을 둘러보았다. 추억이 깃든 곳이었다. 섬을 떠났던 남편은 해방이 되어서야 돌아왔다. 사나흘 집에 머물더니 곧장 산으로 들어갔다. 그리고 소식조차 없었다. 산으로 들어간 사람들이 죽을 때마다 온 마을이 초상집으로 변했다. 하지만, 남편은 여태 소식조차 없으니, 상해로 밀항할 때처럼 남편은 살아있을 거라 믿었다.

상해로 밀항하던 날 남편은 뜬금없이 말했다. 왜놈들이 열도로 떠나면 섬으로 돌아올 거라고, 그리고 해방이 되어 왜놈들이 섬을 떠났다. 남편은 거짓말처럼 집으로 돌아왔다. 그리고 통일이 우선이라며 뜬금없는 말을 남기고 한라산으로 들어갔다. 그 또한 뜬금없었다.

상모 댁은 독립이나 통일 따위는 관심 없었다. 자식들 끼 거르지 않으면 그것이 무엇이든 상관없었다. 자식보다 중한 게 독립과 통일이라는 남편은 정말 나쁜 사람이었다. 어쨌든, 독립은 했으니 통일되면 남편은 또다시 집으로 돌아올 것이다.

'그때까지 기다리는 수밖에…….'

한숨이 절로 나왔다.

"서두르자……."

상모 댁은 발걸음을 재촉했다.

"예, 어머니."

동혁과 동우가 뒤따랐다. 집 구석구석 꼼꼼히 훑어보던 성산 댁이 마지막으로 집을 나섰다. 동우는 집을 나서면서 아버지와 함께 돌아올 거라고 다짐했다. 담벼락에 올려둔 '상모리'라 새긴 돌을 바라보았다. 언젠가 동희가 집으로 돌아오면 볼 것이라 믿었다. 발걸음이 떨어지지 않았다. 할아버지가 살았고, 아버지가 살았다. 동우와 동혁, 동희가 태어났던 집이었다. 동우는 눈물이 났다.

"어서 가자……."

어머니가 채근했다. 상모리에 도착하려면 서둘러야 해거름에 도착할 것이다. 동우는 황소 고삐를 단단히 잡고 등짐을 졌다.

8

흐릿하던 가파도가 뚜렷해지고 모슬봉이 우뚝 눈앞으로 가까이 다가왔다. 동쪽 기슭 향사 아래위로 초가들이 고개를 내밀었다. 동우네는 향사 왼쪽 아랫마을 올레로 접어들었다. 올레 끝에 멋들어진 초가집이 한 채가 보였다.

'설마, 저 집은 아니겠지……?'

동우가 침을 꼴깍 삼키며 할머니를 흘끔거렸다.

"사립문 열어라!"

앞서 걷던 상모 댁이 발걸음을 멈췄다. 올레 입구에 쓰러질 것 같은 허름한 집이 눈에 띄었다.

"할머니……?"

동우가 할머니를 바라보았다.

"그래, 이 집이다. 안으로 들어가자."

상모 댁은 아무렇지도 않은 듯 마당으로 들어섰다. 동우는 눈물이 핑 돌았다. 들어가기 싫었다. 차라리 상평마을로 돌아가고 싶었다.

"에미야, 마루에 짐 내려라. 겉은 허름해도 지낼만할 거야."

성산 댁은 마루에 짐을 내렸다. 성산리 친정 근처에 소개할 집을 알아보려고 연락했다. 소문은 흉흉했다. 친정아버지는 경찰서로 잡혀가 돌아오지 않았고, 남동생은 산으로 들어갔는데 생사를 알 수 없다고, 이웃 아주머니가 인편으로 알려왔다. 가슴이 답답했다. 기댈 곳은 자식들과 시댁 식구뿐이었다. 허름한 곁채라도 비만 새지 않으면 괜찮았다. 아무려면 어때, 봄이 오면 상평마을로 돌아갈 터인데……. 곁채라도 얻었으니 그나마 다행이었다.

"예, 어머니."

성산 댁은 마루에 짐을 내렸다.

"아이고, 먼지가 많아 청소부터 해야겠소. 에미야……."

더부살이가 못마땅한지 며느리 목소리가 시원찮았다. 비라도 피할 수 있으니 다행이지만, 상모 댁 한숨에 해묵은 먼지가 날아오르는 듯했다. 50년 전, 열여덟 꽃다운 처녀 시절이었다. 그때도 오늘처럼 한라산에서 찬 바람이 모슬봉으로 불어오기 시작할 즈음이었다.

부일환은 밤새 광에 갇혀있었다.

"저놈을 당장 끌어내라."

아버지 불호령이 떨어졌다. 믿었던 고명딸이 머슴과 통정해 임신했으니 집안이 발칵 뒤집혔다.

"주인 어르신, 죽을죄를 지었습니다만, 효순이를 죽도록 사랑합니다. 결혼을 허락해 주십시오."

밤새 두들겨 맞았는지 부일환은 피투성이가 된 몸을 이끌고 아버지 앞에 무릎을 꿇고 결혼시켜 달라고 빌고 또 빌었다. 효순은 누가 뭐래도 우직한 부일환이 믿음직스러웠다.

"아니 저놈이, 그래도 터진 주둥이라고 함부로 나불거리다니……!"

가난한 집안에 태어나 머슴으로 살아도 당당하게 결혼시켜달라는 부일환을 효순은 의심한 적이 없었다. 게다가 사랑에 빈부귀천이 없다는 말을 그녀는 굳게 믿고 있었다.

"아버지, 제가 처리할게요."

오라버니 김승보가 나섰다. 아버지는 일본 유학까지 한 아들 말이라면 의심 없이 믿었다. 덕택에 오라버니의 설득으로 윗마을 집을 수리해 혼인식도 치르지 않은 채 신접살림을 꾸렸다. 그러나 오래가지 못했다. 남편이 독립운동 한답시고 이 마을 저 마을로 휘젓고 다녀, 집안 거덜 낼 놈이라며 쫓아냈다. 그 일로 남편은 상해로 밀항했다. 효순이 갈 곳이 없었다. 결국 중산간 상평마을 허름한 남편 고향 집으로 쫓겨갔다. 추위와 굶주림에 딸아이는 죽었고, 아들 종수만 겨우 지켜냈다. 그녀는 한이 맺혀 아버지가 돌아가셨을 때도 친정에 들르지 않았다. 그런데 해안가로 소개하지 않으면 죽이겠다는 토벌대 협박을 거스를 수 없어, 곁채라도 내어달라 어렵사리 오라비 김승보에게 부탁했다. 다행히 곁채를 내주었지만, 해묵은 응어리마저 사라진 것은 아니었다.

"에미야, 마루에다 짐 내려놓아라!"

상모 댁은 입술을 깨물었다.

"예, 어머니······."

보퉁이를 마루에 내려놓은 어머니가 돌아보았다. 동우는 집으로 들어가기 싫었다. 아무리 곁채라도 지붕은 썩어 골이 패었고, 기둥은 반쯤 기울어 바람이 들이치면 금방이라도 쓰러질 것처럼 엉성했다. 그는 눈물이 핑 돌았다. 당장 상평마을로 돌아가고 싶었다.

"동혁아, 들어가자."

동혁의 손을 잡아끌었다. 동우는 못난 형이 되기 싫었다.

"······싫어, 형이나 들어가!"

"동혁아, 할미 말 들어야지?"

상모 댁은 동혁 머리를 쓰다듬었다. 그녀가 보기에도 허술한데, 들어가기 싫어하는 손자들을 이해할 것 같았다. 그러나 마을을 비우라는 토벌대 명령을 거스르고 다시 돌아갈 수 없었다.

"동혁아, 형 따라와······."

동우가 뒤꼍 이곳저곳을 살폈다. 무너진 담장이야 차차 고치면 되지만, 굴뚝은 당장 고치지 않으면 연기가 빠지지 않을 것 같았다. 발끝으로 툭툭 찼다. 굴뚝이 무너져 내렸다. 눈물이 핑 돌았다. 동생이 눈치채지 못하게 고개를 돌리고, 입술을 꽉 깨물었다.

"야, 인마, 들어와 봐. 괜찮아, 상평 집보다 훨씬 좋아!"

"피이······."

동우는 마음을 고쳐먹었다. 우선 총소리가 들리지 않아 좋았다. 쓰러진 기둥은 바로 세우면 될 것이고, 골 파인 지붕은 새 이엉을 덮어 새끼줄로 단단히 묶으면 올겨울은 충분히 버틸 것 같았다. 봄이 오면 아버지도 집으로 돌아올 것이다. 걱정할 것 없었다. 무엇보다 지긋지긋한 사람들 비명이 들리지 않아 다행이었다. 소개령이 해제되면 상평마을로 돌아가면 그만이었다.

"그래도, 방이 세 개네!"

동우는 동혁을 힐끔거렸다.

"형은 어느 방을 쓸 거야?"

방이 세 개라서 마음에 들었던지, 아니면 제 방이 생겨서 좋은지 동혁이 배시시 웃었다. 동우가 뒤따라 피식 웃었다.

"니가, 좋은 방으로 정해. 형이 따라가면 될 것 아니냐."

동희도 같이 왔으면 좋았을 텐데······, 동우는 마음껏 웃을 수도 없었다. 집이 정리되면 상평마을에 한 번 다녀올 참이었다.

"할머니 저 집은 누구 집이에요?"

올레 끝에 우뚝한 집에서 연기가 피어올랐다.

"저 집 말이냐?"

상모 댁은 눈시울이 붉게 달아올랐다. 상평리로 쫓겨간 딸을 올레에서 기다리다가 돌아가신 친정어머니가 보이는 듯했다.

"예, 할머니."

동우와 동혁은 할머니를 올려다보았다. 할머니 눈이 촉촉하게 젖어 있었다.

"이 할미가 어린 시절 살았던 집이란다. 지금은 이 할미의 오라버니, 그러니까, 민수 할아버지가 살고 있지만 말이다. 그리고 모슬봉에서 내려다보이는 땅은 대부분은 너희 외할아버지 땅이란다. 지금은 민수 할아버지 땅이지만……. 모슬봉 일대는 거의 다……. 저 군부대 보이지? 그 땅까지 몽땅 다……."

상모 댁은 모슬봉 9연대 막사를 가리키며 친정집을 천천히 바라보았다. 엊그제 같은데, 이렇게 늙어버렸다니 서글펐다.

"예, 할머니."

동우는 고개를 끄덕였다. 할머니가 살았던 집, 그러니까 민수 할아버지 집을 바라보았다. 모슬봉 동쪽에 9연대 출입구 오른쪽 올레길 끝자락의 사립문으로 들어서면 처마가 높은 초가집이었다. 두툼한 억새 이엉을 새끼로 촘촘히 얽어 지붕을 단단하게 매어 아무리 드센 바닷바람이 불더라도 끄떡없을 것 같았다. 벽에 칠한 하얀 회灰는 가파도 회 공장에서 들여왔다고 했다.

덩그런 안채 대청마루 한쪽에는 안방과 서재가 있었고, 오른쪽은 다른 방은 민수 부모님이 거처한다고 했다. 민수는 민수 할아버지가 거처하는 사랑방 옆에 작은 방이었다. 대청마루는 식모가 매일 닦아 윤기가 반들거리고 모든 게 정갈하게 놓여 있었다. 아래채 광을 제외해도 머슴들이 거처하는 방이 네 칸이 더 있었는데, 토벌대를 피해 죄다 산으로 도망가, 비어있다고 말하면서 할머니는 눈시울을 붉혔다. 어쨌든, 동우가 이사한 곁채와는 비교조차 할 수 없는 엄청나게 큰 집이었다.

민수 할아버지, 그러니까 할머니 친정 오라버니는 섬 제주에서 일본 오사카를 드나들며 밀무역으로 돈을 벌어, 해방 후에는 제주도로 완전히 돌아왔다고 했다. 상모리 사람들은 쪽발이 개라며 쑥덕거려도 아무렇지 않은 듯 돌아다녔는데, 동우가 보기에도 뻔뻔스러워 보였다.

민수 아버지 김경태는 일본군 차출을 피하려고 오사카에서 유학하고, 해방 후 섬에 돌아와서 대정면 사무소 서기로 근무했다. 야위긴 해도 피부는 하얬다. 턱수염이 덥수룩하게 기른 아버지와 겉모습부터 달랐다. 서청 놈들을 데리고 다니지 않으면, 말쑥한 차림이라 전혀 딴 사람처럼 보였다.

동우는 곁채 더부살이가 부끄러워 아무에게도 말하지 않았다. 독립이니 통일이니 주절거리며 집에도 들어오지 않는 아버지보다 오히려 민수 아버지가 멋져 보였다. 아버지도 일본에서 유학했더라면 선생은 못하더라도 면서기는 할 텐데. 곶자왈을 들락거리며 한밤중에 담장이나 넘는 아버지나 할아버지처럼 독립운동이나 통일 따위는 하지 않을 생각이었다.

2부
해무 속으로

1

 한라산 멧부리가 수평선 아래로 가라앉고 있었다. 눈 덮인 한라산과 중산간 평원에서 화산석 돌담이 출렁거리는 듯했다. 다시 볼 수 없을 풍경이었다.
 밀항선 선수가 북쪽으로 향했다. 사흘 밤낮을 항해했다. 사방은 바다밖에 보이지 않았다. 저녁노을이 수평선으로 가라앉으면 밤이 찾아오고, 일출이 오르면 하루가 시작되는 일상의 반복이었다. 바람이 불었다. 대양에서 부는 바람일 것이다. 살 에이는 만주 벌판 눈바람보다는 덜해도 싸늘하기는 마찬가지였다.
 북쪽 하늘에서 거뭇거뭇한 구름이 몰려오고 있었다.
 '날씨가 좋아야 할 텐데…….'
 부일환은 동희가 걱정되어 선실로 내려갔다. 며칠째 뱃속을 훑어내더니 어젯밤부터 숨소리가 새근거렸다. 뱃멀미 때문인지, 시원찮은 음식 때문인지 먹은 것마다 죄다 게워냈다.

'남포에 도착할 때까지 버텨줘야 할 텐데……?'

의원 양성준이 지어준 약도 얼마 남지 않았다. 상처가 덧나면 큰일이었다. 부일환은 동희 상처를 살폈다. 엉터리 의원은 아니었던지, 상처 부위가 구덕구덕 아물고 있었다. 밀항선을 탄 지 하룻밤이 지나자, 동희 얼굴에 핏기가 돌았다. 생사는 하늘이 정한다며 주둥아리를 나불거리던 양성준의 말이 설핏 떠올랐다.

'꼴에 의원이라고…….'

얼치기 의원 주제에 입심만은 야무졌다. 아무튼, 동희가 점점 좋아지는 것으로 보아 양성준 말은 틀리지 않은 것 같았다.

부일환은 총상을 입고 치료받지 못해 죽은 동지들이 생각났다. 수많은 동지가 이역만리 만주 벌판에서 숨을 거뒀다. 조국의 독립을 외치고 부모 처자의 이름을 부르며 죽어가던 동지들을 뒤로한 채, 왜놈들이 퍼붓던 총알마저 운 좋게 피해 섬 제주로 돌아왔다. 그러나 거기까지였다. 차라리 그때 죽었더라면, 이처럼 둘로 쪼개지는 험한 나라 꼴은 보지 않았을 것이다. 그러나 이 또한 하늘의 뜻일 것이다.

'여기가 어디쯤일까?'

부일환은 주위를 둘러보았다. 사방이 어두컴컴했다. 하늘과 바다는 경계조차 없이 온통 어둠뿐이었다. 거뭇한 섬이 지나가면 거뭇한 섬이 다시 나타나면서 낯선 풍경이 계속되고 있었다. 대동강 하구에 이처럼 많은 섬이 없었다.

"혹시……?"

조타실을 흘끔거렸다. 조타기를 잡은 선장은 전방으로 바라보며 미동조차 없었다. 갑판에서 서성거리던 선원들이 다가오고 있었다. 부일환은 선원들의 움직임이 거슬렸다. 뭔가 잘못 돌아가고 있었다.

'아니, 이놈들이…….'

부일환은 뒷걸음질 쳤다. 3·8선을 넘을 때까지 어떤 일이 있어도 참지 못하면 위험했다.

등대 불빛이 반짝거렸다.

'남포항인가……?'

어선들이 띄엄띄엄 등대로 향하고 있었다. 야간 조업을 끝낸 귀항일 터, 만선은 아니더라도 빈 배가 아니길 바랐다.

엔진 소리가 멈췄다.

"선장 무슨 일입니까?"

바다 가운데에 배를 정박하다니 부일환은 당황했다. 그리고 만약의 사태를 대비해 단검 위치를 확인하고 선실로 눈을 돌렸다. 여차하면 선장부터 기세를 꺾을 참이었다.

"이곳은 영흥도 근처라오."

선장 말이 끝나기도 전에 이물 갑판에서 어슬렁거리던 선원들이 부일환에게 다가오기 시작했다.

'정체를 알아챈 것일까?'

부일환은 선원들의 움직임을 침착하게 살폈다. 이물 갑판에서 조타실로 다가오는 선원 두 명과 고물 갑판에서 얼쩡거리는 선원 한 명, 그리고 기관장까지, 선장을 제외해도 다섯 명이었다. 갑판 좌우 현에 널브러진 어망, 정박할 때 쓰는 작대기 두어 개가 조타실 뒷면 벽체 갑판에 놓여 있었다.

부일환이 조타실 문을 열었다. 선장이 힐끔 바라보더니 빙긋이 웃었다.

"부위원장 동무 너무 걱정하지 마시라요!"

선장은 의외로 태연했다. 사실 그들이 부일환을 해치우려면 식은 죽 먹기였을 것이다. 선상에서라면 더욱이 두말할 여지가 없었을 것이다.

"영흥도라니……, 선장, 그게 무슨 말이오?"

부일환은 긴장을 늦추지 않았다. 남포항에서 하선하더라도 상해까지 밀항은 쉽지 않았다. 더군다나 영흥도라면 남포항에서 수백 해리 떨어진 제물포 연안이었다.

"혹시……, 제물포 연안이란 말이오?"

"그렇소, 부위원장 동무, 제물포 연안이오."

선장 대답은 짧았다. 제물포라면 한강을 건넌 뒤 개성을 지나야 3·8선까지 다다를 수 있다. 게다가 국군의 3·8선 경계 태세를 살피려면 아무리 빨라도 4, 5일은 족히 걸릴 것이다. 사리원을 거쳐 대동강 하구 남포항까지 가려면 열흘은 족히 걸렸다. 상황이 잘못 돌아가고 있었다. 자칫 낭패당할 수 있을 것 같아 부일환은 바짝 긴장했다.

"똑바로 말해, 죽을 수도 있어……?"

부일환은 조타실로 들어가 선장 옆구리에 단검을 들이댔다.

"기다려 보소!"

선장은 여전히 태연했다.

"이 새끼가, 바른대로 말 안 할 거야!"

부일환이 선장을 윽박질렀다. 선원들이 조타실 좌우측 문으로 다가섰다.

"기다리라고 했잖소!"

선장이 목소리를 높이면서 부일환을 흘깃 돌아보았다. 그리고 한쪽 눈을 찡긋하더니 남폿불로 바다를 비췄다. 거룻배 한 척이 천천히 다가오고 있었다.

"부위원장 동무, 단검 든 채로 저 아이를 안을 수 있겠소?"

"무슨 뜻이오."

"보면 모르겠소?"

부일환은 당황했다.

"여기서, 내리란 말이오?"

"그렇소. 동무는 모르겠지만, 우리 배는 처음부터 남포까지 갈

계획이 없었소. 최근 들어 해상 경계가 삼엄해 3·8선을 넘을 수가 없소. 어쨌든, 동무가 제물포까지 온 것도 운 좋은 줄 알기요. 폭우도 바람도 없었고, 날씨도 좋았잖소. 하늘이 부위원장을 도운 거요."

"아니, 선장······."

부일환은 어처구니가 없었다.

"물러들 나시오!"

선장이 턱을 들더니 조타실로 다가오는 선원들을 물렸다.

"이분은 제주 남로당 김성숙 부위원장이라오. 손녀를 데리고 승선해 의심이 들었지만, 이제 확인할 필요가 없어졌소. 북측은 통신이 두절 돼, 우리 배는 3·8선을 넘을 수 없소. 참고로 말하지만, 북측과 접선이 되었더라면, 동무는 비양도 앞바다에서, 아니 섬을 떠나기 전에 이미 물귀신이 되었을 거요. 무슨 말인지 알아들었소."

선장은 의미심장한 말을 하더니 잠시 입을 다물었다.

"그리고 나도 이 짓이 오늘로 마지막이오. 어쨌든, 부위원장 동무는 제물포까지 왔으니 그나마 운이 좋은 줄 아소."

"이보시오, 선장, 마지막이라니······. 그건 또 무슨 말이오?"

"그렇게 됐소, 세상일이 그렇게 호락호락할 리 있겠소, 부위원장 동무도 내 또래 같소만······. 어린아이를 데리고 월북할 생각까지 했다니 배짱도 좋소."

선장은 기가 찼던지 혀를 끌끌 찼다. 틀린 말이 아니었다. 부일환은 할 말이 없어 입을 다물었다.

선장 말은 계속됐다.

"육로로 북으로 넘어가려면 한강을 건너야 할거요. 시간이야 더 걸리겠지만, 오히려 안전할지도 모르오. 남포까지 가려면 보름이면 충분할 거요. 개성 쪽은 최근에 남쪽 경계가 삼엄하니, 다른 방향을 알아보는 게 좋을 거요."

선장이 선실을 흘깃거리더니 시큰둥하게 한 마디 던졌다.

"그러면 손녀 데리고 잘 가소. 아무튼, 행운을 비오."

아무리 남쪽 물이 들었더라도 당 간부가 어린 손녀를 데리고 월북하겠고 밀항선을 탄 한심한 작자는 처음 보았다. 하긴, 월북하더라도 숙청당할 게 뻔하지만.

'남포로 밀항할 계획이 없었다니……;'

부일환은 대략 짐작이 갔다. 산채 보급품이 끊어진 지 3개월이 넘었다. 후속 보급 소식도 없었다. 지난 8월 중순, 오름마다 봉홧불이 타오를 때까지 우세하던 무장대는 산간으로 퇴각해 숨죽이고 있었다. 더군다나 육지에서 군경들이 섬 제주에 증원하면서 무장대가 수세에 몰리기 시작했다. 동료들은 중산간 곶자왈 동굴에서 한라산 산간으로 퇴각하면서 무장대 투쟁은 제한적이었다. 여름 내내 잦았던 장마도 한몫했다. 투쟁 결과 또한 신통치 않았다. 분명 정보가 새어 나가고 있었다. 게다가 모슬봉 9연대를 대신해 육지에서 더 강력한 2연대가 투입된 뒤 제주 서남부 토벌대는 강화되었고, 무장대는 보급은커녕 끼니조차 해결하기 어려웠다. 게다가 민보단이니 대청이니 학생들까지 동원해 무장대 색출에 나서 중산간 곶자왈 접근도 쉽지 않았다. 조선총련 지원금도 급격하게 줄어들었다. 제주 남서부 해안 경비도 강화되어 탄약과 무기 밀반입은 엄두조차 낼 수 없었다. 무장대는 각자 투쟁해야 할 처지였다.

남로당 제주 책임자 김달삼은 지난달에 월북했다. 이유를 알 수 없지만, 제주 상황이 여의찮은 것은 확실해 보였다. 이번 밀항은 북한에 보급품을 요청하려고 제주 남로당 북제주 부위원장 강득구와 함께 월북해 북한 당국에 도움을 요청할 참이었다. 그런데 강득구가 밀항선에 타지 않았다. 부일환으로서 다행한 일이었지만, 그가 모르는 또 다른 공작을 진행하고 있을지 모를 일이었다. 생각해보면 근래에 들어 수상한 사건들이 한둘이 아니었다. 보성 지서 사건도 그랬다. 무장대가 들이치기 전에 이미 토벌대가 길목마다 잠복하는 일이 빈번해 매번 계획을 바꿨다. 정보가 새고 있었다. 부일환이 밀항선을 탄 것이 산채에 알려지면 가족들이 위험했다. 토벌대가 아니더라도 무장대가 살려두지 않을 것이다.

"……?"

선장의 목소리에 눌려 부일환은 더는 할 말이 없었다. 남포항은커녕 처분에 맡길 수밖에 없었다.

"내리소!"

줄 사다리가 거룻배로 내려졌다.

"알았소."

동희를 등에 업었다. 동희가 부일환 목에 매달렸다. 어린 손녀를 제물포까지 데려오다니……. 아무리 생각해도 어처구니없었다.

"거룻배 선장이 제물포까지 데려다줄 거요. 월북하든지 제물포에 주저앉든지 동무가 알아서 하소."

동희를 힐끗 바라보던 밀항선 선장이 한심하다는 듯 혀를 끌끌 차면서 하얀 이를 드러내며 히죽 웃었다.

'무슨 뜻일까……?'

부일환은 선뜻 감이 잡히지 않았다.

"알았소, 내 성급하게 굴어 미안하오."

부일환은 단검을 허리춤에 꽂았다.

"괜찮소, 아마 나라도 긴장했을 거요."

선장 대답은 덤덤했다.

동희가 무서웠던지 부일환 목을 힘껏 끌어안았다.

"허~, 참……."

집안이 발칵 뒤집혔을 것이다. 끙끙 앓는 아내와 자식 잃은 며느리 얼굴이 번갈아 떠올랐다.

"건투를 비오."

거룻배에 오른 부일환이 손을 들어 인사치레했다.

2

노 젓는 소리가 파도에 뒤처였다. 느리게 다가온 섬들이 빠르게 지나갔다. 거룻배가 파면에 미끄러졌다. 바삐 움직이는 선장의 노질 너머에 등대 불빛이 번쩍거렸다.

"저곳이 팔미도 등댑니다."

거룻배가 등대 불빛에서 벗어나자, 선장은 기다렸다는 듯 부일환에게 말을 걸었다.

"예……."

부일환이 짧게 대답했다. 육로로 3·8선을 넘을 생각에, 게다가 초행길이었다. 거룻배 선장과 말 섞을 기분이 아니었다.

"왜놈들이 이곳 팔미도와 소월미도에 등대를 세웠지요."

거룻배 선장이 주절거렸다. 부일환은 긴장했다. 정체조차 모르는 밀항꾼 거룻배 선장에게 안전을 기대할 수 없었다. 꼬리 잡히지 않으려면 말 수를 줄이는 수밖에 없었다.

"예."

부일환은 짧게 대답했다.

"그런데 왜놈들이 미국 놈들에게 패하고 제나라로 돌아가려니 억울했던지 소월미도 등대를 폭파했지 뭡니까. 그것도 아무도 모르게요……. 아이고 지독한 놈들……."

거룻배 선장이 분하다는 듯 거품까지 내뿜으며 식식거렸다.

"왜놈들 소가지가 원래부터 고약하지요."

부일환이 어설프게 맞장구를 쳤다. 왜놈들은 애초부터 제나라로 돌아갈 생각이 없었을지 몰랐다. 어쩌면 대대손손 조선 땅에서 군림하고 싶었을 것이다. 그러나 어쩌랴. 양놈들의 원자 폭탄에 두들겨 맞아 일본 본토가 쑥대밭이 되었다. 그러니 제 놈들이 건설한 등대를 두고 떠나려니 배가 아팠을 것이다.

'쳐 죽일 놈들…….'

속 좁은 왜놈들의 속내가 훤히 보였다.

"지독한 놈들……!"

거룻배 선장이 부르르 떨었다. 부아가 치미는 모양이었다. 그런다고 달라질 것은 없었다. 왜놈들은 제나라로 돌아갔고 조선은 대한민국으로 독립했다. 그런데 양놈들과 소련 놈들이 조선 땅을 남과 북으로 갈라놓았다. 이 어처구니없는 사실에 분통이 터졌다.

"그렇지요."

왜놈이라는 말만 들어도 부일환은 치가 떨렸다. 총탄에 맞아 죽으면서 독립을 염원하며 만세를 외치던 동지들의 애끓는 절규가 귓전에서 들리는 듯했다.

"저 앞에 불 켜진 섬 보이지요?"

거룻배 선장이 손가락을 가리켰다.

"예……."

부일환 거룻배 선장이 가리키는 곳을 바라보았다. 해안을 따라 등불이 깜박거리고 있었다. 늦은 밤까지 등불이 켜있다니, 섬 제주에서 상상할 수 없는 생경한 풍경에 더럭 의심이 들었다.

"저 섬이 월미돕니다."

"그렇군요……. 설마, 저 섬에……."

부일환은 눈을 홉떴다.

"당연히 아니지요."

거룻배 선장이 걱정하지 말라는 듯 손사래 쳤다.

"그 섬 오른쪽에 작은 섬이 있는데, 소월미도라고 하지요. 지금은 어두워서 잘 보이지 않을 거요. 아무도 살지 않는 작은 섬인데, 지금은 녹슨 철근과 부서진 콘크리트만 흉물처럼 남아있어요."

거룻배 선장은 눈에 보이는 듯 자세하게 설명했다. 섬이 많은 제물포에서 중국으로 밀항하려는 사람들이 많을 것이다. 상해나 북경은 물론 3·8선 이북 황해도 남포나 평안도 신의주로 밀항하려면 제물포 연안은 나쁘지 않았다.

"네 그렇군요……. 그런데 소월미도에 내려줄 것은 아니지요?"

설마 해서 부일환이 물어본 거였다.

"그렇게 할 거요."

"아니, 선장……, 소월미도는 분명 섬일 텐데, 무슨 재주로 뭍으로 올라갑니까?"

부일환은 버럭 목소리를 높였다.

"아, 걱정하지 마셔요. 사정을 들으면 금방 이해할 수 있을 거요."

거룻배 선장은 걱정하지 말라면서 말을 이었다.

"제물포에서 소월미도가 가장 안전한 곳이오. 부서진 콘크리트밖에 없으니 들락거리는 사람이 없을 거 아니오. 그리고……. 연안은 조수潮水 차이가 심해 들물 때와 날물 때 지형은 전혀 다르다오."

거룻배 선장은 어깨를 으쓱했다. 부일환은 무슨 말인지 알아차렸다. 날물 때를 기다려 뭍으로 가라는 말일 것이다.

"알았소."

부일환은 고개를 끄덕였다.

"남포로 가려면 제물포에서 방법을 찾는 게 좋을 거요. 근데 쉽지는 않을 거요. 근래에는 감시가 부쩍 심하거든요……."

거룻배 선장이 말꼬리를 흐렸다.

"그래요……!"

기분 좋은 정보는 아니었다. 해상으로 밀항이 어려우면 한강을 건너 육로로 3·8선을 넘어야 한다. 보름쯤 걸릴 거라던 밀항선 선장 말이 생각났다.

"동무도 잘 알겠지만, 제주는 물자 보급이 안 돼 지금 위기에 처해 있소. 그래서 무장대가 제주에서 탈출할 계획을 세우는데, 해안 경비가 워낙 삼엄해 밀항선은 해안에 접근조차 할 수 없소."

거룻배 선장은 잠시 뜸을 들이면서 말을 이었다.

"그뿐만 아니라오. 월북도 어렵기는 마찬가지라오. 3·8선 경비를 강화해 예전 같지 않아요. 생각보다 쉽지 않을 거요."

거룻배 선장이 뜬금없는 말을 꺼냈다. 제주에서는 밀항도 월북도 쉽지 않다니, 상황이 좋지 않아 보였다. 그렇다고 부일환은 월북을 포기할 수 없었다. 어떻든 3·8선을 넘어야 한다.

"그래도 동무는 운이 좋은 편이라오."

"운이 좋다니, 그 무슨 말이오?"

부일환은 어리둥절했다. 제주 탈출을 말하는지, 제물포에 하선한 것을 염두에 두고 한 말인지 알 수 없어도 따질 기분이 아니었다.

"그게 말이오……."

거룻배 선장은 말을 하려다 말고 입을 다물었다. 사정이 있는 듯했지만, 더는 캐묻지 않았다. 운이 좋든, 운이 나쁘든, 거룻배 선장의 말이 사실이든, 아니든, 달라질 것은 없었다.

"동무, 아무튼, 고맙소······."
"아니, 잠시만요!"
부일환이 인사치레하려는데 거룻배 선장이 낡은 지도를 꺼내더니 남폿불을 들이밀었다.
"동무, 여길 보시오."
소금기가 쫀쫀하게 밴 낡은 지도였다. 수없이 많은 밀항자가 이 낡은 지도에 목숨 걸었을 것이다. 부일환은 거룻배 선장과 고개를 맞대고 지도를 찬찬히 살폈다.
"지금은 밀물 때라, 동무는 소월미도 등대 바로 앞에서 하선하게 될 거요. 지금은 마른 갈대가 무성한 곳이라오. 썰물 때까지 갈대숲에서 숨어있어야 할 거요. 썰물이 시작하면 갯벌이 나타나는데, 월미도로 이어지는 길이오. 시간이 많지 않으니 물이 빠지면 곧장 이동해야 할 거요. 지체하면 안 되오. 늦어도 동트기 전에는 월미도에 들어서야 안전하오."
부일환이 고개를 끄덕였다. 해무에서 유리된 물방울이 얼굴을 적셨다.
"오늘이 그믐이니 동이 트면 밀물 때요. 바닷길이 금방 사라지니 지체하면 안 되오. 알았소?"
거룻배 선장은 시간을 지체하면 안 된다는 말을 두어 번이나 강조하면서 쪼그리고 앉은 동희를 보더니 피식 웃었다.
"빠르게 소월미도에서 빠져나가소. 자, 지도를 보시오. 월미도에 도착하면 철조망 울타리가 나타나는데, 그곳이 왜놈들이 지었던 사슴 목장 터라오, 지금은 비었을 거요. 목장 입구에서 동쪽으로 돌아가면 좁은 해안길이 나올 거요. 그 길을 따라가면 미군 부대가 보이고, 건너편에 월미도 원주민이 거주하는 해안마을이 보일 거요. 미군 경비에게 들키지 않으려면 조심해서 이동해야 할 거요. 그곳에서 두 번째 골목으로 들어가면 집이 여러 채 나란히 보일 거요. 세 번째 집으로 들어가 문을 세 번씩 연달아 두드리소. '똑똑똑' 그리고 잠시 쉬었다가 다시 '똑똑똑' 이렇게 말이오. 알아들었소?"

"예……."

부일환은 숨이 턱턱 막혔다.

"주인장은 이수원이라는 월미도 토박인데, 정달호가 보냈다고 말하면 동무를 도와줄 거요."

"이수원 정체는 뭐요?"

"걱정하지 않아도 되오. 그 친구 뒷집이 내 집이니 걱정 안 해도 될 거요. 그리고 내 고향은 제물포라오."

부일환은 이수원 정체가 궁금했으나 더는 캐물을 수 없었다. 어차피 북한 공작원이겠지만…….

"서두르소."

부일환은 동희를 보았다. 꼬박꼬박 졸고 있더니 잠들어 있었다.

"쯧쯧……."

정달호가 동희를 보더니 한심한 듯 혀를 끌끌 찼다.
"동무, 고맙소. 이 은혜 잊지 않으리다."
부일환은 동희를 업었다.
"우리에게 내일은 없소, 동무도 잘 알잖소. 아무튼, 건투를 비오. 그리고, 음……, 다음에 봅시다."
부일환은 갈대숲을 빠져나가는 거룻배 선장을 향해 손을 흔들었다. 선장도 손을 흔들었다.

3

콘크리트 폐기물이 부서진 채 유령처럼 널브러져 있었다. 찰싹이는 파도에 갈댓잎이 사각거렸다. 제 살을 갉아 갯벌 깊숙이 뿌리를 내리고 싶었을 것이다. 거룻배 선장 정달호의 말처럼 소월미도는 처참했다. 부일환은 갈대를 쓰러뜨려 동희를 앉히고 하늘을 보았다. 북두가 사라진 하늘에 여명이 숨차하고 있었다.

갈댓잎이 사각거릴 때마다 바닷물은 갯벌에 한 뼘씩 흔적을 남기고 감췄던 속살을 드러냈다. 좁다란 바닷길이 월미도를 향해 구불거렸다. 부일환은 동희를 등에 업고 갈대밭을 빠져나와 월미도로 빠르게 걸었다.

"할아버지?"

동희가 목에 매달렸다.

"쉿, ……조용히 해!"

"여기가 어디야?"

동희는 무서웠다. 공기 냄새부터 달랐다. 분명 섬 제주는 아니었다. 할아버지 목을 끌어당겨 등에 찰싹 달라붙었다.

"그게……. 그러니까……. 조금 이따 할애비가 얘기해 줄게, 알았지, 동희야?"

부일환은 할 말이 없었다. 어린 손녀를 제물포까지 데려오다니……. 아무리 생각해도 어처구니없었다.

'위기부터 벗어나자.'

길을 잘못 들었는지 갯벌이 발목을 붙들었다. 부일환은 온 힘을 다해 앞으로 걸어갔다.

동물원 울타리가 눈에 들어왔다. 거룻배 선장이 말했던 사슴 목장 같았다. 울타리는 부서진 채 방치되어 왜놈 냄새가 물씬 풍겼다.

"제기랄!"

부일환은 얼른 고개를 돌리고 울타리를 따라 섬 동쪽으로 돌아갔다. 사람 두어 명 지나다닐 만큼 좁다란 해안 길을 따라 무작정 앞으로 걸어갔다. 철조망 너머 가로등 아래 보초가 지키고 있었다. 미군 부대 초소였다.

"동희야?"

"예, 할아버지……?"

동희는 할아버지 목을 끌어안았다.

"할아버지 꽉 잡아. 놓치면 안 돼 알았지?"

부일환은 허리를 펴 동희를 추슬러 업었다. 미군 보초가 졸고 있었다. 원주민 마을로 들어가라던 정달호 말대로 재빠르게 길을 건너 공원 길로 들어섰다. 마을이 눈앞에 보였다. 갈대 이엉을 씌운 초가집이 촘촘히 들어서 있었다. 울타리도 잘 정돈되어 있었다. 중산간 평원의 돌담과 달리 얽은 갈대에 소금 멱서리를 덧대 새끼줄로 단단히 묶은 울타리였다.

마을은 조용했다. 너무 조용해 질식할 것 같았다.

'세 번째 집이라고 했지……?'

부일환은 두 번째 골목 초입에서 주위를 살폈다. 미군 경비가 임무를 교대하고 있었다. 그 틈에 빠르게 골목으로 들어섰다. 사립문이 쉽사리 안으로 열렸다. 조심스럽게 방문을 두드렸다.

"똑똑똑…….'

부일환은 숨이 멎을 것 같았다. 기척이 없었다. 다시 세 번을 두드렸다.

"뉘시오?"

집안에서 기척이 들렸다.

"저기……, 이수원 씨 댁인가요?"

"……그렇소만."

방문이 빼꼼히 열리고 오십 갓 넘은 사내가 얼굴을 내비쳤다.

"근데 무슨 일로 이른 새벽에……?"

고개를 내민 사내가 의심에 찬 눈초리로 아래위를 훑어보았다. 부일환은 바짝 긴장했다.

"정달호라고……. 그러니까, 그게 거룻배 선장……."

부일환은 거룻배 선장이 일러준 대로 주워섬겼다. 그러나 막상 사내가 얼굴을 드러내자, 머릿속이 혼란스러웠다. 주인의 말을 믿을 수도, 안 믿을 수도 없었다. 더군다나 사내의 정체를 확인할 방법이 없었다.

"그러니까……, 그게?"

사내도 놀랐던지 눈을 크게 뜨면서 허둥지둥 바깥으로 뛰어나와 미군 부대 경비초소를 훑으면서 마을을 두리번거렸다. 그의 눈초리는 제비처럼 빠르고 매처럼 날카로웠다.

"안으로 들어갑시다."

부일환은 사내를 뒤따라 방으로 들어섰다. 사내가 방문을 닫아걸고 바깥 동정을 살피고 돌아앉았다. 혼자 사는지 세간살이가 단출했다. 분명 월미도 토박이라고 했으니 가족들이 있을 터인데 보이지 않았다. 하긴, 갑자기 그어진 3·8선이 나라를 둘로 갈라놓았으니 북쪽이 고향인 사람은 가족까지 데려올 수 없었을 것이다.

"혹시……?"

부일환이 머뭇거렸다. 눈앞의 사내가 이수원이라는 확신이 없었다. 일단 부딪치고 볼 일이었다. 사내는 보기보다 침착했다. 한

두 번 겪은 태도가 아니었다.

"본 사람은 없었지요?"

"그런 것 같은데……."

부일환이 어물쩍거렸다. 사실 길 찾느라 정신이 없었으니 누가 봤는지 알 수 없었다. 사내가 바깥으로 나가 한 번 더 동정을 살핀 뒤 방으로 들어왔다. 그리고 손을 내밀었다.

"이수원입니다."

사내 손바닥이 거칠었다. 노꾼들만이 느끼는 질감이었다. 부일환은 그때야 안심했다.

"아, 예, 김성숙입니다."

"남포로 가신다고요?"

부일환은 깜짝 놀랐다. 당 간부들의 비밀을 이수원도 알고 있었다. 섬을 떠난 지 겨우 며칠밖에 되지 않았는데 그의 정체가 드러난 것 같아 소름이 끼쳤다.

"그렇소만……."

이수원은 어처구니가 없었다. 제주 남로당 부위원장 김성숙이 월북한다는 정보는 북으로부터 연락받았는데, 계집아이가 있다는 정보는 없었다.

'계집아이를 데리고 월북하려나……?'

3·8선은 혼자 넘기도 어려울 터인데 턱없는 짓이었다. 당에서 주관하는 간부회에 참석하려는 부위원장 처신이라고는 어딘지 모

르게 허술했다. 아무래도 다른 꿍꿍이가 있는 것처럼 보였다.
"당 허락을 받았소?"
이수원은 계집아이를 염두에 두고 한 말이었다.
"그게, 그러니까……."
부일환이 어물쩍거렸다. 어린 계집아이를 데려간다고 보고하지 않았다. 당에 보고했더라도 허락하지 않았을 것이다. 게다가 남포로 간다면서 제물포에서 도중 하선했으니 이수원이 당연히 의심했을 것이다. 아무튼, 동희가 문제였다.
"이 아이를 데리고요?"
이수원은 놀라기보다 솔직히 어처구니가 없었다. 어린아이를 데리고 중앙당 간부회의에 참석하려는 남로당 간부를 본 적이 없었다. 아무리 사정이 있더라도 포기하라고 권하고 싶었다.
"예……."
부일환은 동희를 모슬포에 떼어 놓지 못한 게 후회되었다. 인제 와 후회한들 소용없는 일이었다. 밀항선이 조금만 늦게 도착했더라면 어땠을까. 하모리 바닷가에 찰싹거리던 노질 소리가 귓가에 들리는 듯했다.

4

모슬포 포구에 해무가 와글거렸다. 섬과 바다 경계를 넘나들며 땅거미가 내릴 때까지 물러날 기미를 보이지 않았다. 교회 첨탑 십자가에 해무가 유리遊離했다. 물과 공기로, 다시는 만나지 않을 것처럼 서로에게 삿대질했다.

동우가 솔밭길로 들어섰다. 솔가지 사이사이 해무가 어슬렁거리고 축축한 솔잎이 발끝에서 버둥거렸다. 동우는 성경책을 겨드랑이에 단단히 꼈다. 교회 야학에 나오라며 정기준 목사가 준 선물이었다. 한 면은 영어로 다른 면은 한글이라 영어를 모르는 사람도 쉽게 읽을 수 있도록 번역되어 있었다. 영어가 배우고 싶었던 동우는 번역된 성경책을 보았을 때 가슴이 쿵쿵 뛰었다.

교회 입구에 사람들이 붐볐다. 모슬포 교회로 들어서던 사람들이 첨탑 십자가를 향해 기도했다.

'무슨 기도일까?'

아마 평화롭게 살게 해달라는 기도일 것이다. 동우는 두 손을 가슴에 모았다. 그리고 중학교에 보내달라 예수님에게 기도했다.

"동우 왔구나!"

정기준 목사 목소리에 동우는 기도를 멈췄다.

"아이고 동혁이도 같이 왔네. 상모리로 이사했다더니 형제가 함께 예배당에 왔구나!"

교안들을 안내하던 정기준 목사가 동우를 발견하고 반갑게 맞았다.

"예, 목사님."

할머니는 조상도 모르는 쌍놈이라면 정기준 목사를 비난했다. 그러나 할머니가 뭐라던 동우는 상관하지 않았다. 머을왓(황무지밭)에서 죽은 마을 사람들의 장례는커녕 시체조차 거두지 않았다.

"무덤에 돌은 왜 쌓아요?"

머을왓에서 돌을 주워내던 할머니에게 동우가 물은 적이 있었다.

"바닷바람을 막아 주는 거란다."

"구멍이 숭숭 뚫렸던데요?"

옆에서 듣던 동혁도 어처구니가 없었든지 말참견하고 나섰다. 틀린 말이 아니었다. 화산재를 황토에 이겨 틈새를 메우면 몰라도,

구멍이 숭숭 뚫린 화산석 돌담 따위가 대양의 드센 바람을 막을 수 없었다. 동우는 할머니 허튼소리라 생각했다.

"동우야, 먼저 예배당에 들어가거라."

정기준 목사는 동우 겨드랑이에 낀 성경책을 보았다. 상평마을 이장 고순봉 집 심방 때 전해주었던 성경책이 동우 형제를 교회로 인도한 것 같아 하해河海처럼 넓고 깊은 예수님 은혜에 온몸을 부르르 떨었다.

"예, 목사님……."

정기준 목사가 부를 때마다 상모리로 이사한 뒤로 집에 들르지 않는 아버지가 동우는 보고 싶었다.

"동우야, 무슨 일 있니?"

정기준 목사가 동우의 시무룩한 표정을 살폈다.

"아닙니다. 목사님."

"동우야?"

영신의 목소리에 동우는 얼른 고개를 돌렸다. 이장 고순봉의 양손에 아들 고영준과 딸 영신을 잡고, 그 뒤를 영신 어머니가 뒤따르고 있었다. 함께 예배당에 온 모양이었다.

"동우 오빠, 같이 들어가자."

영신이 말을 걸었다.

"……?"

동우는 대답하지 않았다.

"이장님, 어서 예배당으로 들어가세요."

정기준 목사가 이장 가족을 예배당으로 안내했다. 영신 아버지 고순봉은 상모리에서도 이장이었다. 토벌대장 이치순이 이장을 시켰다는데, 마을 사람들이 그를 잘 따른다고 할머니의 칭찬이 자자했다. 그러나 이 사람 저 사람에게 말을 옮기는 이장이 동우는 싫었다.

"동우도 어서 예배당에 들어가자."

정기준 목사가 동우 머리를 쓰다듬었다.

동우는 영준 가족을 바라보았다. 아버지도 산에서 내려와 예배당에 함께 가면 좋을 텐데……, 그는 나란히 예배당으로 들어가는 영준 가족이 동우는 부러웠다.

"오늘은 예배 끝나고 뭘 배울까?"

머뭇거리는 동우가 안쓰러워 정기준 목사가 동우 어깨를 감쌌다.

"동우야, 우리 열심히 기도하면 예수님이 내년에는 꼭 중학교에 갈 수 있게 해줄 거야. 알았지?"

"예, 목사님."

동우는 중학교에 입학이라도 한 것처럼 기분이 좋았다. 마태복음 7장 7절을 생각했다. 정기준 목사님이 꼭 읽어 보라며 알려준 성경 구절이었다.

구하라, 그러면 너희에게 주실 것이오. 찾으라 그러면…… 찾을 것이니.

'아멘'이라 소리칠 때마다 동우는 가슴이 벅찼다. '그래 뭐라도 두드리자'라고 외치면서 예배당을 나설 때마다 정기준 목사님이 들려준 성경 말씀이 들리는 듯해 날아갈 듯이 기뻤지만, 동희를 생각하면 마냥 기뻐할 수 없었다.

'왜 여태 소식이 없지……?'

사립문 담벼락에 얹어 둔 돌이 생각날 때마다 동우는 곶자왈을 멀거니 바라보았다.

자전거 벨소리가 났다. 뒤를 돌아보았다. 민수 아버지가 민수를 뒷자리에 태우고 교회로 들어왔다. 멀찍이서 민수 아버지 자전거를 본 적 있어도 가까이서 보기는 처음이었다.

"민수야!"

동혁이 민수를 불렀다.

"그만둬, 이 새끼야!"

동우는 목소리를 낮추며 동생 옆구리를 잡아당겼다.

"왜!"

동혁이 발끈 소리를 질렀다. 그는 괜히 트집 잡는 동우 형이 미웠다. 할머니가 민수와 친하게 지내라고 했는데 형이 뭐라던 자전거를 탄 민수가 부러웠다.

'형은 자전거 타 본 적도 없으면서…….'

동혁은 자전거를 뒤쫓는 동우 형 눈길은 놓치지 않았다. 차라리 쌤통이었다.

동우는 민수에게 쭈뼛거리는 동생이 창피했다.

"이 새끼가 소리는 왜 질러!"

동혁에게 으름장 놓았지만, 사실 미안했다. 동혁도 동희 생각에 마음 아플 것이다.

'근데, 동희는 왜 여태 소식이 없을까…….'

동우는 동희가 보고 싶었다.

5

1950년 3월, 섬 제주에 봄빛이 간들거리고, 바닷바람이 모슬봉 아래 상모리 솔밭을 훑었다. 솔잎이 우수수 떨어졌다. 겨우내 추위를 버텨낸 솔잎의 마지막 절규였다.

자전거 한 대가 솔밭길을 지나 상모리로 향했다. 모슬포 교회 정기준 목사였다.

"자수시켜야 합니다. 산에 있으면 모두 죽습니다. 모슬포 경찰서 서장이 보증서겠다고 약속했습니다."

올레에 들어서기도 전에 정기준 목사가 목소리를 높였다. 누가 들어도 황당한 소리였다. 경찰서장이 보증할 이유가 없었다. 정 목사의 출현이 불편한 마을 사람들은 사립문을 닫아걸었다.

"책임지지도 않으면서 자수하라니……, 저따위 목사가 다 있어?"

어처구니없이 지껄이는 정기준 목사의 말에 마을 사람들이 대놓고 비아냥거렸다.

"산에서 내려오라고 가족들이 설득해야 합니다. 제가 책임지겠습니다."

정기준 목사는 사람들의 비아냥거림에도 아랑곳하지 않고, 외려 목소리를 더 높였다.

"매일 사람들이 죽어 나가니 드디어 목사도 정신이 나갔군!"

마을 사람들은 목사 말을 귀담아듣지 않았다. 죽고 싶은 사람은 세상에 없을 것이다. 그리고 근거 없는 말을 듣고 산에서 내려와 자수할 만큼 어리석은 사람들도 없었다.

"목사가 저따위 거짓말을 한다니, 하늘이 무섭지도 않아, 나쁜 놈의 예수쟁이!"

마을 사람들이 저마다 한마디씩 거들었다. 제 목숨 하나 부지하려고 이웃을 토벌대에 팔아넘기려는 수작이라 생각했다.

"자수하면 정말 살려 줄까······?"

턱없는 말이었다. 토벌대가 살려두지 않을 것이다. 마을 어귀를 나서던 부종수는 올레를 돌아다니며 자수를 권하는 정기준 목사를 멀리서 물끄러미 바라보았다. 목사 따위가 나서서 자수하라 말라 할 일이 아니었다. 사람이 죽고 사는 일이었다. 아무리 경찰서장이 보증하더라도 2연대 토벌대장 이치순을 설득할 수 없을 것이다.

토벌대를 피해 산으로 달아났던 마을 사람들까지 색출해 죽이려는 수작에 불과할 것이다. 정기준 목사가 아무리 떠들어도 믿을 수 없었다.

"염병할 놈들……!"

하기는 세상 물정 모르는 정기준 목사를 나무랄 일이 아니었다. 사람들이 매일 죽어 나가니 안타까웠을 것이다. 산으로 달아난 게 총살한 이유라고 했다. 토벌대장 이치순이 죽일 놈이었다. 그렇다고 목사까지 가담하다니 정말 어처구니없었다. 저따위 거짓말에 목숨을 내놓을 사람은 없었다.

며칠 전, 산에서 내려와 자수하려던 사람들이 토벌대에 붙잡혀 모조리 총살당했다. 자수하면 살려준다는 정기준 목사 말을 부종수는 믿지 않았다. 토벌대나 서북청년단 말을 믿을 수 없기는 마찬가지였다. 어쭙잖은 목사 따위가 나서서 자수하라 마라 할 일이 아니었다. 그나저나 부종수는 정기준 목사를 비아냥거리고 있을 때가 아니었다.

마른 음식과 옷가지를 챙기느라 부종수는 동지들보다 늦게 마을에서 출발했다. 서둘러야 먼저 출발한 동지들을 따라잡을 것이다.

'나쁜 놈들…….'

부종수는 발걸음을 옮기려다가 가슴이 울컥했다. 일가친척도 믿지 못하는 세상인데, 정기준 목사의 요사스러운 주둥아리에 홀려 토벌대에 목숨까지 맡길 이유가 없었다. 차라리 굶어 죽고 말지, 언덕을 넘어가던 부종수는 요란한 트럭 소리를 귓전에 담았다. 트럭 서너 대가 솔밭을 지나 상모리로 들어오고 있었다. 사람들이 잔뜩 타고 있었다.

'어젯밤 일 때문인가……?'

지난밤, 자정쯤에 이장 고순봉 집을 습격했다. 이장집을 급습한다는 무장대 정보가 노출되었던지 고순봉은커녕 쥐새끼조차 볼 수 없었다. 벌써 신고가 들어갔는지 토벌대가 마을에 들이닥치고 있었다. 토벌대에 빌붙어 고변을 일삼는 고순봉을 죽이지 못한 게 실수였다. 부종수는 마음을 가다듬었다. 토벌대가 두렵다고 마냥 산속에 숨어 들쥐처럼 살 수 없었다. 전열을 가다듬고 당당하게 세상으로 나와 투쟁할 수 있을 때까지 버텨야 한다.

산비탈을 내려가는 아내의 축 처진 뒷모습이 눈에 띄었다. 음식과 옷가지를 챙겨주고 집으로 돌아가는 길이었다. 고순봉처럼 바람에 흔들리듯 살았으면 이런 고초는 겪지 않아도 되었을 터인데. 부종수는 아내에게 미안했다.

'몹쓸 놈의 세상…….'

부종수는 아내가 챙겨준 보퉁이를 껴안았다. 가슴이 미어졌다.

'며칠이나 더 버틸 수 있을까……?'

올레로 들어가는 축 처진 아내 어깨가 오늘따라 더욱 초라해 보였다. 부종수는 보퉁이를 단단히 둘러멨다. 마음을 다잡고 곶자왈로 발걸음을 재촉했다. 산간으로 산채를 이동하면 아내는 물론 어머니와 가족들 보기가 어려울 것이다. 어쩌면 다시 볼 수 없을지도 몰랐다.

트럭 두 대가 상모리 향사 앞에서 멈췄다. 군인들이 먼저 트럭에서 내리고 청년들이 뒤따라 내렸다. 2연대 토벌대 군인들과 서북청년단이었다. 지난겨울 9연대가 철수하고 2연대가 육지에서 들어와 교대한 뒤 토벌대 화력이 더욱 강화됐다. 무기뿐만 아니라 병력도 한층 보강됐다.

마을 사람들이 향사 마당으로 모여들고 있었다.

'토벌대 눈에 띄면 안 되는데……?'

아버지를 만났는지 물허벅을 진 어머니가 향사길로 들어서고 있었다. 동우는 긴장했다.

"어머니……?"

어머니가 못 들었는지 대답하지 않았다. 동우는 망태를 내려놓고 돌담을 넘어 향사로 숨어들었다. 다행히 어머니는 토벌대를 피해 사람들 속에 섞여 있었다.

"끌어내려!"

토벌대장 이치순의 명령이 향사를 들썩였다. 목소리 마디마디 살기가 번뜩였다. 오금이 저렸다.

"이장, 여태 뭐 하고 있어. 애 어른 할 것 없이 마을 사람들을 향사 앞으로 모으라고 했잖아!"

노인들이 수군거렸다. 모두 산으로 달아나고 마을에는 어린아이와 노인들뿐이었다.

"예, 예. 대장님."

고순봉이 허리를 굽실거리며 허둥거렸다. 죽을지도 모르는데, 모이란다고 사람들이 호락호락 이장 말을 들을 리 없었다. 게다가 다리가 성한 사람들은 죄다 산속으로 도망갔다.

"저 빨갱이 새끼들, 머을왓 가장자리에 일 열로 세워!"

군인들이 사람들을 트럭에서 끌어냈다. 스무 명쯤 되어 보였다. 이웃 마을 사람인지 낯선 얼굴이었다.

"끌고 가!"

서북청년단 놈들이 사람들의 팔을 붙잡고 머을왓 가장자리에 나란히 세우고 헝겊으로 눈을 가렸다.

"잘 봐라, 빨갱이 새끼들은 반드시 이렇게 죽인다."

토벌대장 이치순의 목소리가 마을을 짓이겼다. 향사에 모인 사람들의 얼굴이 하얗게 변했다.

"아이고 어떻게 해……."

노인들이 땅바닥에 주저앉았다. 동우는 손바닥으로 얼굴을 가린 채 주저앉는 어머니를 보았다.

"아~하……."

사람들의 비명이 자지러졌다. 서북청년단원들이 몽둥이를 곧추

들고 마을 사람들을 에워쌌다.

"한 발짝이라도 움직이면 모두 죽인다!"

군인들이 총을 겨눴다.

"이장, 잘 들어! 이번 주말까지 산으로 올라간 사람들의 명단(예비검속)을 제출하지 않으면 모조리 죽일 거야. 알아들었어! 저 말라비틀어진 꼬락서니를 좀 보아라! 분명 빨갱이가 아니더냐. 저 새끼들이 어떻게 죽나 제대로 보아라. 본보기를 보여줄 테니, 이 빨갱이 새끼들!"

이치순이 식식거리며 주위를 훑어보았다. 피에 굶주린 흡혈귀가 누구라도 대들면 죽일 것처럼 두 눈에 핏발이 서 있었다. 동우는 숨이 멎을 것 같아 눈길을 돌렸다.

"쏴라!"

이치순의 명령이 떨어지기 무섭게 총소리가 자지러졌다. 사람들의 비명이 마을 구석구석 박혔다.

"크억!"

머리가 꺾이고 피비린내가 마을을 뒤덮었다. 차마 눈 뜨고 볼 수 없는 장면이었다. 동우는 눈앞에서 벌어지는 광경이 너무 무서워 향사 담장 아래로 주저앉고 말았다.

"아이고……!"

마을 사람들의 탄식을 토해내며 실신했다. 동우는 아버지에게 알려야겠다는 생각이 들었다. 자수하지 말라고……. 곶자왈 동굴도 토벌대가 초토화했다는 소문이 돌았다. 동우는 꼴망태를 버려둔 채 정신없이 집으로 뛰었다. 아무도 보이지 않았다. 할머니도 어머니도, 동생 동혁이도 보이지 않았다. 사립문을 내다보았다. 실성한 사람처럼 어머니가 헐레벌떡 올레로 들어서고 있었다.

"어머니……!"

동우는 집으로 들어오는 어머니를 불렀다.

"……?"

어머니는 대답하지 않았다.

"오늘 향사 앞에서……."

"알았다. 그만 방으로 들어가거라."

성산 댁은 말조차 꺼내기 힘들었다. 밤새 가슴 졸이며 음식과 옷가지를 준비해 곶자왈 동굴로 향했다. 다행히 남편이 제때 도착해 보퉁이를 전해주었다. 그러나 동우가 눈치챌까 두려워 말 허리를 잘랐다.

"동우야!"

성산 댁이 동우를 불러세웠다.

"예, 어머니……."

방으로 들어가려던 동우가 돌아보았다. 어머니가 눈물을 글썽거렸다.

"함부로 마을에 나다니지 말아라. 잘못하다가 큰일나겠다. 알았니?"

동우는 어머니 말뜻을 금방 알아차렸다.
"예, 어머니, 알았어요."
성산 댁은 남편 걱정에 온종일 집안에서 허둥거렸다.

6

"동우야, 너도 독서회에 들어와?"

고영준은 넌지시 동우를 유혹했다. 의견을 물은 게 아니라 가입하라는 말이었다.

"어디서 모이는데?"

동우는 바깥에 나다니지 말라던 어머니 말이 생각나 선뜻 대답할 수 없었다. 독서회는 민애청에서 주관했다. 고영준이 제주농업중학교에 들어가더니 공휴일마다 모슬포에 들러 학생들은 물론 중학교에 진학하지 못한 아이들을 찾아다녔다. 제 아버지 덕분에 뒷문으로 중학교에 들어간 주제에 나대는 꼬락서니가 마뜩잖지만, 따돌림받을까 봐 관심 있는 척했다.

"우리 집 곁채로 오면 돼."

"네 아버지가 싫어할 텐데?"

상평리 아랫마을 고영준 집에서 모슬포 교회 정기준 목사가 심방 하던 날 무장대에 습격받은 일이 생각나서 동우가 한 말이었다.

"그때 일을 여태 기억하고 있겠어? 우리 아버지는 벌써 다 잊었을 거야. 걱정 안 해도 돼."

고영준은 동우가 싫었다. 아버지는 늘 동우를 들먹이며 나무랐다. 공부를 못하는 것도, 입학시험에 떨어진 것도 동우와 비교했다. 공부를 잘해도 부모가 돈이 없으면 중학교에 갈 수 없었다. 끼조차 거르면서 중학교에 갈 수 없었을 것이다. 사실, 동우는 독서회에 가입할 자격이 없었다. 하지만, 민애청 선전부장 양기수의 신임을 얻으려면 동우라도 독서회에 참석시켜야 그나마 체면을 세울 수 있어 이번에 꼭 가입시킬 참이었다. 게다가 중학교에서 무엇을 배우는지 동우에게 자랑도 하고 싶었다. 지금은 토벌대가 섬에서 설치고 다니지만, 머지않아 사회주의 세상이 될 거라고 동우에게 말해 주고 싶었다.

'중학교에도 못 간 주제에……,'

이참에 기를 꺾어놓으면 다음부터 따라오지 않고 못 배길 것이다. 그런데 토벌대장 이치순에게 굽실거리는 아버지가 신경 쓰였다. 세상이 온통 사회주의로 들떠있는데 시대에 뒤떨어진 군인들 꽁무니를 따라다니는 아버지가 창피했다.

"저녁 먹고 우리 집으로 곁채로 오면 돼."

사실, 동우는 지질한 고영준을 따라다니기 싫었다. 정기준 목사도 독서회에 가지 말라고 했다. 도대체 민애청 독서회에서 무슨 공부하기에 목사님까지 한사코 말리는지 수업 내용이 궁금했다. 어쩌면 고영준보다 똑똑한 선배들이나 동급생들이 많을지도 몰랐다.

"알았어. 오늘 밤에 갈게."

동우는 민애청 독서회에 참석하기로 약속했다. 사실, 영준이 거들먹거리는 민애청이 궁금했다.

"영준아, 무슨 일인데, 저녁마다 애들이 집에 오냐? 도대체 무슨 모임이 그리 잦으냐?"

고순봉은 밤마다 집으로 찾아오는 학생들이 신경 쓰였다. 그러잖아도 민애청이나 대청에 가입한 학생들을 잡아들인다고 서북청년단원들이 온 마을을 들쑤시고 다녀 마을이 온통 아수라장인데, 근래에는 면서기 김경태까지 영준을 의심하는 눈치여서 신경 쓰였던 터였다.

"아버지, 걱정하지 마세요. 중학교에 못 간 마을 아이들에게 공부 가르쳐요."

영준은 거짓말했다. 자유니, 평등이니, 사회주의를 설명한다고 돈밖에 모르는 아버지가 알아들을 수 없을 것이다.

"마을 아이들을 가르친다고!"

고순봉은 말만 들어도 가슴이 뿌듯했다. 영준이 못 배운 마을 아이들을 모아놓고 가르치는데, 일본 유학까지 다녀온 면서기 김경태가 모를 리 없었다.

"배웠으면 가르쳐줘야지. 암 그래야지."

고순봉은 왜놈 글자는 조금 알아도 한글은 잘 몰랐다. 사실 부끄러울 때가 더러 있었다. 게다가 삼대독자 영준이 마을 아이들을 가르친다는데, 돕지는 못할망정 나무랄 일은 아니었다. 밭을 팔아 중학교에 보냈더니 제 몫을 톡톡히 하는 것 같아 외려 대견스러웠다. 영준이 중학교를 졸업하면 면서기를 시킬 생각이었는데, 아이들을 가르치는 것을 보니 선생이 되고 싶은 모양이었다.

"면서기보다야 선생이 훨씬 낫지……. 암, 그렇고말고."

고순봉은 어깨를 으쓱 추어올렸다.

"선생이라……."

밭뙈기 팔더라도 아들 영준을 선생으로 만들 생각이었다. 상평 마을 묵은 머을왓을 개간해 서너 마지기를 더 팔면 뒷돈은 충분히 마련할 수 있어 돈 걱정은 없었다. 무장대 협박을 무릅쓰고 김 면장에게 뒷배를 부탁해 놓았으니, 제주농업중학교를 졸업하면 초등학교 선생은 떼 놓은 당상이었다. 고순봉은 며칠 전에 김 면장에게 슬쩍 주머니에 넣어줬던 은색 미제 회중시계가 눈앞에 어른거렸다.

'영준이 선생을 하다니…….'

고순봉은 교단에 선 멋진 아들을 상상해 보았다. 가슴까지 뿌듯해지는 것 같았다.

"아버지, 마을 사람들에게 집에서 학생들 가르친다고 말하지 마세요."

아버지가 소문낼까 봐 고영준은 걱정했다.

"알았어, 걱정하지 마!"

고영준은 어깨를 으쓱거리는 아버지에게 미안했다. 아버지에게는 거짓말이 통했지만, 서북청년단을 끌고 다니는 김경태를 속일 수 없을 것이다. 조심하지 않으면 걸려들 수 있어 사실, 아슬아슬했다. 그리고 동우도 신경 쓰이기는 했지만, 걱정하지 않았다. 아무리 까칠하게 굴어도 한 번 참석하면 발설할 수 없었다. 부동우……, 제까짓 게 아무리 똑똑해도 독서회에서 뭘 가르치는지 알 턱이 없었다.

동우는 향사를 지나 아랫마을 길로 들어섰다. 왼쪽 올레를 들어서면 고영준의 집이었다. 안채와 바깥채에 곁채까지 딸려있어 제법 그럴싸한 집이었다. 중산간 상평마을에서 소개할 때, 상모리에 대궐 같은 집으로 이사한다고 자랑하던 영준이가 사실, 부러웠다.

"영준아?"

대답이 없었다. 동우는 다시 부르려는데 방문이 열렸다.

"동우구나, 잠깐만 기다려……."

고개를 내밀던 영준이 방문을 닫았다.

"중학교에 진학하지 못한 애들까지 데려오면 어떻게 해. 데려오지 말라고 여러 번 말했잖아!"

초등학교 한 해 선배인 양기수의 까칠한 목소리가 사립문까지 들렸다. 양기수는 제주농업중학교 2학년으로 제주 서남부 민애청 선전부장이었다. 양기수 아버지는 일본 동경에서 유학한 뒤 오사카에 눌러앉았다. 게다가 모슬포의원 원장이 그의 할아버지여서 부러울 게 없었다. 계엄령이 끝나면 일본으로 유학할 거라든지, 그전에 밀항할 거라든지 소문이 파다했다. 동우는 양기수나 고영준이 부러웠다. 그리고 일본에도 가고 싶었다.

'애들이라니……,'

중학교에 못 간 것도 서러운데, 애들이라며 비아냥거렸다. 동우는 양기수 말이 귀에 거슬렸다.

"개자식들!"

독서회에 가지 말라던 정기준 목사 말이 떠올랐다.

"돌아갈까……?"

동우는 양기수 말이 귓전에서 맴돌았다. 틀린 말도 아니었다. 사실 자유니, 평등이니, 더군다나 사회주의와 민주주의가 뭔지도 모르면서 독서회에 참석한다고 달라질 것도 없었다. 사실 부담스러웠다. 까칠한 양기수가 어쩌면 옳을지도 몰랐다.

"동우야, 집 밖에 나가면 안 돼!"

어머니 말이 언뜻 생각났다.

'그래, 집으로 돌아가지…….'

중학교에 들어가서 독서회에 가입해도 늦지 않았다. 동우는 망설이지 않고 발길을 돌렸다. 더는 머뭇거릴 필요가 없었다.

솔밭을 지나는 바람 소리가 우수수 솔잎을 훑고 지나갔다.

"어머니……."

동우가 어머니를 부르려는데 어머니가 주위를 두리번거리면 사립문을 나섰다. 등에는 물허벅을 지고서 곧장 어둠 속으로 사라졌다. 아버지 옷가지와 마른 음식일 것이다. 어머니는 쫓기듯이 잰걸음으로 마을을 벗어나더니 어둠 속으로 사라졌다. 동우는 어머니 뒤따라갔다.

평원 끝자락에 별빛이 쏟아지고 있었다. 어머니는 상평마을은 거들떠보지도 않고 성담을 넘어 곧장 곶자왈로 들어섰다. 곶자왈에서 불빛이 번쩍했다. 그리고 총소리가 들렸다. 비명이 숲속으로 흩어졌다.

'어떻게 하지…….'

동우는 곶자왈로 사라진 어머니 뒤를 더는 밟을 수 없었다.

7

해무가 월미산 초록을 핥았다. 해무 위로 고개를 내민 섬들이 거친 숨을 토했다. 봄이 오는 소리였다. 봄은 언제나 변덕스러워도 성급하지도 더디지도 않았다. 밤샘 조업을 끝낸 연안 어선들이 해무를 더듬으며 월미도로 들어오고 있었다.

사월에 접어들자 세상은 더욱 뒤숭숭했다. 온전히 선거를 치르지 못해 나라가 들끓어도 이승만은 꿈쩍하지 않았다. 3·8선은 갈수록 단단해져 월북은커녕 제주 밀항조차 쉽지 않았다.

"동무, 안에 있소?"

이수원이 방문을 두드렸다.

"무슨 일이오?"

이부자리를 걷던 부일환이 눈곱을 털어내며 방문을 열었다.

"김성숙 동무, 내 말 한 번 들어 보기요."

이수원이 방으로 들어왔다.

"무슨 좋은 소식이라도 있소?"

"북쪽 움직임이 수상하오."

부일환은 정신이 번쩍 들었다.

"북쪽 움직임이 수상하다니…… 그게, 무슨 말이오?"

"인민군 탱크가 3·8선으로 집결한다는 정보가 수삼일째 들리고 있소. 수상하지 않소?"

부일환은 믿기지 않았다. 남쪽은 부정선거로 온 나라가 시끄러웠다. 북조선이라고 별반 다르지 않을 것이다. 제주 남로당 무장대는 토벌대에 밀려 중산간 곶자왈까지 내주고 한라산 산간으로 밀려나 고전 중이라는데, 탱크를 3·8선으로 집결시키고 있다니 어처구니없는 정보였다.

'전쟁이라도 일으키려나…….'

부일환은 제주 가족들이 신경 쓰였다. 처남 김승보가 곁채를 내줘 상모리로 이사했다는 소식과 아들 종수 놈은 토벌대에 쫓겨 한라산 산간으로 도피 중이라고 했다. 제주 소식은 거기까지였다. 통일될 때까지 가족들이 무사히 버텨줘야 할 텐데……. 그나저나 동희가 문제였다. 제주행 밀항선을 수배해 섬으로 돌려보낼 것 같았는데 쉽지 않았다. 게다가 해안 경계까지 삼엄해 제주 밀항은 아예 엄두조차 낼 수 없다고 했다.

"김성숙 동무?"

"말해 보소?"

부일환은 밀수꾼 이수원의 눈을 똑바로 바라보았다. 대수롭지 않아 보였다. 미군이 떠났다고 북조선에서 3·8선을 넘어 남쪽으로 쳐내려오기는 쉽지 않을 것이다. 어차피 들으나 마나 한 정보일 것이다. 게다가 최근 들어 정작 부탁한 제주행 밀항선은 언급조차 없었다.

"영종도에 바지락이나 캐러 갑시다."

북조선 탱크 운운하며 당장 큰일이라도 일어날 것처럼 호들갑을 떨더니, 바지락 캐러 가자는 한가한 소리나 지껄일 처지가 아닐 터인데, 무슨 꿍꿍이라도 있어 보였다.

'북조선 공작원이라도 만나려는 것일까?'

부일환은 자리를 털고 일어났다.

"그럽시다."

평소와는 달리 이수원은 진지했다. 그는 바닷가에서 조개껍데기를 주워 기념품을 만들어 선창에 내다 팔거나, 어선을 따라나서 생선을 잡아 생계를 꾸렸다. 근래에는 밀항꾼도 드물어 벌이가 신통찮다고 투덜거리는 게 밀린 방세를 독촉하는 것 같아 미안했다. 방세를 못 낸 지도 서너 달이 넘었다. 하루걸러 비까지 질척거려 바지락도 잡을 수 없어 부일환의 돈벌이도 신통찮았다.

"물때가 다 됐으니 빨리 준비하소."

이수원의 행동은 어딘지 모르게 수상쩍었다.

'무슨 일일까?'

부일환은 바지락을 잡으러 가자는 이수원의 속내가 궁금했다.

월미도 선창에서 이수원과 부일환은 정달호 통통배를 탔다. 영종도는 월미도 눈앞이라 이십 분이면 충분했다. 갯벌이 눈앞에 펼쳐졌다.

"세시 간 뒤에 돌아오겠소."

정달호가 손을 흔들고 다시 돌아갔다. 세 시간 뒤에는 밀물이라는 뜻이었다. 부일환이 손을 흔들었다.

"김성숙 동무, 잠시 여기서 기다리소."

이수원이 뒷짐을 진 채 영종도로 올라가 주위를 두리번거렸다. 낯선 사내가 다가가더니 이수원과 무슨 말을 주고받으면서 삼십 분쯤 시간이 흐른 뒤, 사내는 돌아가고 이수원이 머리를 긁적거리며 갯벌로 돌아왔다.

"무슨 일이오?"

부일환은 긴장했다.

이수원은 돌아간 사내를 흘끔거리기만 할 뿐 대답하지 않았다.

'공작원이라면, 북쪽에서 왔을까……?'

어쨌든, 수상한 사람이었다. 하긴, 제물포에 북쪽 공작원이 한둘이 아닐 것이다. 부일환은 모르는 척 호미로 갯벌을 뒤적거렸다.

이수원이 대뜸 부일환 옆에 쪼그리고 앉았다.
"이 동무, 방금 만났던 사람이 누구요?"
"봤소?……모른 척하시오."
부일환은 입을 다물었다. 그의 예감은 적중했다. 북조선 공작원이 틀림없었다.
"무슨 소식이라도……?"
이수원은 심각했다.
'무슨 일일까?'
부일환은 궁금했다.
"동무, 귀 좀 빌립시다."
부일환은 이수원에게 귀를 내주었다.
물때가 되었는지 사람들이 갯벌을 빠져나가 통통배로 향하고 있었다.
"준비가 끝났답니다."
"제주돈가요, 남폰가요?"
부일환은 이수원을 다그쳤다. 동희를 무사히 제주까지 밀항시키고 나면 굳이 3·8선을 넘어 남포로 밀항할 필요가 없었다. 이 지긋지긋한 나라를 떠나고 싶었다. 그곳이 어디든 상관없었다.
"아니, 그게 아니라……."
이수원이 주둥이를 귓가에 바짝 들이댔다.
"그게 아니라니……. 그 또 무슨 말이오?"

이수원의 귓속말은 실로 엄청났다. 부일환은 입을 다물지 못했다.

"설마, 그……, 그게……, 사실이오?"

이수원이 고개를 끄덕였다.

부일환 정신이 번쩍 들었다. 누가 엿들을까 봐 주위를 두리번거렸다. 바지락을 캐던 사람들이 막 들어온 배에 오르고 있었다.

'김일성이 전쟁을 일으키려는 것일까.'

이 엄청난 정보를 혼자 알고 있으면서 이수원의 행동은 의외로 느긋해 보였다. 사실 여부를 떠나, 제주행은 몰라도 남포행 밀항선을 수배할 필요가 없다는 뜻이다. 전쟁 준비가 끝났으니 3·8선을 넘어 남쪽을 칠 기회를 엿보고 있을지도 몰랐다. 밀항선을 수배할 수 없었던 이유를 부일환은 이제야 알 것 같았다.

'이제 어떻게 하지……?'

부일환은 당황스러웠다. 동희를 제 부모에게 돌려보내야 하는데……. 월미도 선착장에서 연안 바다를 물끄러미 바라보는 동희가 안쓰러웠다. 제주로 돌려보내기는 틀린 것 같았다.

8

1950년 6월, 제물포 연안으로 밀려든 파도에 저녁노을이 비치어 하루가 저물고 있었다. 이승만 정부가 출범한 그 이듬해에 미 해군 부대가 월미도 해안마을에서 철수했다. 텅 빈 미군 막사에 잡초가 싹을 틔우고 월미산은 초록으로 물들기 시작했다. 지금쯤 한라산 왕벚나무는 꽃을 피울 것이다. 왜놈들이 섬 곳곳에 벚나무를 심어 제나라 꽃인 양 호들갑을 떨었다. 턱도 없는 짓이었다. 왕벚나무는 수천 년 전부터 한라산에 터를 잡아, 대양의 거센 바람이 들이쳐도 봄마다 화사한 꽃을 피워 곶자왈 안개를 백록담까지 실어 날랐다.

북으로부터 모든 정보가 차단됐다. 제물포 연안 해무처럼 축축한 공기가 침묵을 강요하고 있었다. 하모리 바닷가에서 밀항선을 탔을 때가 엊그제 같은데, 일 년 육 개월이 지나갔다. 부일환은 제주 밀항이 쉽지 않다는 것을 뒤늦게 깨달았다.

해방 이듬해 이른 봄, 부일환은 북간도에서 제주도 산지항(제주항)에 도착했다. 섬, 제주는 어수선했다. 좌익이니 우익이니, 찬탁이니 반탁이니, 알 수 없는 일들로 서로 헐뜯기를 기다렸다는 듯 대양에서 거센 파도가 들이쳤다. 나라가 두 동강으로 쪼개지려고 했다. 파도는 멈추지 않았다. 수십만 년을 버틴 화석층 벼랑도 쉴 새 없이 들이치는 파도에 한 조각씩 떨어지기 시작했다. 부일환의 운명도 떨어져 나간 화산석 조각에 불과하다는 것을 깨달았을 때, 섬 제주는 볼 수 없었다. 산채 동지들의 생사도 가족들의 소식도 그는 알 수 없었다.

잡초가 무성한 임해학교 뒷길을 돌아 월미산으로 올라갔다. 해발 100여 미터 남짓한 작은 섬에서 바라보는 해무로 가득 찬 제물포 연안은 광야처럼 눈앞에서 얼쩡거렸다. 부일환은 눈 덮인 광활한 만주 벌판을 떠올렸다. 눈보라 치던 그 춥던 만주벌판을 생각할 때마다 피가 들끓는 듯했다.

월미산 멧부리에 왜놈 신사神社가 눈앞에 나타났다.

"이런 염병할……. 여태 왜놈 신사가 남아있다니……."

부일환은 왜놈 잔재만 보여도 부아가 치밀었다. 북간도로 퇴각할 때 왜놈들에게 총 맞아 죽으면서도 독립을 외치던 동지들 아우성이 들리는 듯했다. 조국이 도대체 무엇이길래 부모 처자를 버려

두고 먼 타국에서 목숨까지 던졌을까. 적어도 3·8선 남북으로 나뉘어 서로 으르렁거리며 싸우는 모습은 분명 아니었을 것이다.

"니미럴……!"

한숨이 절로 나왔다. 부일환은 덩그렇게 웅크린 왜놈 신사를 발길로 걷어찼다. 그런다고 분이 풀리지 않았지만, 어쨌든 왜놈 신사가 여태 남아있다는 게 부일환은 눈에 거슬렸다.

부일환은 월미산을 내려와 선창으로 향했다. 어부들과 장꾼들이 북적거렸다. 밤새 연안에서 조업을 마치고 입항한 어선에서 호객하는 어부들의 소리와 흥정하는 장꾼들의 소리가 어수선하게 들렸다.

"김 형!"

누군가 통통배에서 손을 흔들었다. 밀항꾼 정달호였다. 이수원 뒷집에 살아도 자주 볼 수 없었다. 지난밤 조업에 나섰다가 월미포구로 막 입항한 모양이었다.

"이제, 입항하는 모양이구려."

부일환은 손을 들어 반겼다. 선창가에서 상인들이 아우성쳤다. 밤새 잡은 생선을 팔아야 보리쌀 두어 됫박이라도 바꿔 갈 것이다. 해무가 아무리 연안을 뒤덮어도 통통배는 월미도 선착장에 들락거렸다. 생선을 팔지 못한 어부들 입술이 실룩거렸다. 물허벅을 진 아내의 일그러진 이맛살처럼. 동희를 제주도로 돌려보내야 하는데 방법이 없었다. 며칠이면 가능할 것 같았는데, 터무니없는 생각이었다. 근래에는 밀항선 교섭조차 없었다. 이유는 미루어 짐작할 수 있었다. 제주 무장대 상황이 어려운데 3·8선 이북에 집결하는 탱크들이 눈에 띌 만큼 많아졌다는 끊겼던 정보가 띄엄띄엄 들려왔다. 하지만, 제주 밀항은 쉽지 않았다. 밀항선 수배하려고 뒷돈까지 어렵게 준비했는데, 이수원은 가타부타 말은 않고 기다리라는 말만 되풀이했다.

"이수원 동무, 언제쯤, 밀항선이 가능하겠소?"

부일환은 정달호 통통배에서 내리는 이수원을 다그쳤다. 그동안 기다려 보라는 말만 되풀이하더니 대뜸 말을 꺼냈다.

"동무, 제주 밀항을 포기하는 게 마음 편할 거요!"

이수원이 넌지시 던진 말이었다.

"그게 무슨 말이오, 밀항을 포기하라니, 약속이 틀리지 않소?"

"꼭 그런 것은 아니오만······."

말꼬리를 감추는 이수원이 수상쩍었다. 밀항을 포기하라니, 무슨 정보라도 들은 것일까······. 모른 척 넘길 일이 아니었지만, 다그칠 일도 아니었다. 그렇다고 검열이 심한 제주행 정기 여객선에 계집아이를 혼자 태워 보낼 수도 없었다. 밀항선밖에 달리 방법이 없었다.

"김성숙 동무, 손녀는 어쩌고 혼자 선창에 다 나왔소?"

이수원이 딴청을 피웠다.

"집에 있을 거요. 그런데 이수원 동무, 북조선 상황이 어떻소?"

부일환은 북쪽 정보가 필요했다. 이수원이 고개를 살래살래 저었다.

"김 동무, 라디오 방송 들어 보소."

이수원이 라디오를 들어 올렸다.

"무슨 일이오?"

이수원이 라디오 볼륨을 높였다. 6월 25일, 그러니까, 그날 새벽, 북조선 탱크가 3·8선을 넘어 서울로 진격 중이라고 했다. 그리고 국군은 한강 다리를 파괴하고 남하 중이라는 뉴스가 라디오 전파를 탔다. 월미도 선창에 피난 가려는 사람들이 북적거렸다. 제주 밀항은 고사하고 피난을 떠나야 할 처지였다. 부일환이 걱정하던 전쟁은 현실이 되고 있었다.

"일단 우리도 영종도로 피합시다."

이수원이 피난을 제안했다.

"서울도 안전하다는데, 굳이 피난할 필요가 있을까요?"

선창에서 바지락을 팔던 장꾼을 통해 전쟁이 일어났다는 소식을 부일환도 들었다.

"글쎄요……?"

부일환은 긴가민가 고개를 갸웃거렸다. 한강 다리를 파괴했으니 인민군이 남하하려면 시간이 걸릴 것이다. 마냥 피난을 미룰 수 없었다. 서울보다야 안전하겠지만, 월미도에서 피난하려면 배를 구해 섬으로 피난하는 수밖에 없었다.

"일단, 영종도로 피난하는 게 좋을 것 같소. 서울 사정이 좋지 않은 것 같소. 이곳에 남아있다가 북쪽이든 남쪽이든 붙잡히면 우리는 죽은 목숨이오."

이수원의 말은 틀리지 않았다. 어물거리다가 인민군이 제물포를 들이치면 부일환의 신분은 금방 탄로 날 것이다. 어렵사리 섬 제주에서 탈출했다. 이곳에서 붙잡혀 전장에 끌려가 들개처럼 죽기 싫었다. 이수원을 따라 영종도로 피난하든지 월미도에 머무르면서 도망갈 기회를 엿보든지 선뜻 판단하기 어려웠다.

"일단, 영종도로 피합시다."

부일환은 대답하지 않았다. 이승만이 방송에 직접 출연해 시민들에게 피난을 자제해 달라고 호소했을 때는 서울을 충분히 방어할 자신이 있다는 신호였다.

"대통령이 피난을 자제해 달라는 방송 들었잖소. 설마 대통령이 거짓말할 리 있겠소?"

부일환은 방송을 믿고 싶었다.

"아니……, 김 동무, 이승만을 믿어요……? 어쨌든, 나는 먼저 피난 갈 거요. 동무는 알아서 하소."

이수원이 짐을 챙겨 집을 나섰다. 부일환은 동희를 제주로 보내기 전에는 피난은커녕 아무것도 할 수 없었다.

"곧 뒤따라갈 테니, 동무 먼저 떠나소."

부일환은 영종도로 피난하지 않았다. 인민군이 제물포를 진격

한다는 정보가 아직 없었다. 제주도로 갈 수 있으면 더없이 좋겠지만 당장은 방법이 없었다. 게다가 영종도도 제물포와 너무 가까워 피난처로 적합하지 않았다.

'월미도에서 버틸 수 있을까?'

동희를 찾았다. 갯벌에 나갔는지 보이지 않았다. 인민군이 월미도를 점령하면 어떤 일이 벌어질지 부일환은 감조차 잡히지 않았다. 설마 만주에서 왜놈들과 전투할 때처럼 치열하지는 않을 것이다. 어떻게든 동희를 제주도로 보낼 때까지 월미도에서 버텨야 한다. 연고도 없는 곳에서 피난살이 하는 것보다 어쩌면 월미도가 더 안전할지도 몰랐다. 제물포 연안은 조수간만 차가 심하고 물길이 복잡했다. 어설프게 피난 가서 고생하느니 오히려 월미도가 안전할지도 몰랐다. 월미도에서 버티자. 부일환은 마음을 단단히 먹었다.

9

 서울을 함락한 지 보름이 지나서야 월미도 연륙교에 인민군 전차가 나타났다. 피난 가지 않은 해안마을 사람들은 긴장했다. 제물포에서 총성이 간간이 들렸다. 그러나 인민군은 월미도로 건너오지 않았다. 며칠 지난 뒤, 월미산에 포탄 서너 발을 쏘더니 다시 조용했다. 전쟁이라기보다 위협사격 같았다.
 영종도로 피난 갔던 해안마을 사람들이 돌아오기 시작했다. 그리고 3일이 지나자, 인민군이 월미도 연륙교를 넘어왔다. 그들은 당당했다. 해안마을 사람들이 쭈뼛거렸다. 다음날부터 교육을 소집했다. 들으나마나 한 사회주의 이론이나, 김일성을 추켜세우는 어쭙잖은 선전 교육이었다. 교육이 끝나면 월미산으로 끌고 가 방공포 진지 공사에 투입했다. 일주일에 네댓 번, 생각보다 힘들지 않았다. 게다가 작업이 끝나면 두어 되박 쌀까지 나눠줘 갯벌에서 온종일 바지락을 캐 선창에 내다 파는 수입보다 나쁘지 않았다.

방공포 진지 공사는 교육이 끝난 뒤 야밤에 진행했다. 월미산 일주로 아래위로 교통로를 공사하고 방공포 진지 모양을 갖춰가고 제물포 연안을 조망할 수 있게 월미산은 점차 인민군 요새로 변해가고 있었다. 부일환은 교통로를 파다 말고 허리를 폈다. 허리가 끊어질 것처럼 아팠다. 처음 며칠은 그런대로 할 만했다. 날이 갈수록 힘에 부치기 시작했다.

"염병할 세상……!"

부일환은 욕지거리가 나왔다.

"동무들, 일 마친 순서대로 줄 서시오!"

인민군 소좌가 눈깔을 아래위로 희번덕거렸다. 부역자들이 우르르 뛰어와 일렬로 줄을 섰다. 서두르지 않으면 배급을 놓칠 수 있어, 괜히 구시렁거리다가 그것마저 놓칠 수 있었다. 쌀 한 되박이라도 챙기려면 비루해도 참고 견딜 수밖에.

"오늘은 쌀이 왜 이리 적어?"

앞선 부역자가 툴툴거렸다.

"다섯 홉이 적어? 이 정신 나간 영감탱이야, 김일성 장군님 은덕으로 주는 건데 감지덕지해야지."

인민군 병사가 눈깔을 부라렸다.

"예, 예!"

부일환은 허리를 굽실거리며 읍소했다. 몇 홉의 쌀이라도 주니 그저 감지덕지할 수밖에 가타부타 따질 이유가 없었다.

"동무들, 내일도 오후 여섯 시까지 나오시오, 알아들었소?"

"옛 동무!"

부일환은 목소리를 높였다. 어쩌다 이 꼴이 되었는지 아무리 생각해도 어처구니없었다.

동희는 서둘러 집으로 향했다. 선창가에 간 것을 할아버지가 알면 화를 낼 게 뻔했다.

장독대에서 할아버지가 얼쩡거렸다.

"할아버지 언제 돌아왔어요?"

동희는 할아버지에게 말을 붙였다.

"……."

할아버지는 돌아보지도 않았다.

"갯벌에서 바지락 잡았어요. 할아버지."

동희는 할아버지 허리에 매달렸다.

"언제 이 할아비가 바지락 잡으라고 시키던? 다 큰 계집애가 아침부터 어디를 그렇게 쏘다니냐, 쏘다니기를……. 혼자서는 집 밖으로 나다니지 말라고 말했잖아, 왜 말을 안 들어!"

동희는 배편을 알아보려고 월미 선창에 다녀왔는데, 제주행 배편은 없었다.

"할아버지, 그게⋯⋯."

동희가 어물쩍거렸다.

"도대체 왜 말을 안 들어!"

부일환 눈에 핏발이 섰다.

동희는 고개를 떨어뜨렸다. 할아버지가 이처럼 화를 낼 줄은 몰랐다. 사실대로 말한다고 용서하지 않을 것이다. 어젯밤에 월미산 진지 공사로 부역을 가면서 돌아올 때까지 절대 바깥으로 나가지 말라고 다짐했다. 하지만 동희는 제주 집으로 돌아가고 싶었다.

"잘못했어요, 할아버지⋯⋯."

부일환은 동희가 걱정됐다. 아직 어리기는 해도 인민군들이 득실거리는 선창에 나다니기에는 위험했다.

"뚝 그쳐, 울긴 왜 울어. 다 큰 계집애가 처량 맞게 울다니⋯⋯. 다시는 선창에 나가지 말아라. 알았니?"

동희는 설움이 북받쳐 눈물이 났다. 서러워서 더 울었다. 섬 제주로 돌아가 할머니도 어머니와 아버지도, 오빠들도 보고 싶었다.

"예, 할아버지."

본의 아니게 동희를 제물포까지 데리고 왔지만, 부일환은 늘 걱정이었다. 어쨌든 제주로 돌려보내기도 쉽지 않을 것 같았다. 제주행 밀항선은 애초에 없었다. 차일피일 미루다가 결국, 이 지경이 되었다. 그렇다고 인민군이 우글거리는 선창에 계집아이 혼자 나다니게 놔둘 수 없었다.

제주도 남로당 보급이 끊어졌을 때부터 전쟁 조짐은 있었다. 그들은 북쪽 정보를 모조리 차단하고 군비와 물자를 비축하고 전쟁 준비에 여념이 없었을 것이다. 하지만 부일환은 남조선도 북조선도 싫었다. 부엌으로 들어갔다. 동희에게 저녁이라도 먹여야 할 것 같았다. 쌀독을 덮어두었던 소금 멱서리가 벗겨져 있었다.

"어떻게 된 일이지?"

뚜껑이 열려있었다. 부일환은 독 안을 들여다보았다. 텅 비어 있었다. 장독대를 바라보았다. 멀쩡하던 옹기들이 산산조각이 나 있었다. 장독대라야 옹기 서너 개가 전부지만, 장독까지 부수다니⋯⋯. 인민군이 행패를 부린 것 같았다. 배급받은 쌀을 독에 부었다. 바닥에 깔렸다. 부일환은 한숨이 절로 나왔다.

"나쁜 놈들!"

인민군이 월미도를 점령한 뒤 하루도 편한 날이 없었다. 닷 세를 밤새워 월미산 방공포 진지나 교통호 공사에 부역하면 하루 쉬게 하면서 쌀 다섯 홉 주면서 생색까지 냈다. 근래에는 그것마저 안 주는 날이 잦아졌다. 목구멍이 포도청이라 감지덕지 하지만, 부역자들의 원성도 점점 높아졌다.

"영감 어디 갔어?"

인민군이 할아버지를 찾았다.

"⋯⋯."

동희는 대답하지 않았다. 할아버지는 인민군도 국군도 싫다고 했다. 이유는 알 수 없었다. 할아버지가 싫으면 그녀도 싫었다. 그래야만 제주로 보내줄 것 같아 인민군이 할아버지를 찾으면 모른다고 딱 잡아뗐다. 알아도 모른다고 말하겠지만, 월미도 근처에 섬이 한두 개도 아니었다. 할아버지가 어느 섬으로 가는지 말하지 않아, 사실 동희도 알 수 없기는 마찬가지였다. 어쩌면 월미산에 방공호 공사에 부역 나갔을지 몰랐다.

"이놈의 에미나이 말 안 할 거야?"

"……."

동희는 대답하지 않았다. 인민군이 개머리판으로 동희 가슴팍을 밀쳤다. 마당에 나가떨어졌다. 살려달라고 두 손을 싹싹 빌었다. 잘못 덤비다가 기태 동생 숙자처럼 인민군에게 총 맞아 죽을지도 모른다는 생각이 들어 무서웠다. 숙자는 그녀 어머니 옆에서 악을 쓰며 토벌대에 대들다가 총 맞아 죽었다. 다행히 숙자 오빠 기태는 할아버지를 따라 곶자왈로 달아났다.

"이런 지독한 계집아이 같으니!"

"……."

동희는 무서웠다. 그러나 말하지 않았다. 며칠 전에 월미도 선창에서 국군 첩자가 잠입했다는 소문이 돌았다. 그 일 때문인지 인민군들이 집집이 설치고 다니며 행패를 부렸다. 동희는 무서워 국군 첩자가 월미도에 들어왔다는 소문을 할아버지에게도 말하지 않왔다.

"말 안 해!"

동희는 살려달라고 싹싹 빌었다.

"얼른 말하라우. 이 계집애야."

총부리를 이마에서 거두더니 머리채를 잡아챘다.

"악!"

동희는 넘어지면서도 입술을 깨물었다.

"이런 지독한 계집애."

동희가 마당에 나동그라졌다.

"이 이놈의 계집애 죽고 싶어?"

집안 곳곳을 뒤져도 할아버지를 찾지 못하자 장독대에 분풀이했다. 장독 깨지는 소리가 요란했다. 동희는 할아버지를 부르며 귀를 막고 울었다. 그녀는 안개가 자욱한 이어도가 보이는 섬 제주 상평마을로 돌아가고 싶었다.

"동희야?"

"할아버지!"

부일환이 사립문을 들어섰다. 동희는 아무 말 못 한 채 할아버지를 붙들고 울었다.

"나쁜 놈들……."

할아버지 행방을 대라고 매일 찾아와 괴롭히던 인민군에게 되레 호통치던 호기가 어디로 갔는지 문턱에 걸터앉아 연안 갯벌을 멀거니 바라보았다.

"할아버지?"

동희가 옆자리에 앉았다. 움푹 팬 할아버지 입가에 미소가 비쳤다. 오랜만에 웃는 모습이었다.

"내년에는 학교에 꼭 보내주마."

동희는 제주도로 가고 싶지, 학교 따위에는 관심 없었다. 인민군이 매일 찾아와 행패를 부리는데, 공부 따위가 필요하지 않았다. 게다가 부역으로 받은 배급 쌀로는 끼닛거리도 모자랐다. 학교라니 턱없는 말이었다. 할아버지 옆에 있으면 물 한 모금이라도 배고프지 않았다.

"학교 안 갈래……."

"계집아이도 배워야지……."

동희는 할아버지가 제주도로 데려다주기를 바랐다. 한 끼 밥 먹으려고 힘들게 월미산 방공포 진지 공사에 밤새도록 부역하는 할아버지에게 짜증 부릴 수도 없었다. 그래도 가족들이 눈앞에서 얼쩡거렸다. 할머니, 아버지와 어머니, 동우 오빠와 개구쟁이 동혁 오빠까지 보고 싶었다.

10

　제물포 연안에 해무가 잦았다. 섬 제주의 중산간 평원 곶자왈 안개처럼. 동희는 중산간 평원 상평마을이 그리웠다. 바닷바람이 곶자왈 해무를 몰아내면 중산간 평원은 금세 앞을 볼 수 없을 만큼 어두워도 사람들은 집으로 돌아가지 않았다. 곡괭이로 왓을 뒤져 돌을 골라내 한 뙈기 땅이라도 넓혀 씨 뿌릴 봄을 기대하며 밤이 이슥할 때까지 왓 가장자리에 돌담을 쌓아 올렸다.
　할머니 상모 댁이 허리를 폈다.
　"동희야, 돌 주워내지 않고 뭐 하니?"
　상모 댁 목소리는 걱정 반 짜증 반이었다.
　동희가 입을 삐죽거리며 밭 가장자리에 주저앉았다. 돌부리가 궁둥이를 밀어냈다.

"아이, 아파……!"

동우가 할머니를 흘끔거리며 끼어들었다.

"동희야, 힘들어!"

"몰라!"

동희가 투덜거렸다. 온종일 돌을 날라도 끝없이 나왔다. 이른 봄에 씨앗을 뿌려 곡식을 거둔들 아무런 소용이 없었다. 무장대가 탈취해가고, 토벌대가 빼앗아 가는데, 농사를 지으나 마나라고 투덜거렸다.

"동희야, 그래도 씨앗은 뿌려야 한단다…….”

아랫마을 기태가 돌담에 머리를 빼꼼히 내밀었다.

"동희야?"

"머슴애…….”

동희는 입을 삐죽 내밀며 할머니 눈치를 살폈다. 할머니는 돌 파내기에 정신이 없었다. 기태가 부러웠다. 기태 어머니는 기태가 한글도 못 읽는 맹추여도 일은커녕 심부름도 시키지 않았다. 동희가 손을 들어 신호를 보내자, 기태가 돌담 아래로 머리를 숙였다.

동희가 일하다 말고 엉덩이를 들어 올렸다.

"어딜 가려고?"

어머니가 눈치챘는지 버럭 소리를 질렀다.

"소피 보려고…….”

"그곳에 싸!"

동희는 어머니 대답이 끝나기 전에 돌담으로 달아났다.

"이년이 어디 도망가 돌 주워내지 않고!"

동희는 뒤도 돌아보지 않고 냅다 뛰었다. 돌담을 사이사이 억새꽃잎이 허공으로 날아올랐다.

"기태야, 답답빌레로 뛰어!"

돌담을 뛰어넘은 동희가 기태 손목을 낚아챘다.

"기태야 우리 구절초꽃 한 움큼 따오자. 알았지?"

동희는 돌담 사이에 기댄 하얀 구절초꽃이 좋았다. 꽃잎 색깔이 하얀 것도, 꽃술이 노란 것도, 새색시 같아 좋았다. 구절초꽃 한 움큼을 꺾으면 세상을 다 가진 것처럼 기뻤다.

안개가 몰려가고 저녁노을이 수평선에서 가물거렸다.

"동희야, 집에 가자."

기태가 저녁노을에 붉게 물든 평원을 바라보면서 걱정스럽게 말했다.

"그래, 돌아가자."

동희가 자리에서 일어났다. 곶자왈에서 안개가 스멀스멀 다시 평원으로 몰려나왔다. 집으로 돌아갈 시간이었다. 며칠 전에는 길을 잃었는데 동혁 오빠가 마중 나와 겨우 집에 갈 수 있었다.

"계집애가 집에서 일이나 하지 어디를 돌아다녀!"

어머니의 패악이 하늘에 둥둥 떠다녔다.

"얘, 기태야, 안개 좀 봐. 큰일 나겠다. 빨리 집으로 돌아가자."

"응, 그래. 빨리 돌아가자."

동희와 기태는 답답빌레에서 내려와 올레로 들어섰다. 아랫마을에서 총소리가 들렸다. 돌담 아래로 몸을 낮췄다. 연이은 총소리와 비명소리가 들려왔다. 동희는 무서웠다. 아랫마을 여기저기에서 불길이 치솟아 올랐다. 조용하던 마을은 금방 아수라장으로 변했다.

기태네 집이 불타고 있었다.

"예……, 기태야?"

동희가 기태 옷자락을 잡아당겼다.

"엄마!"

기태가 집으로 뛰기 시작했다. 기태 할아버지가 부엌 바닥에 쓰러져 있었다. 동희는 옴짝달싹할 수 없었다.

"오빠……!"

동희는 온몸이 굳었다.

―탕!

총소리가 귀청을 후볐다.

"조그만 계집애가 앙탈을 부리다니……."

동희는 무서워 돌담을 따라 달아나다가 무장대가 휘두르는 죽창에 찔려 쓰러졌다.

"윽!"

가슴에 통증이 왔다. 동희는 더는 숨을 쉴 수 없었다.

"오빠, 이어도 전설 이야기 해줘?"

안개가 없는 날에, 동우 오빠는 답답빌레에 올라가 먼바다를 바라보며 보이지도 않는 이어도 전설을 곧잘 들려주었다. 동희는 동우 오빠 무릎을 베고 안개가 자욱한 뿌연 하늘을 바라보며 눈을 감았다.

"그럴까."

동우 오빠는 안개 낀 마라도 바다를 바라보며, 아주 먼 옛날, 이어도 전설 이야기를 시작했다.

"그곳에는 말이야……."

동우는 잠시 숨을 골랐다.

"일 년 내내 안개로 뒤덮여 있어 아무도 가지도 보지도 못하는 천국이야. 그리고 일 년 내내 꽃이 피고 과일이 열려 배고프지 않아도 돼……."

"정말……."

동희는 동우 오빠의 뻔한 거짓말을 믿는 것처럼 귀를 쫑긋 세우며 턱밑까지 머리를 들이밀었다.

"정말이지, 그럼……."

바다를 멀거니 바라보며 천연덕스럽게 거짓말을 꾸며대던 동우 오빠 모습이 동희 눈에 선했다.

"거짓말……."

동우 오빠가 보고 싶었다. 동희는 월미도가 싫었다. 바닷물은 구정물처럼 뿌옇게 맑지도 않았다. 제주 바닷가는 늘 맑았다. 바위 틈에는 게나 소라가 득실거렸다. 해녀들이 잡아 온 해삼이나 멍게를 먹으면 한나절은 배고프지 않았다. 자주 가보지 않아도 하모리 바닷가는 늘 맑고 깨끗했다.

안개가 걷히면 여기저기 섬들이 보였다. 눈앞의 작은 섬은 작약도, 밤마다 등댓불이 반짝거리는 팔미도, 인민군이 월미도에 들어온 뒤에 팔미도 등대 불빛은 더는 볼 수 없었다. 그래도 괜찮았다. 손에 잡힐 듯한 큰 섬은 영종도라고 할아버지가 말해 주었다. 그 섬에는 개펄이 넓어 바지락이 많다고 해. 동희도 가보고 싶었지만, 할아버지가 데려가지 않았다.

동희는 돌담이 중산간 평원을 출렁거리는 제주도로 돌아가고 싶었다. 할아버지가 왜 월미도까지 데려왔는지 모르지만, 매일 밤 제주도 가는 꿈을 꾸었다. 학교 갈 때마다 업어주던 동우 오빠, 어머니 몰래 감자를 챙겨주었던 까칠하기 이를 데 없었던 동혁 오빠, 계집애가 먹을 것만 밝힌다며 이죽거리던 할머니, 보리밥은 아니더라도 감자 두어 알을 부뚜막에 놓아두던 어머니도 보고 싶었다.

할아버지는 사흘이면 제주도에 갈 수 있다고 했다. 동희가 연안 앞 바다를 바라보고 있을 때면 옆자리에 앉아 어깨를 다독여 주면서 제주도에 데려다 줄 거라더니 근래에는 말조차 꺼내지 않았다. 마음이 없어졌는지 아니면 뱃삯이 모자라는지 할아버지가 미웠다. 부역으로 받아오던 쌀이 다섯 홉에서 세 홉으로 줄었다. 끼거리도 걱정이었다.

월미산 부역이 없는 날이면 할아버지는 어깨에 망태기를 메고 갯벌로 나가 바지락을 잡아 선창가에서 팔았는데, 근래에는 그마저 할 수 없었다.

"동희야?"

망태기를 짊어진 할아버지가 손을 흔들며 선창가로 걸어왔다. 저녁노을이 할아버지 그림자를 잡아당겼다. 망태기에 바지락과 망둑어가 가득 들었을 것이다. 동희는 할아버지에게 달려갔다. 따라나서겠다며 앙탈을 부려도 할아버지는 한사코 데려가지 않았다.

"할아버지!"

할아버지 그림자가 길게 늘어졌다.

"아이고, 내 새끼!"

부일환은 망태기를 내리고 동희를 번쩍 들어 올렸다. 푸른 하늘이 눈 안으로 한가득 들어왔다.

"할아버지 바지락 많이 잡았어?"

"그럼, 많이 잡았지."

동희는 할아버지 망태기를 보고 싶었다.

"뭐 잡았어?"

"개소라도 잡고, 그 뭣이냐……. 바지락도 잡았지. 그리고 오늘은 망둑어도 서너 마리 잡았단다. 허허!"

할아버지는 허허롭게 웃었다.

"망둑어는 뭐하게?"

"우리 동희 국 끓여 주려고……."

부일환 눈에 금세 이슬이 맺혔다. 제 부모 밑에 있었으면 좋으련만, 어쩌다가 생각지도 않았던 천리타향 월미도에서 살다니…….

"할아버지 바지락국은 내가 끓일 거야."

"그렇게 하려무나."

부일환은 말끝을 흐렸다. 할아비가 힘들다고 바지락국을 끓이겠다는 동희가 고마웠지만, 편하지 않았다.

"쯧쯧……. 제주도에 있었더라면, 제 할미가 미역국이라도 끓여 줬을 텐데……."

"할아버지 무슨 말이야?"

"아냐, 아무것도 아니야……."

부일환은 손녀 동희가 안쓰러웠다.

"할아버지 흙 좀 봐!"

동희가 호들갑을 떨었다. 개펄이 할아버지 잠방이에 들러붙어 있었다.

"아이고, 그렇구나."

부일환은 잠방이 개펄을 툴툴 털어냈다.

2부 해무 속으로 155

"할아버지 내가 할 거야!"

"……."

부일환은 개펄 터는 동희를 물끄러미 내려다보았다.

'얼마나 외로웠으면 할아버지에게 매달릴까…….'

제 또래 아이들이 있어도 함께 놀지도 않아, 혹시 떼어버릴까 봐 걱정하는 것 같아 안쓰러웠다.

동희는 무서웠다. 할아버지가 내다 버릴지도 모른다는 생각을 잠시도 잊은 적이 없었다. 제주도로 돌아가려면 어떤 일이 있어도 할아버지에게 매달려야 한다.

'제주도로 돌아가야 해!'

동희는 할아버지를 말갛게 쳐다보았다.

"왜, 얼굴이 흙이라도 묻었니?"

"……."

부일환은 섬, 제주도를 잊어본 적이 없었다.

11

제주 모슬포 경찰서에서 정기준 목사의 격앙된 목소리가 흘러나왔다.
"토벌대가 섬사람들을 전부 죽일지 모릅니다. 이대로 두어서는 절대 안 됩니다. 무슨 일이 있어도 학살만은 막아야 합니다."
"그야, 그렇습니다만……."
모슬포 경찰서장이 당황했던지 말을 어물쩍거렸다. 옆에서 지켜보던 토벌대장 이치순이 나섰다.
"어이, 목사 양반, 무슨 그따위 망발을 합니까? 인민군이 낙동강까지 쳐내려와 임시정부가 제주도로 옮겨올지 모르는데, 빨갱이들이 섬에서 활개 치고 돌아다니면 되겠어요. 빨갱이들이 관공서를 공격하고 멀쩡한 사람들까지 죽이는데, 안 되다니. 그 팔자 좋은 소리 그만 하세요!"

정기준 목사는 고개를 떨궜다. 인민군이 낙동강까지 쳐내려오고 임시정부가 제주도로 오다니, 동우는 무슨 말인지 도무지 알아들을 수가 없었다.

"그런데, 이장?"

토벌대장 이치순이 매서운 눈으로 이장 고순봉을 바라보았다.

"예, 대장님!"

고순봉은 정신이 번쩍 들었다.

"지난번에 조사한 예비검속 명단은 왜 아직 제출하지 않는 거요, 당장 가져오세요! 그리고 등급을 제대로 적용하시오. 무슨 말인지 알아들었소?"

이치순이 소리를 꽥 질렀다.

"검속자 명단을 확보하면 시키는 대로 등급을 구분하여 곧바로 제출하겠습니다. 조금만 더 기다려주세요."

고순봉이 굽실거렸다. 등급을 구분하라고 했다. 누가 무슨 잘못을 저질렀는지 알 수 없었다. 평소 마음에 안 들었던 놈들을 D등급, 보리쌀 됫박이라도 넣어준 놈은 A등급으로 정할 거로 마음을 먹으니 한결 마음이 편했다.

"어쨌든, 시간이 없으니 검속자 명단부터 빨리 제출하시오. 알아들었소?"

이치순이 찢어진 눈깔을 희번덕거렸다.

"예, 대장님!"

고순봉은 머리를 바닥에 닿을 만큼 굽실거리며 쩔쩔맸다.

정기준 목사는 입술을 꽉 다물었다. 이러다가 정말 섬사람들은 모두 죽일지도 몰랐다. 이대로 두어서는 안 될 것 같았다.

토벌대장 이치순의 거친 목소리를 처음 들었다. 금방이라도 무슨 일을 저지를 것처럼 윽박지르는 모습은 동우는 정말 무서웠다.

정기준 목사의 당찬 목소리가 들렸다.

"그래도 안 됩니다."

정기준 목사는 이치순에게 대들었다. 지나치는 말이 아니었다. 동우가 들어도 섬뜩했다.

"어이, 정 목사, 당신도 죽고 싶어!"

이치순이 패악을 부렸다. 동우는 무서워서 더는 엿들을 수 없었다.

"다 죽다니……."

향사 앞에서 삼촌(아저씨)들을 무차별 총살하던 토벌대가 떠올랐다. 그들의 말을 듣지 않으면 이유 여하를 막론하고 총살했다.

머을왓에 시체 썩는 냄새가 마을을 뒤덮어도 치우는 사람은 아무도 없었다. 어린 양을 살려달라며, 예배 때마다 기도하던 정기준 목사의 기도 따위는 아예 소용이 없었다.

동우는 아버지가 집에 들어오지 않는 이유를 이제야 조금 알 것 같았다.

김경태가 자전거 뒷좌석에 민수를 태우고 올레로 들어왔다. 동혁은 민수가 부러웠다. 사실, 민수가 부럽다기보다 민수 아버지 자전거가 탐났다. 한 번도 타 본 적 없는 자전거, 민수가 그의 아버지 허리를 껴안고 부들부들 떨었다. 신나서 춤이라도 추고 싶을 텐데……, 하긴, 열 살밖에 안 된 어린애라 무서울 것이다.

"민수야!"

동혁은 큰소리로 민수를 불렀다. 아는 체하면 민수 아버지가 자전거 뒷자리에 태워줄지도 몰랐다.

"어, 형!"

민수 대답에 동혁은 기분이 좋았다.

"어디 다녀와?"

"모슬포……."

민수 아버지가 동혁을 힐끔거렸다. 민수가 눈물을 찔끔거릴 때마다 뒤통수에 굴밤 먹인 게 마음에 걸렸는데, 동혁은 모른 척 시치미를 뚝 뗐다.

동혁은 민수 아버지를 처음으로 가까이에서 보았다. 삐죽 나온 아래턱과 위로 뻗친 눈매는 순사처럼 날카로웠다. 사내는 얼굴이 두툼해야 힘도 세고 복이 들어온다던 아버지가 했던 말이 생각났다.

'오늘 밤에는 집에 들어올까……?'

동혁은 아버지가 보고 싶어, 밤마다 뒷담에 귀를 기울였다. 왜 놈들을 때려잡는 독립군은 매일 집에 들를 수 없다고 했다. 말에 올라 만주 벌판을 달리는 할아버지의 멋진 모습을 생각하면 어깨가 으쓱했다.

게다가 수염도 없이 밋밋한 민수 아버지보다, 턱수염이 덥수룩한 아버지가 훨씬 멋져 보였다.

"네가 민수 친구 동혁이로구나?"

민수 아버지가 넌지시 동혁을 바라보았다.

"…… 예."

동혁은 뒤통수를 긁적거렸다.

민수 아버지의 다정한 말이 동혁은 기분 나쁘지 않았다. 이름을 불러주는 것도 좋았다. 민수 친구라고 말해 주니 기분이 더 좋았다. 민수와 제대로 놀아주면 언젠가 자전거를 얻어 탈 수 있을 것 같았다.

이마에 땀이 흘렀다. 동혁은 땀을 닦으려고 손을 들어 올리는데 손등에 시커먼 땟자국이 보였다. 동혁은 땟자국이 부끄러워 손등을 등 뒤로 슬쩍 감췄다.

"괜찮아. 씻으면 되지."

민수 아버지는 아무렇지도 않게 말했다. 동우 형은 때도 안 씻는다며 빈정거리기 일쑤였다. 민수 아버지도 괜찮다는데……, 유난히 호들갑 떠는 동우 형이 미웠다.

2부 해무 속으로 161

"동혁아, 너는 몇 살이니?"

민수 아버지가 가려다 말고 자전거를 돌려세웠다.

"열두 살입니다."

동혁은 자신 있게 대답했다.

"그렇구나, 민수보다 두 살이나 형이네. 민수야, 오늘은 동혁 형이랑 놀다 오너라."

"예, 아버지."

민수는 일본에서 태어나서 한국말을 잘 몰랐다. 게다가 동혁의 말은 알아듣지도 못했다. 열 살이나 됐다면서 우리 말을 못 하는 아이는 민수가 처음이었다.

"민수야, 하르방이라고 해봐!"

민수가 우물거렸다.

"야, 입을 크게 벌리고 혀를 이렇게 굴려야지. 하르방."

동혁은 입을 크게 벌려 제 손가락을 입속으로 집어넣었다.

"응, 형!"

민수가 또다시 우물거렸다.

"야!"

뒤통수를 쥐어박으려고 손을 드는데 민수가 눈물을 뚝뚝 흘리며 동혁을 쳐다보았다.

"그러니까 다시 해 보라니까!"

동혁은 슬며시 손을 내렸다.

"동혁아, 네 아버지 언제 집에 들어오시냐?"

민수 아버지가 언제 돌아왔는지 올레 입구에서 아버지 행방을 물었다.

"밤중에요."

동혁은 기분이 좋아졌다. 아버지는 늘 자랑이었다. 누가 뭐래도 아버지와 독립군인 할아버지가 자랑스러웠다. 만주에서 돌아오지 않았다고 말하라던 어머니가 떠올랐지만, 독립군이라고 자랑하고 싶었다.

"저, 그게……."

산에서 내려오는 족족 죽일 거라던 아저씨들, 어머니의 화난 얼굴이 떠올라 동혁은 민수 아버지 눈길을 피했다. 독립군이 훌륭하다면서 마을 사람들에게 자랑은커녕 말도 못 하게 하는 어머니를 동혁은 이해할 수 없었다.

"말해봐 괜찮아, 이 아저씨가 도와줄게."

어머니 화난 얼굴이 다시 설핏했다.

"아직 북간도에서 안 돌아왔어요."

동혁은 뒤통수를 긁적거리며 민수 아버지를 흘끔거렸다.

"그렇구나……."

민수 아버지는 더는 캐묻지 않았다.

3부
섯알오름

1

1950년 7월, 장마철이 끝난 한라산 녹음이 절정에 달했는데, 제주 무장대 움직임은 무뎌지고 있었다. 모슬포 포구에 수상한 냄새가 콧구멍을 자극했다. 사람 썩은 냄새라는 사람들과 생선 썩은 냄새라는 사람들이 갈라서서 서로에게 삿대질했다.
모슬포 교회 입구에 사람들이 몰려있었다.
"산에서 내려와 자수해야 합니다. 형제자매님들이 산으로 들어간 가족들에게 알려줘야 합니다."
정기준 목사가 목소리를 높이며 전단을 사람들에게 나눠주고 있었다.
"여러분, 더는 시간이 없습니다. 산에서 내려오지 않으면 빨갱이로 몰아 모두 죽일 겁니다."

전단을 눈여겨보며 주위를 흘끔거리던 사람들이 움직이기 시작했다. 더러는 교회 밖으로, 더러는 예배당으로 들어갔다. 동우는 길바닥에 널브러진 전단을 주워들었다. 정기준 목사의 말대로 산에서 내려와 자수하라는 붉은 글씨가 쓰여 있었다. 동우는 밤이 이슥하면 산에서 내려와 뒷담을 넘던 아버지를 떠올랐다.

'어떻게 하지……?'

동우는 아버지에게 전단을 전할 방법이 언뜻 떠오르지 않았다.

"동우 왔구나, 예배당으로 들어가거라."

정기준 목사가 동우를 교회로 떠밀었다.

"예, 목사님."

동우는 정기준 목사 말이 믿을 수 없었다.

햇빛을 받는 곳마다 주 예수 왕이 되시고
이 세상 끝날 때까지…….

예배당에서 인도 찬송이 흘러나왔다. 동우는 예배당을 기웃기웃 동혁을 찾았다. 사람들이 빼곡하게 들어차 있었다. 예배당 가운데쯤 성경책을 뒤적거리는 동혁이 보였다.

"동혁아?"

동혁이 돌아보았다.

"모슬포의원 앞에서 기다려!"

"왜?"

꼴 보기도 싫은데 예배당에 들어오지도 않으면서 기다리라는 동우 형이 싫었다.

'집적거리지나 말든지…….'

동혁은 기도하는 척했다. 목사님도 한심했다. 날마다 사람들이 죽는데, 십자가에 못 박혀 죽은 예수님에게 기도한다고 죽은 사람들이 살아서 돌아올 리 없었다. 동혁은 예배당을 흘끔거렸다. 사람들이 마룻바닥에 머리를 처박고 기도에 열중이었다.

'기도는 무슨…….'

정기준 목사가 예수님이라도 만나는지 눈을 반쯤 감은 채 두 손을 뻗쩍 들어 올리고 있었다.

"전능하신 주 예수그리스도여! 형제자매들이 산에서 내려와 예수님의 품에서 새 삶을 얻을 수 있게 해주시옵소서, 그리고……."

정기준 목사의 기도 소리가 떨리고 있었다.

"아멘!"

교인들은 '아멘'을 복창하며 눈물까지 찔끔거렸다. 능력도 없는 하나님에게 기도한들 산으로 달아났던 사람들이 내려와 자수할 리 없었다. 동혁은 동우 형을 힐끔 보았다. 성경책을 보고 있었다.

'멍청하기는…….'

동혁은 예배당 빠져나갈 궁리에 주위를 찬찬히 살폈다. 연단 좌우에 성가대와 목사님이 들락거리는 문이 보이고, 왼쪽 연단 쪽 출입문과 예배당 뒤쪽 출입문은 거리가 멀었다. 예배당 오른쪽 출입문은 식당으로 연결돼 교인들이 자주 들락거리지만, 자칫 빠져나가기 어려울 수 있었다. 그나마 왼쪽 출입문이 적당해 보였다.

'나쁜 새끼, 예배당 가운데로 밀어 넣다니…….'

출입문 근처에 앉았더라면 빠져나가기 쉬울 터인데, 가운데로 밀어 넣은 형이 얄미웠다.

"그래, 왼쪽 출입문으로 빠져나가자."

동혁은 왼쪽 출입문으로 빠져나가기로 마음먹었다. 마룻바닥에 머리를 처박은 채 '주여'라고 소리 지르는 정신 나간 사람들이 기어가든 뛰어가든 상관하지 않을 것이다. 아무튼 목사님 기도가 끝나기 전에 예배당을 빠져나가 식당에 도착해야 주먹밥 한 덩이라도 얻어걸릴 것이다. 뱃구레가 요란스럽게 꼬르륵거렸다.

"치~, 형만 챙기고……."

동혁은 끼니때마다 형만 챙기는 어머니가 미웠다. 반주자가 풍금 앞에 앉았다. 성가대원들이 자리에서 일어나고 지휘자가 손을 들어 올렸다. 목사님 기도가 끝난다는 신호였다. 이때를 놓치면 기회가 없었다. 동혁은 성경책을 살그머니 덮었다.

"어딜 가려고?"

동우가 눈을 흡떴다.

"아니, 그게……. 배가 아파서!"

동혁은 배를 움켜쥐고 마룻바닥에 엎드렸다.

"참아……, 이 새끼야!"

동우가 눈초리를 들어 올렸다.

"씨~!"

가슴이 뜨끔했다. 동혁은 아랫배를 움켜잡고 엎드리면 형이 속을 줄 알았다. 형이 알아차린 것 같았다. 공부밖에 모르는 놈이, 눈치는 기막히게 빨랐다. 뱃가죽이 손에 잡혔다. 오늘 아침에도 어머니 몰래 할머니가 남겨준 감자밖에 먹지 못해서인지 뱃속이 꼬르륵거렸다.

"배가 고픈 걸 어떡해! 형은 보리밥이라도 먹었잖아……."

동혁은 사람들이 보거나 말거나 소리를 질렀다.

"배고파 죽겠는데, 기도는 무슨 얼어 죽을 기도냐고!"

사람들이 보란 듯이 동혁은 떼를 썼다. 할머니가 남겨주는 감자 몇 개로는 늘 배가 고팠다. 형처럼 쏘다니지도 않았는데, 밥상머리에서 돌아서면 허기가 졌다.

동우가 버럭 소리를 질렀다.

"이 새끼, 미쳤어! 창피하게……."

동혁은 형이 뭐라고 말하던 아랑곳하지 않았다. 형이야 어머니가 매일 보리밥을 챙겨주니 배가 고프지 않겠지만, 감자 두 개로 온종일 버티려면 물이라도 마셔야 견딜 수 있었다.

"형이나 참든지……."

동혁은 예배당에서 빠져나갈 문을 확인한 뒤 민수 옆구리를 쿡

쿡 찔렀다.

"야! 가자……."

동혁이 왼쪽 출입문을 턱으로 가리켰다. 그 순간 목사님이 연단에서 성경책을 뒤적이고 있었다. 그리고 우리 주 예수그리스도가 어쩌고저쩌고 횡설수설하면서 단상으로 손을 들어 올릴 것이다. 그 손을 내리기 전에 자리를 박차고 뛰어나가면 시간은 넉넉했다. 그다음은 아무래도 상관없었다. 설교하든지 찬송가를 부르든지 그가 알 바 아니었다.

정기준 목사가 손을 천천히 들어 어깨 위로 올렸다. 기회는 지금밖에 없었다. 동혁은 엉덩이를 힘껏 들어 올리고 손바닥으로 마룻바닥을 힘껏 밀어제쳤다.

"민수야, 뛰어……!"

민수가 궁둥이를 들썩거리더니 도로 주저앉았다.

"야……!"

민수 옆구리를 쿡쿡 찔렀다. 곧장 일어날 것이지 조그만 눈을 말똥거리며 바라보았다. 동혁이 눈을 흘기자 엉거주춤 성경책을 덮었다.

"짜아식, 그래야지……."

민수 아버지의 부릅뜬 눈이 설핏했다. 동혁은 기분 좋았다. 정기준 목사가 들어 올렸던 팔이 연단으로 내려오기 시작했다. 예배가 끝난다는 신호였다. 사람들은 마룻바닥에 머리를 처박고, 못다

한 젯값이라도 치러야 할 것처럼 목청이 터지도록 '아멘'이라 소리쳤다. 그리고 사도신경 암송이 끝나면 성가대가 예배 마지막 찬송을 부를 것이다.

'배가 고파 죽을 지경인데 얼어 죽을 찬송이라니······.'

동혁은 마지막 찬송이 끝날 때까지 기다릴 수 없었다.

'하나님은 무슨······.'

아랫배에서 꼬르륵 소리가 났다. 동혁은 시큰둥해서 곁눈질했다. 교인들이 마룻바닥에 고개를 처박고 있었다. 이때를 놓치면 주린 배를 끌어안고 온종일 물로 배를 채워야 한다. 생각만 해도 끔찍했다. 그리고 찬송이 끝날 때까지 기다릴 자신도 없었다. 동혁은 무릎으로 마룻바닥을 힘껏 밀어제치고 출입문으로 빠르게 기어갔다.

"야, ······."

동우 형 목소리가 뒤통수를 옭아맸다.

동혁은 예배당 왼쪽 출입문을 빠져나와 식당으로 냅다 뛰었다. 예배당 출입문이 열리고 사람들이 몰려나왔다. 긴 줄이 돌담처럼 식당으로 출렁거렸다. 동혁은 당황했다. 보리밥 챙기기는커녕 감자도 못 얻어먹을 것 같아 얼른 줄 사이로 끼어들었다.

"동혁이 너 끼어들지 마?"

민수 아버지가 동혁 뒷덜미를 잡아채더니, 민수를 세웠다.

"너는 맨 뒤로 가!"

민수 아버지가 사납게 바라보았다. 형에게 혼날 각오로 예배당을 뛰쳐나왔는데 민수를 끼워 넣다니, 동혁은 눈물이 핑 돌았다. 동우 형이 예배당 뒷문에서 멀거니 바라보고 있었다.

'동생도 못 챙기는 주제에……'

동생도 챙기지 못하면서 흘끔거리기만 하는 동우 형이 미웠다. 덩치만 컸지 헛똑똑이였다.

'잘난 척이나 하지 말든지……'

형이라고 동생을 챙겨주는 게 없었다.

"……."

동우는 동혁에게 미안했다. 조금이라도 빨리 예배당에서 나갔더라면 주먹밥은 못 얻어먹더라도 감자는 챙겼을 터인데, 괜한 생트집으로 동생 배만 굶겼다. 동혁을 끌어내는 민수 아버지를 멀거니 바라보았다.

야학 교실이 텅 빈 채로 흑판만 우두커니 서 있었다. 공휴일은 예배 후라서 창문만 열어둬도 훤해 남폿불 켤 필요가 없었다.

정기준 목사가 교실에 들어섰다.

"동우, 점심은 먹었니?"

"그게……."

예배당을 빠져나가는 동혁을 정기준 목사도 보았을 것이다. 동우는 얼굴이 화끈거렸다.

"동생 때문에 그러냐?"

"지실(감자) 서너 개는 챙긴 것 같더라."

정기준 목사가 환하게 웃었다.

"근데, 동우야, 오늘은 수업할 수 없구나. 서운해서 어쩌지?"

"왜요, 목사님!"

정기준 목사는 주일 오후 수업을 거른 적이 없었다.

"마을에 일이 좀 있어, 회의에 참석해야 해."

성경 교육까지 포기한 것을 보면 정기준 목사에게 중요한 일이 있는 것 같았다.

"알겠습니다. 목사님……."

동우는 시무룩해 흑판지우개를 창틀에 탈탈 털었다. 뽀얀 먼지가 해무처럼 흩어졌다.

"배고프지? 동우 주려고 일부러 챙겨온 거야, 얼른 먹어라."

정기준 목사가 주먹밥 두 개를 가방에서 꺼내 동우에게 건네주었다.

"괜찮습니다. 목사님."

동우는 민수 아버지에게 뒷덜미가 잡혀 끌려 나가던 동생 동혁이 설핏 생각났다.

'아무것도 못 먹었을 텐데…….'

동우가 선뜻 손을 내밀지 않자 정기준 목사가 머리를 쓰다듬었다.

"동생 때문에 그러냐?"

"그게……."

동우는 대답하지 못하고 머뭇거렸다.

"동혁이 녀석 지실 서너 개는 챙겼을 거야, 네가 걱정 안 해도 돼. 배고플 텐데, 너나 어서 먹어라."

정기준 목사는 주먹밥을 동우 손에 쥐여주고 교실을 나갔다. 동우는 동생들의 초라한 모습이 눈에 선해 주먹밥을 손에 쥔 채 우두커니 창밖을 바라보았다. 중산간 평원 가장자리에 섬처럼 떠다니는 곶자왈이 눈에 들어왔다. 동희는 오늘처럼 마라도가 훤히 보이는 맑은 날을 좋아했다.

'왜 연락이 없을까?'

동우는 동생 동희가 보고 싶었다.

'먼저 갔나?'

모슬포의원 앞에 동혁이 없었다.

2

예배가 끝날 무렵, 마라도에서 머뭇거리던 해무가 섬으로 몰려왔다. 모슬포는 해무로 가득했다. 송악산은 물론 섯알오름과 그 아래 알뜨르비행장까지 뒤덮었다. 안개비가 부슬거렸다. 알뜨르비행장 활주로에 들어서던 동혁은 당황했다. 여느 때 같았으면, 동우 형과 함께 집으로 갔을 텐데, 오늘은 달랐다. 하는 짓이 얄미워 모슬포의원 앞에서 기다리지 않고 곧장 상모리 집으로 향했다.
"기다릴 걸 그랬나……."
알뜨르비행장에 들어서자 해무 때문인지 풍경이 생소했다. 평소에 잘 보이던 솔밭은 물론 모슬봉도 보이지 않았다. 사방을 둘러보아도 돌담을 넘나드는 해무밖에 보이지 않았다. 괜한 심통을 부린 것 같아 동혁은 더럭 겁이 났다.

"어디로 가지……?"

해무로 인해 날씨가 어둑어둑했다. 동혁은 초조하기 시작했다. 아무리 해무가 짙어도 동우 형은 곧잘 길을 찾았다. 형처럼 키라도 크면 돌담을 넘겨다볼 수 있을 터인데 손도 닿지 않았다.

"아이고, 내 강아지, 아무거나 잘 먹어야 키가 쑥쑥 자라지!"

감자 두어 개를 내밀며 구시렁거리던 할머니 말이 설핏 생각났다. 동혁은 할머니 말을 들은 뒤로는 키 크기를 포기했다. 어머니는 형에게만 보리밥을 챙겨줬다. 할머니가 남겨주는 보리밥으로는 애초에 키 크기는 글렀다. 형이 없으면 보리밥이라도 실컷 먹을 수 있을 텐데……. 고봉으로 담은 동우 형의 밥그릇이 눈앞에서 어른거렸다. 배가 꼬르륵거렸다.

형이 집적거리지 않았으면 보리 주먹밥을 얻어먹었을 것이다. 거기에 민수 아버지까지 끼어들어 겨우 감자 세 개밖에 챙기지 못했다. 목사님이 감자를 챙겨주지 않았더라면 온종일 허기에 허덕거릴 뻔했다. 동혁은 주머니에서 감자를 꺼내 한입 베어 물었다. 목구멍이 갈라질 듯 퍽퍽했다.

"치~이, 나타나기만 해봐라. 가만두나."

동혁은 눈물을 찔끔거렸다. 동우 형은 나타나지 않았다. 그러나 믿었다. 어디선가 불쑥 나타나 동혁아 하고 부를 터인데, 굳이 걱정할 필요 없었다. 동네 형들이 짓궂게 놀리면 언제나 형이 나타나 챙겨주었다. 분명 어딘가에 숨어서 지켜보고 있을 것이다.

알뜨르비행장 돌담은 길고 지루했다. 동희가 곁에 있으면 덜 무서울 텐데……. 동혁은 뒤를 돌아보았다. 민수가 콧물을 훌쩍거리며 따라오고 있었다.

"코라도 흘리지 말든가."

민수를 볼 때마다 동혁은 잃어버린 동생 동희가 생각났다. 감쪽같이 사라진 뒤 죽었는지 살았는지 여태 소식이 없었다. 계집애 찾으려다가 가족까지 죽을 거라며, 이사를 서두르던 할머니도, 하나님이 보살펴 준다며 위로해 주던 정기준 목사도 동혁은 믿을 수 없었다.

'도대체 말 같은 소리를 해야지…….'

걸핏하면 토벌대가 마을 사람들을 죽이는데, 예수님에게 기도하라니 어처구니없었다. 감자라도 주지 않으면 예배당에 갈 까닭이 없었다.

"그나저나 형은 왜 안 나타나지……?"

아무리 사방을 둘러보아도 형은커녕 해무밖에 보이지 않았다.

"민수야, 빨리 와!"

동혁은 민수를 다그쳤다.

"멍청한 놈, 울지나 말든지……."

민수를 보면 짜증이 났다. 동혁은 까치발을 세워 돌담을 넘겨다보았다. 활주로에 해무가 출렁거리고 콘크리트 격납고가 유령처럼 아가리를 벌리고 있었다.

후드득거리는 소리가 들렸다.

"비가 오려나……?"

동혁은 비 맞는 게 싫었다. 키 작은 것도 속상한데 비까지 맞으면 키가 영영 크지 않을 것 같아, 비 오는 날은 바깥에 나가지 않았다. 교인들이 열 살배기라 놀릴 때마다 아니라고 앙탈을 부렸다. 덩치는 작아도 열두 살이었다.

동혁은 조그맣게 태어나 금방 죽을 거라며 어머니가 윗목에 팽개쳐놓았다는데, 할머니가 보리밥 삶은 물을 먹여 겨우 살렸다고 말했다. 젖도 모자라 죽을 고비를 여러 번 넘기고 살아난 게 삼신할머니 덕분이라며 할머니는 입버릇처럼 주절거렸다. 아버지는 그를 민적에 올리지도 않고 산을 들락거려 키가 작은 것은 어머니 탓이라지만, 나이가 적은 것은 순전히 아버지가 민적에 늦게 올린 탓이었다.

하늘을 보았다. 안개비가 그칠 것 같지 않았다. 동혁은 오름을 찾았다. 길을 잃었을 때 집을 찾는 방법이라며 형이 알려줬는데, 한라산을 마주 보고 왼쪽이 모슬봉이고, 오른쪽이 바굼지오름, 그 아래 낮은 오름이 섯알오름이라고, 그리고 해안가의 오름은 송악산이라고 말했다. 그런데 해무 자욱해 오름은커녕 아무것도 보이지 않았다.

"모슬봉이 어디지?"

몇 바퀴를 빙빙 돌아도 모슬봉은 보이지 않았다.

"어떻게 하지……?"

동혁은 이러지도 저러지도 못한 채 돌담에 기댄 채 눈물을 찔끔거렸다.

"동혁아, 빨리 와!"

돌담 너머에서 동우 형 목소리가 들렸다. 혼자 먼저 집에 갔을 리 없었다.

"알았어, 형."

동혁은 소리 나는 곳을 바라보았다. 형이 돌담을 넘어 알뜨르비행장 건너편 콘크리트 격납고로 뛰어가고 있었다.

"혀~엉, 같이 가!"

돌담을 따라 뛰어갔는데, 형이 보이지 않았다. 동혁은 당황했다. 돌담이 앞을 가로막았다. 형은 높은 돌담도 쉽게 넘었다. 게다가 곶자왈에서 제일 큰 조록나무에도 곧잘 올라갔다. 고무신 기운 실밥이 뜯어졌는지 발가락이 따가웠다. 짜증이 났다. 형에게는 매번 새 신발을 사줬지만, 동혁에게는 형이 신다가 버린 찢어진 신발을 꿰매 주었다. 새 신발을 한 번이라도 신어 보고 싶었다.

"어이 씨……!"

눈물이 찔끔 나왔다. 새 신발을 신으면 형처럼 잘 뛸 수 있을 텐데, 동혁은 짜증이 났다. 모슬포의원 앞에서 형을 기다렸으면 아무 일 없었을 터인데, 먼저 온 게 후회됐다.

예배당 사람들이 조그만 게 눈만 까맣게 반들거린다고 놀렸다.

집에서나 예배당에서나 감자만 먹으니 얼굴이 까말 수밖에, 열심히 예수님에게 기도하면 얼굴이 하얘진다고, 목사님이 말할 때는 동혁은 사실 부끄러웠다. 기도할 때마다 감자보다 주먹밥을 달라고 기도했다. 그러니 얼굴이 하얘지기는 그른 것 같았다.

뒤를 돌아보았다. 민수가 비틀거리며 뒤따라오고 있었다.

"민수야, 빨리 와!"

동혁은 민수를 볼 때마다 짜증 났다. 같은 또래여도 잘 뛰지도 못하고 넘어지면 울었다. 창피할 때가 한두 번 아니었다. 민수 아버지는 돈도 많으면서 밥도 제대로 안 주는지, 키도 작고, 삐쩍 말랐다. 친동생처럼 보살피라는 할머니 부탁이 아니었더라면 데리고 다니지 않았을 것이다.

"야, 인마, 빨리 좀 따라와."

민수는 눈만 흘겨도 아기처럼 울었다. 혼자서는 예배당은커녕 마을 나들이도 못 했다. 민수 아버지가 데리고 다니면 될 텐데, 동혁에게 부탁하면서 예배당에서 줄 설 때는 모른 척 끌어냈다. 게다가 민수는 버릇도 없었다. 매일 놀아주면 감자라도 가지고 와야지 늘 빈손으로 왔다. 걔 아버지가 아니었으면, 몇 번이라도 쥐어박았을 터인데 여태 참아두었다.

빗물이 콧잔등을 타고 흘렀다. 동혁은 코가 터진 신발을 벗어 손에 들었다. 발바닥이 따끔거렸다. 민수처럼 운동화라면 몰라도 실밥이 터진 고무신을 신은 채 형을 따라잡기는커녕 민수에게도 뒤처질 것이다. 동혁은 검정 고무신을 민수에게 불쑥 내밀었다.

"야, 너도 신발 벗어!"

민수는 운동화를 신었다. 민수 할아버지가 일본에서 사 온 거라는데, 모양도 멋져 끈을 조이면 단단했다. 동혁은 민수 운동화를 트집 잡았다.

"왜 그래, 형?"

영문을 모르겠다는 듯 민수가 시무룩했다.

"나도 벗었잖아!"

동혁은 목소리를 높이며 맨발을 불쑥 내밀었다. 시커먼 땟자국이 발등에 얼룩졌다.

"알았어."

동혁이 내민 맨발을 보더니, 민수가 순순히 끈을 풀어 운동화를 벗어들었다.

"자식, 그래야지!"

동혁은 기분이 좋았다. 그는 무너진 돌담을 넘어 콘크리트 격납고로 뛰었다. 발바닥이 따끔거렸다. 민수에게 뒤처질까 봐 신경이 쓰였다. 하지만, 어금니를 깨물고 뛰었다. 활주로를 뒤덮은 무성한 잡초들이 잠방이 자락을 후렸다.

"민수야, 빨리 따라와!"

동혁은 뒤를 돌아보았다. 절뚝거리며 따라오는 민수 발가락에서 피가 흐르고 있었다.

"운동화 신어 인마, 발 아프잖아!"

민수 발가락에 상처라도 나면 큰일이었다.

"형이 벗으라고 했잖아……!"

민수가 눈물을 뚝뚝 흘리며 동혁을 흘끔거렸다.

"야, 인마, 그래도 발이 아프면 운동화를 신어야지. 형이 벗으랬다고 맨발로 뛰면 어떻게 해!"

"형이 운동화 신으라고 말 안 했잖아……."

"알았어, 형이 잘못했어, 그래도 피가 나면 운동화를 신어야지."

동혁은 민수 아버지가 혼낼까 봐 겁이 났다.

"네 아버지에게 이르면 안 돼, 알았지?"

"알았어, 형."

"그래, 그래야지, 이 형이 시키는 대로 해야 착한 동생이지."

콘크리트 격납고로 들어가는 형이 보였다.

"민수야 격납고에 들어가 비부터 피하자."

민수가 고개를 끄덕거렸다.

"혀~엉!"

동혁은 형이 들어간 콘크리트 격납고로 달려갔다. 격납고 안은 어두컴컴했다.

"해무 때문인가?"

하늘을 올려다보았다. 해무가 알뜨르비행장 활주로에 잔뜩 깔려 있었다. 민수가 생쥐처럼 오들오들 떨면서 따라오고 있었다. 희

멀건 얼굴에 빗물인지 콧물인지 흘러, 우는지 웃는지 구분이 안 됐다. 민수 아버지가 보았더라면 기겁했을 것이다.

"아이고, ······더러워!"

동혁은 민수 얼굴에 흐르는 빗물을 닦아주었다. 마을 사람들은 민수 아버지는 돈도 많으면서 밭 가장자리에 감춰둔 곡식까지 털어간다고 꽁다리(나쁜 사람을 비유하는 제주 방언)라며 빈정거렸다.

동우 형이 수작을 부리려는지 보이지 않았다.

"나쁜 새끼!"

한두 번이 아니었다.

"동생을 골려 먹다니······!"

동혁은 콘크리트 격납고 주위를 두리번거렸다. 지난번 알뜨르 비행장에 들렀을 때는 격납고에 숨어서 놀렸다. 이번에는 속지 않을 자신이 있었다. 콘크리트 격납고 안으로 살금살금 기어갔다. 구석진 곳에서 신음이 들리고 비릿한 냄새가 났다.

"살려 주세요!"

숨을 몰아쉬며 앓던 사람이 일어나려다가 배를 끌어안고 주저앉았다. 창자가 쏟아지려고 했다. 깜짝 놀라 뒤로 벌러덩 자빠졌다. 동혁은 토악질이 났다.

"빨갱이······?"

잡혀가면 큰일 난다는 정기준 목사 말이 순간 머리를 스쳤다.

동혁은 콘크리트 격납고에서 뛰어나왔다.

"뛰어! 민수야!"

동혁은 알뜨르비행장 활주로를 질러 무작정 앞으로 뛰었다.

"어~, 동혁이 형 같이 가."

민수 목소리가 아득하게 들렸다. 동혁은 뒤도 돌아보지 않고 앞으로 뛰었다. 자욱한 안개 속으로 안개비가 그의 정수리에 내려앉았다. 돌부리에 긁혔는지 무릎이 따끔거렸다.

'돌담이 왜 이렇게 긴 거야……?'

잠방이 가랑이가 발목을 휘감아 다리가 후들거렸다.

'형은 어디로 사라진 걸까?'

분명 콘크리트 격납고 안으로 들어갔다. 그런데 보이지 않았다. 더 깊은 곳에 숨었을지 몰랐다.

마을 입구에 돌벅수머리(돌하루방)가 빗물에 흠뻑 젖은 채 마을 어귀에 서 있었다.

"할머니~!"

빗물이 입속으로 들어오고 하늘이 노랬다.

3

"다른 사람들은 모두 산에서 내려왔다는데…….."

할머니 볼멘소리에 동우는 잠에서 깼다. 밤이 이슥토록 동우는 뒷담에 귀를 기울였다. 아무 소리를 듣지 못했다. 아버지가 집에 들른 지도 오래되었다. 아버지가 언제 집에 들를지 모르는데 눈을 뜨면 아버지를 찾는 할머니 정성도 어지간했다.

"에미야, 아범은 집에 안 들어온 거냐?"

정신 나간 사람처럼 허둥대는 할머니를 문구멍으로 내다보았다. 동우도 아버지가 보고 싶었다. 자수하면 살려준다는 정기준 목사 말도, 전단傳單도 주고 싶었다. 무엇보다 고영준처럼 가족들과 함께 예배당에 가고 싶었다. 곶자왈로 달아난 뒤 아버지는 가끔 늦은 밤에 들러 새벽녘에 돌아가는 것 같았다. 어머니는 할아버지 때문에 아버지가 집에 올 수 없다고 툴툴거려도 할머니는 아무 말 하지 않았다.

"어멈이 이장 댁에 가봐!"

상평마을에 살았을 때도 할머니는 매일 아버지를 찾았다. 그런데 상모리로 이사 온 후로는 부쩍 채근이 심했다.

"어디를 가요 가기는……."

어머니가 외려 역정을 냈다. 동우는 알뜨르비행장 콘크리트 격납고에서 쏟아지는 창자를 끌어안고 숨을 헐떡이며 살려달라고 매달리던 아저씨가 생각났다. 그 사람이 아버지라도 도망쳤을 것이다. 보퉁이를 둘러멘 채 돌담을 뛰어넘던 축 처진 아버지의 뒷모습도, 토벌대가 할아버지를 찾아도 북간도에서 돌아오지 않았다고 말하라던 어머니의 입단속보다 더 섬뜩했다.

"동혁이는 괜찮나……, 어디서 비를 이렇게 많이 맞았누?"

할머니가 방문을 열었다. 동우는 잠든 척 돌아누워 동생을 흘끔거렸다. 알뜨르비행장 콘크리트 격납고 안에서 죽어가던 사람을 보고 동생도 놀랐던지 밤새 헛소리를 하더니 늦게 잠든 것 같았다.

상모 댁이 동혁 이마를 쓰다듬으며 중얼거렸다.

"아이고, 내 새끼 열이 심하네……. 동우야, 이제 일어나거라. 민수 집에 들러서 묵은 된장이라도 얻어 오너라. 동혁이 무릎에 발라주게."

소금으로 음식 간을 맞추던 어머니가 생각났다. 차라리 소금으로 간을 맞추는 게 낫지, 민수 집에 가서 된장을 얻어 오라는 할머니가 동우는 너무 싫었다.

'근데, 민수는 어떻게 되었을까?'

민수를 꼬여내 모슬포 교회로 데려가 비까지 흠뻑 맞았으니 민수 아버지가 단단히 화가 났을 것이다.

며칠 전 하모리 바닷가에서 총 맞아 죽었던 아저씨가 기억났다. 갯바위에서 소라를 잡고 있었는데 느닷없이 총소리가 났다. 동우는 깜짝 놀라 몸을 바위틈에 숨기고 총소리 나는 곳을 바라보았다. 무서운 광경이 벌어지고 있었다. 동혁이 고개를 쳐들었다.

"이 새끼야 죽고 싶어?"

동우는 동혁 정수리를 눌렀다. 평소 같았으면 머리를 쳐들고 대들던 놈이 새파랗게 질려있었다. 갯바위 너머를 바라보았다. 바다로 달아나는 아저씨에게 군인 서넛이 소총을 겨냥하고 멈추라며 소리를 질렀다. 아저씨가 멈추지 않고 계속 달아나자 총을 쏘았다. 비명이 파도 소리에 휩쓸렸다. 달아나던 아저씨가 바닷속으로 꼬꾸라졌다. 핏물을 잔뜩 뒤집어쓴 시체가 바다 위로 떠올랐다. 군인들이 달려들어 바윗돌로 시체를 눌렀다. 시체가 흔적도 없이 바닷속으로 가라앉았다. 아무 일 없었다는 듯 파도가 찰랑거렸.

동우는 숨이 멎는 것 같았다.

"아범 찾으러 안 갈 거냐?"

아버지가 걱정되었던지 할머니 목소리가 냉랭했다.

"아범이 안 다녀갔나……?"

아버지가 다녀간 흔적을 찾으려는 듯이 할머니가 집안을 두리번거렸다. 성산 댁은 한참 뜸을 들인 후 못 이긴 척 대답했다.

"어제는 산에서 내려오지 않았어요, 새벽에 곶자왈에 가보았더니 동굴도 텅 비었더라고요."

아버지를 찾는 할머니가 못마땅했든지, 집에 들르지 않은 아버지가 걱정되었든지 어머니가 툴툴거렸다.

"모슬포 절간고구마 창고에 마을 사람들이 모였다던데 알아보고 올게요."

어머니가 집을 나섰다. 할머니는 그때야 허리를 펴고 어머니가 사라진 사립문 밖으로 고개를 내밀고 중얼거렸다.

"그려. 다들 모여 있다고 하데……. 아이고, 아범 소식이라도 들었으면 좋으련만……."

어머니 발소리가 멀어지자, 할머니도 아버지를 찾아 나섰는지 집안이 조용했다. 예배당에서 들었던 그러니까, 경찰 서장 김정필, 상모리 이장 고순봉, 모슬포 교회 정기준 목사까지 모인 자리에서 산에서 내려와 자수하지 않으면 그 가족까지 모조리 죽이겠다던 토벌대장 이치순의 말이 언뜻 떠올랐다.

'아버지에게 이 말을 전해야 하나……?'

곶자왈에 아버지가 없다고 했으니 가까운 산간 동굴로 옮겼을 것이다. 동우는 그곳을 알고 있었다. 동우는 책보자기를 풀어 책을 꺼내고 보자기를 챙긴 뒤, 사립문을 살폈다. 인기척이 없었다. 부엌으로 들어가 시렁에서 채반지(광주리를 일컫는 제주도 방언)를 내렸다. 아침을 걸렀는지 보리밥과 감자가 가득 들어 있었다. 숟가락을 깊게 집어넣어 보리밥 두 숟갈과 감자 두 개를 보자기에 쌌다. 그리고 사립문을 빠져나왔다.

아버지가 집에 들르지 않으면, 할머니가 계속 찾을 것이다. 정기준 목사가 산에서 내려와 자수해야 살 수 있다고 했다. 이장 고순봉은 예비검속 추가 명단을 작성한다고 했다. 예비검속이 무슨 말인지 알 수 없지만, 아버지가 산에서 내려와 자수하지 않으면 아무래도 위험할 것 같았다. 동우는 산에서 내려와 자수하라던 정기준 목사의 말을 아버지에게 전해야 할 것 같았다.

동우는 보자기를 어깨에 둘러메고 아버지를 찾으러 집을 나섰다.

민수가 올레에서 놀고 있었다. 반가웠다. 말끔한 얼굴이 동혁도 근처에 있을 것이다.

"민수야!"

"어, 동우 형!"

민수가 눈을 껌뻑거리며 뒤를 흘끔 돌아보았다. 민수 아버지가 올레 입구에서 지켜보고 있었다. 교회 간이 식당에서 동생을 끌어내던 민수 아버지의 험악한 얼굴, 교회에서 수업할 때 모습이 아니었다. 게다가 민수를 알뜨르비행장 활주로에 버려두었으니 잔뜩 화가 났을 것이다. 동우는 겁이 났다. 민수 아버지가 보이지 않을 때까지 냅다 뛰었다.

4

사람들이 떠난 상평마을은 황량했다. 성담 가까이에 동우네가 살았던 초가가 보였다. 서까래가 내려앉아 무정했다. 그나마 무너진 돌담이 남아있어 기억을 더듬었다. 돌아올 수 없을 거라는 불편한 사실 동우는 슬펐다.

산담이 곶자왈 길목을 가로막았다. 산에서 내려오는 무장대를 막으려고 군인들이 마을 사람들을 동원해 쌓았던 돌담이었다. 그 돌담이 이제는 곶자왈로 들어가려는 사람들의 길을 방해하고 있었다.

허기가 몰려왔다. 허리춤에서 보자기를 풀어 길가에 앉았다. 쉰내가 콧구멍을 자극했다. 무더운 날씨 탓일 것이다. 동우는 보퉁이를 풀어 감자를 꺼내 한입 베어 물었다. 눈물이 났다. 이유를 알 수 없는 눈물이 찔끔거렸다.

"야, 인마 너, 여기서 뭐 해?"

군인 여남은 명이 들이닥쳤다. 무장대 토벌에 나섰다가 귀대하는 모슬봉 2연대 군인들이었다. 동우는 겁이 더럭 났다. 입에 물었던 감자를 단숨에 집어삼켰다. 쉰내가 콧구멍으로 빨려 들어왔다.

"뭐 하냐고 인마?"

동우가 쏘아보았다. 거꾸로 멘 소총에 삐딱하게 쓴 철모, 군인이라기보다 왜놈 순사 꽁무니를 따라다니던 모슬포 부두 양아치처럼 보였다.

"야 인마, 해지기 전에 빨리 집 들어가라. 날이 어두워지면 빨갱이가 산에서 내려와 네 놈을 잡아갈지도 몰라."

동우는 알뜨르비행장 콘크리트 격납고에서 창자를 끌어안고 숨을 헐떡이던 사람이 언뜻 떠올랐다.

"야. 인마, 그 보자기 이리 내놔!"

동우는 보자기를 가슴에 끌어안았다.

"이 새끼, 뭐해, 보자기 내놓으라니까!"

"안 돼!"

동우가 소리를 질렀다.

"이 새끼 봐라!"

총부리를 얼굴에 들이밀었다. 시커먼 총구가 눈앞으로 다가왔다. 정신이 아뜩했다.

"그만둬!"

다른 군인이 끼어들어 총구를 밀어냈다.

"이, 꼬맹이 그냥 확 죽여버리지요!"

"그만두라니까!"

"이 새끼가 빨갱이 끄나풀일지도 모르잖아요?"

"그만두라고 했잖아, 이 새끼야! 아무리 그래도 어린애가 빨갱이 끄나풀이라니 말이 돼?"

토벌대 군인들의 눈에는 동우가 어린아이로 보였던 모양이었다. 게다가 육지에서 왔는지 섬사람 말투가 아니었다.

"야, 이 새끼야 뭘 봐! 니 아버지 빨갱이지?"

동우는 할아버지가 독립군이라고 말하려다가 어머니에게 다짐했던 일이 생각나 그만두었다.

"야, 인마, 네 아버지 어디에 숨었는지 말해!"

동우는 대답하지 않았다. 알았더라도 모른다고 말했을 테지만, 아버지를 만나러 가는 길이었다.

"이 새끼 봐라, 조그만 놈이 맹랑하네. 어서 말 안 해?"

"어린애가 어떻게 알겠어? 내버려 두고 그냥 가자고."

책임자인 듯한 군인 놈이 전단 한 장을 동우에게 던져주고 돌아서서 비탈길로 내려갔다.

"야, 인마, 네 아버지에게 빨리 자수하라고 해. 자수 안 하면 죽는다고 말이야, 알아들었어?"

동우도 지지 않고 토벌대 놈들을 노려보았다.

"해 떨어지기 전에 내려가자."

"예."

토벌대 놈들이 내려가기 시작했다.

"야, 인마, 너도 얼른 내려가라, 빨갱이가 죽창으로 널 죽일지도 몰라, 그러니 빨리 집으로 돌아가."

곶자왈 안개가 짙어지기 시작해 더는 곶자왈 깊은 곳까지 들어갈 수 없었다. 동우는 토벌대를 뒤따라 상모리 집으로 향했다.

"어멈아!"

할머니 목소리에 동우는 잠에서 깼다.

'끼닛거리가 모자라나……?'

어머니 잰걸음 소리가 들렸다.

"어머니, 채반지(밥을 담던 광주리)가 없어졌어요!"

어머니가 목소리를 낮춰 조곤조곤 말하자, 할머니가 덩달아 목소리를 낮췄다.

"아범이 다녀갔나……? 아이고, 이놈아, 얼굴이라도 보여주고 가야지……!"

울음 섞인 할머니 목소리가 마당으로 흩어졌다.

"아이고, 어머님 목소리 낮추세요……. 사람들이 엿들으면 어떻게 하려고요!"

어머니가 화들짝 놀랐다. 어머니의 눈길이 담장 바깥을 향했다. 지난밤에 아버지가 몰래 다녀간 것 같았다. '자수하면 목숨만은 보장한다'라던 토벌대 놈들이 주었던 전단을 동우는 주머니에서 꺼내 들었다. 붉은 글씨가 큼직하게 쓰인 전단이었다. 전단 내용처럼 아버지를 살려 줄까. 동우는 고개를 흔들었다. 정기준 목사나 모슬포 경찰서장 김정필의 말도 믿을 수 없는데, 토벌대장 이치순의 말을 믿고 산에서 내려와 자수할 사람은 없었다.

동우는 만주에서 독립군으로 왜놈들과 싸웠다던 할아버지가 못마땅했다. 민수 할아버지 김승보처럼 왜놈 꽁무니라도 따라다녔으면 돈을 벌었을 것이다. 그런데 빈털터리로 집에 돌아온 할아버지는 한라산 이곳저곳으로 숨어다녔다. 아버지는 더했다. 한밤중에 몰래 집에 들러서 채반지를 훔쳐 가 할머니는 끼니마저 거르게 했다. 매일 집으로 찾아오는 토벌대에 시달리는 할머니나 어머니를 볼 때마다 동우는 할아버지도 아버지도 미웠다.

"부종수 나와!"

감자기 집안이 소란스러웠다. 김경태가 서청(서북청년단) 놈들을 데리고 집으로 들이닥쳐 어머니를 윽박질렀다.

"집에 없어요……."

성산 댁 대답은 짧았다. 외사촌 시동생 김경태가 남편을 추적한다는 것쯤 모를 리 없었다.

"안 나오면 죽어요."

김경태가 입을 실룩거렸다.

"아이고, 민수 애비야, 종수 집에 없어. 자수하라고 기별 넣어두었으니 경찰서로 곧 갈 거야."

할머니 목소리가 떨고 있었다. 머리카락이 쭈뼛거렸다. 동우는 아버지가 집안 어딘가에 숨어있을 것만 같았다.

"거짓말하지 마!"

김경태가 소리를 꽥 질렀다.

"아이고, 며칠만 기다려 봐……."

할머니가 부들부들 떨었다.

"거짓말하지 말고 종수 있는 곳을 말해."

"아이고, 민수 애비야, 그게 말이야……."

할머니 말이 채 끝나기도 전에 사립문으로 박차고 김경태가 나갔다. 서청 놈들이 뒤따라 나갔다.

"분명히 집안 어디에 숨어있는 것 같아……."

구시렁거리는 서청 놈들의 목소리가 멀어지고 있었다.

"형……."

동혁이 무슨 소리를 들었던지 안방을 가리켰다. 부스럭거리는 소리가 들렸다. 구들장 뒤집는 소리였다. 동생을 바라보는 동우 눈에 긴장감이 역력했다.

"어머니?"

아버지가 안방 문을 열고 나왔다.

"아이고, 아범아"

할머니가 헐레벌떡 아버지를 껴안았다.

그때였다.

"꼼짝 마, 부종수, 이 빨갱이 새끼!"

언제 되돌아왔는지 서청 놈들이 사립문으로 들이닥쳤다. 뒷짐을 진 김경태가 느릿느릿 사립문으로 들어섰다.

"움직이면 쏜다."

서청 서너 놈이 아버지에게 총구를 겨눴다. 쏠 것 같았다. 동우는 하나님에게 기도했다.

'하나님, 제발 우리 아버지를 살려주세요!'

머리에 손을 올린 아버지는 죽음을 각오한 사람 같았다. 동우는 아버지의 저런 모습을 본 적이 없었다.

"부종수, 이 빨갱이 새끼, 무릎 꿇어! 네놈을 잡으려고 몇 달이나 뒤를 밟았어. 네 아버지 숨은 곳도 말해!"

김경태가 얄팍한 미소를 지었다.

"개새끼들……!"

부종수가 어금니를 부드득 갈았다.

서청 놈들이 소총 개머리판으로 부종수 복부를 가격했다.

"억……."

부종수가 머리를 쳐들고 눈을 부릅떴다.

"양놈들 똥이나 처먹어라! 이 개새끼들아!"

서청 놈들이 아버지 무릎을 강제로 꿇리고, 손목을 꺾은 뒤 개머리판으로 어깻죽지를 내려찍었다.

"아이고, 민수 애비야, 아들 좀 살려주소."

할머니가 김경태 바짓가랑이에 매달렸다.

"할망구도 죽고 싶어!"

김경태는 아랑곳하지 않았다. 할머니가 마당 구석에 나가떨어졌다.

"아이고, 이놈이 사람 죽이네, 이 육시랄 놈이 다 있나!"

할머니가 김경태에게 매달려 고래고래 패악을 쳤다.

"이놈의 할망구가 노망났나, 확 쏴버려!"

"그래, 이놈아, 차라리 나를 죽여라!"

할머니 악다구니에 동우는 소름이 끼쳤다.

"개새끼들!"

김경태를 죽일 것처럼 아버지 눈빛이 이글거렸다.

"아이고 삼촌, 형님 좀 살려주소!"

어머니가 두 손을 싹싹 빌었다.

동혁은 형을 힐끗 보았다. 민수 아버지를 때려눕힐 것처럼 주먹을 쥐고 있었다.

'그래 봤자지……!'

동혁은 형을 비웃었다. 민수 아버지에게 영어를 배운다며 자랑질하더니, 인제 와서 빌고 사정한다고 아버지를 풀어주지 않을 것이다. 잘난 척하던 형도 민수 아버지 앞에서는 아무것도 할 수 없는 두루봉이(어리석은 사람, 제주 방언) 일 뿐이었다. 선생을 한다고……. 턱도 없는 일이었다.

동우가 밖으로 뛰어나가려고 문고리를 잡았다.

"형, 안돼……!"

동혁이 동우 형 발목을 붙잡고 늘어졌다.

"이거 놔!"

어머니는 실성한 사람처럼 꺽꺽 울었고, 마당 구석에 쓰러진 할머니는 허공에다 손을 허우적거렸다. 동우는 아무것도 할 수 없다는 게 견디기 어려웠다.

5

"동우야 일어나."

성산 댁이 동우를 깨웠다.

"아버지는 어떻게 해요?"

동우가 어머니에게 물었다.

"민수 아버지에게 다시 부탁해 놓았으니, 저녁나절이면 돌아올 거야. 걱정하지 말고 쇠꼴 먹이러 가거라."

"예, 어머니."

동우는 동혁을 깨웠다.

"일어나, 동혁아!"

동혁은 쇠꼴 먹이러 가는 게 싫었다. 아버지가 서청 놈들에게 끌려간 뒤부터 어머니는 짜증이 잦았다. 아버지를 찾는 할머니 성화는 심해졌다. 동우 형도 자주 신경질을 부렸다.

"쇠꼴 먹이러 가기 싫은데……."

동혁은 홑이불을 머리에 둘둘 말았다.

"야, 부동혁, 일어나!"

동우 형이 신경질을 부렸다.

"싫어, 나, 안 갈 거야."

"얼른 일어나래도!"

혼자 가도 될 일을 굳이 데려가려는 동우 형이 못마땅했다. 동혁은 마루 밑에서 신발을 꺼내 신었다. 신발이 헐렁했다. 칡넝쿨로 한 번 더 단단히 묶었다. 동혁은 입을 불쑥 내밀었다. 알뜨르비행장 활주로에 도착하면 소가 꼴을 먹든 말든 동우 형은 책만 볼 것이다.

"씨이~. 지는 책이나 볼 거면서,"

동우는 쇠를 몰고 사립문을 나서다가 외양간을 돌아보았다. 동혁이 벌써 송아지를 후리고 있었다. 민수 할아버지에게 배냇소를 돌려주려면 여름 나기 전에 젖을 떼야 하는데, 어미 소 궁둥이만 졸졸 따라다니는 송아지가 걱정이었다.

"빨리 따라와!"

마을 어귀 솔밭을 지나자, 알뜨르비행장 돌담이 뱀처럼 구불구불했다. 돌담을 타고 넘으면 비행장 활주로가 하모리 바닷가까지 쭉 뻗어있었다. 해무가 알뜨르비행장으로 몰려왔다. 동우는 무너진 돌담으로 소와 송아지를 며칠 전 쇠꼴을 봐 두었던 곳으로 몰아넣었다.

"씨이~."

이슬 훑는 소리가 들렸다. 뒤따르던 동혁이 길바닥에 주저앉아 투덜거렸다. 고무 신발이 이슬에 젖어 미끄러운 모양이었다. 철딱서니 없는 짓을 할 때는 동생이 못마땅하지만, 찢어진 신발을 칡넝쿨로 묶는 동생을 볼 때는 사실, 짠했다. 어쨌든 동생이 투덜거리든지 말든지 쇠꼴이 무성한 곳에 소를 풀어놓았다.

서청 놈들에게 아버지가 끌려가도 동생은 덤벙거렸다. 차라리 다행이었다. 올가을에는 배냇소를 민수 할아버지에게 돌려주어야 한다. 송아지를 팔아 중학교 등록금을 할 거라던 어머니도 아버지가 서청에 끌려간 뒤부터 입을 닫았다. 사실, 동우는 중학교 진학을 포기한 지 오래됐다. 밭 한 떼기 없어 소작이나 하는 주제에 중학교라니 턱없는 생각이었다.

"중학교는 무슨……."

비아냥거리던 고영준이 생각났다. 틀린 말이 아니었다. 한 끼 먹기도 버거운데 중학교라니 턱없는 기대였다.

"형은 좋겠다. 중학교도 가고."

동혁은 틈날 때마다 이죽거렸다. 그런데 사실은 형이 자랑스러웠다. 고영준은 뒷돈으로 제주농업중학교에 입학했다는데, 동우 형은 당당히 실력으로 합격하고도 입학하지 못했다. 상평마을 사람들은 형이 천재라고 추켜세웠다. 모슬포 교회 정기준 목사는 언제든지 제주농업중학교에는 합격할 수 있다며 동우 형을 추켜세웠다. 동우 형만 칭찬하는 사람들이 미울 때도 있었지만, 기분 나쁘지 않았다. 할머니 말대로 동우 형은 우리 집 대를 이을 장손이기 때문이었다.

돌담에 걸터앉아 책을 펴든 형을 힐끗 쳐다보았다. 책장을 넘기고 있었다. 낡은 것으로 보아 형이 자랑하던 성경책은 아닌 것 같았다. 평소에는 주먹을 쥐기도 하고 휘두르기도 하더니만 아버지가 서청 놈들에게 붙잡혀간 뒤로는 책을 보기는커녕 가파도만 멍청하게 바라보더니 책을 보고 있었다.

"나쁜 놈들, 아버지를 끌고 가다니……!"

동우는 아버지를 끌고 간 김경태에게 화가 났다. 일가친척도 상관없이 걸리적거리면 끌고 갔다.

하모리 해안 도로에서 트럭 소리가 들렸다.

"이른 아침에 무슨 일이지?"

해무 속에 여러 대 트럭이 알뜨르비행장으로 들어오고 있었다. 사람들 목소리가 들렸다.

"이 빨갱이 새끼들 고개 안 숙여?"

욕 소리와 사람들 비명이 들리고, 해무가 알뜨르비행장 활주로에서 회오리쳤다. 빨갱이들은 모조리 죽여야 한다며 정기준 목사에게 화를 벌컥 내던 토벌대장 이치순의 살벌한 말이 기억나 동우는 책을 덮고 돌담에서 뛰어 내렸다.

"동혁아, 머리 숙여."

동우는 쇠고삐를 돌에 묶었다. 코뚜레가 불편한지 소가 대가리를 쳐들며 나부댔다.

"조금만 참고 기다려."

동우는 돌담을 따라 알뜨르비행장 입구를 향해 기어갔다. 동혁이 뒤따랐다. 무슨 일이 일어나고 있었다. 욕 소리가 들릴 때마다 해무가 출렁거렸다.

"야, 이 새끼야, 빨리 안 내려!"

사람들이 트럭에서 내리면서 뭔가를 집어던지기 시작했다.

'저게 뭐지……?'

동우는 자세히 보았다. 신발과 모자 같은 지참물이었다. 그리고 앞서 도착한 군인들이 트럭을 향해 총구를 겨누고 있었다. 살벌한 분위기였다. 상모리 향사 앞 머을왓에서 총살당하던 이웃 마을 사람들이 생각났다.

"야, 이 새끼야, 빨리 안 내려."

사람들이 비틀거리며 쓰러졌다. 한 사람이 넘어지면 뒤따르던 사람들이 덩달아 넘어졌다. 비명이 여기저기서 들렸다. 동우와 동혁은 트럭을 가까이서 엿볼 수 있는 곳까지 기어갔다.

스무남은 명 군인들이 앞서서 섯알오름으로 올라가고 있었다.

그 뒤를 밧줄에 묶인 사람들이 뒤따랐다. 꾀죄죄한 모습이라 누가 누군지 분간할 수 없었다. 동우는 해무 때문일 거로 생각했다. 덤불과 덤불 사이로 해무가 스멀거렸다. 잠방이 이슬 훑는 소리가 들릴 때마다 소스라치게 놀라 발걸음 멈추기를 거듭했다.

"빨리 걸어, 이 새끼야!"

군인들 욕하는 소리는 끊이지 않았다. 섯알오름 고사포 진지가 눈앞에 보였다. 그곳에서도 욕 소리가 난무했다.

익숙한 목소리가 들렸다. 동우는 그 목소리를 기억했다. 잊을 수 없는 목소리였다. 아버지가 서청 놈들에게 붙잡혔을 때 할머니와 어머니가 무릎을 꿇으며 매달려도 눈조차 깜짝하지 않고 아버지를 끌고 가던 민수 아버지 김경태의 비루한 목소리였다. 동우는 저 사람들 속에 아버지가 있을지 모른다는 불길한 생각이 설핏 들었다. 그리고 시선을 집중했다.

"저 새끼 확 쏴버려."

자지러지는 총소리가 들릴 뿐 사람은 비명조차 들리지 않았다.

"억, 으억……."

앞서 걷던 사람이 돌부리에 걸려 비틀거렸다.

"이 빨갱이 새끼들 잔꾀를 부려, 죽으려고 환장했어!"

개머리판이 날아갔다. 비명이 들렸다. 분화구로 떨어지던 사람들이 기어오르면 군인들이 군홧발로 짓이겼다. 아수라장이 따로 없었다. 섯알오름 분화구야말로 정기준 목사가 말하던 지옥이었다.

구레나룻이 덥수룩한 사람이 주위를 두리번거렸다. 아버지였다. 동우는 바짝 긴장했다. 눈이 마주치자 아버지가 신발을 벗어 던졌다. 할아버지가 만주에서 왜놈들과 싸울 때 신었던 군화였다. 분명 아버지였다. 민수에게 할아버지 군화라며 자랑하던 동혁이 설핏했다. 동혁을 흘깃 보았다. 동혁이 부르르 떨며 벌떡 일어서더니 덤불 밖으로 뛰어나갔다.

"이 새끼가 죽으려고 환장했어!"

동우는 동생을 낚아채 가슴에 끌어안았다. 온몸에 진땀이 났다. 자칫 저들에게 들키면 살려두지 않을 것이다.

"안 돼!"

동혁이 버둥거렸다.

"동혁아, 지금은 안 돼!"

동우는 동혁을 끌어안은 채 앞을 바라보았다. 고사포 진지 가장자리에 군인들이 늘어서 있었다.

"한 명씩 확인 사살해!"

지휘관 명령이 또렷하게 들리고 총소리가 미친 듯이 섯알오름에 자지러졌다.

"모조리 죽여 빨갱이 새끼들!"

"으윽~, 어머니~!"

군인들 욕지거리와 사람들의 비명이 난무하는 섯알오름은 생지옥이었다. 아버지를 찾았다. 보이지 않았다.

동혁이 발버둥 쳤다.

"안 돼!"

"아버지!"

동우는 동혁 입을 틀어막았다.

"……."

동우와 동혁은 총소리가 멎을 때까지 아무 말 못 한 채 덤불 속에서 부들부들 떨었다.

'하나님 아버지 제발 저희 아버지를 무사하게 집으로 돌려보내 주세요!'

동우는 무릎을 꿇고 아버지를 살려 달라고 예수님에게 기도했다. 동혁은 눈을 감고 있었다. 같은 마음이었을 것이다.

"확인 사살해!"

명령과 동시에 총소리가 났다. 여지없이 비명이 들려왔다. 동우는 온몸이 부들부들 떨렸다.

군인들도 부들부들 떨고 있었다.

"확인 끝났습니다."

"1소대부터 하산하라."

섯알오름을 내려가는 군인들의 군화 소리가 잠잠해지고 트럭 소리가 멀어졌다. 동우와 동혁은 군인들이 트럭 소리가 들리지 않을 때까지 덤불 속에 숨어있었다.

동이 트고 있었다. 동우는 동혁을 데리고 섯알오름 방공포 진지로 올라갔다. 피비린내가 진동했다. 시체들이 분화구 안에 널브러져 있었다. 숨이 끊어지지 않은 채 눈을 멀뚱거리는 사람, 피를 토하며 허우적거리는 사람, 튀어나온 눈알을 잡고 비명을 지르는 사람, 배 밖으로 쏟아진 창자를 끌어안고 울부짖는 사람, 피투성이 얼굴을 감싸고 살려달라고 아우성치는 사람들, 그리고 사람들……. 그 사람들 아우성은 점점 힘을 잃어가고 있었다.

동우는 아버지를 찾았다. 시체들을 헤집었지만, 아버지는 보이지 않았다. 아니 찾을 수 없었다. 잘못 보았을 것이다. 어쩌면 아버지가 아니었을지도 몰랐다. 한라산에서 왜놈들을 때려잡던 아버지가 저따위 2연대 군인들 총에 죽었을 리 없었다.

'제발……. 아버지가 아니었기를…….'

동우는 하나님에게 기도했다.

6

섯알오름 분화구에서 죽은 사람들 아우성이 귓속을 들락거렸다. 동우는 숨쉬기조차 버거워 동혁을 끌어안고 알뜨르비행장 콘크리트 격납고에서 온종일 앓았다. 배고프지도 않았다. 군화를 벗어 던지던 사람이 제발 아버지가 아니기를 하나님에게 기도하고 또 기도했다.
알뜨르비행장 콘크리트 격납고 안으로 저녁노을이 비쳤다. 노을빛은 붉은 핏빛이었다.
"동혁아……."
동우는 섯알오름에서 사람들이 왜 죽어야 했는지 동혁에게 설명할 방법이 없었다.
"형……."

동혁이 게슴츠레한 눈으로 바라보았다. 동우는 하염없이 눈물이 났다. 그리고 어떤 설명도 할 수 없는 처지가 부끄러웠다. 닥칠 일들이 두려워 동혁에게 다짐받아두어야 할 것 같았다.

"동혁아, 오늘 보았던 일은 누구에게도 말하면 안 돼, 알았지? 할머니나 어머니에게 말하면 안 돼……."

동혁이 고개를 끄덕였다. 고개를 끄덕이는 동혁을 안아 주었다. 그리고 잠시 뜸을 들인 후 동우는 말을 이었다.

"이장 아저씨나, 민수 아버지와 마을 사람들에게도……, 목사님에게도 말하면 안 돼. 알았지……?"

"……형."

동혁이 짧은 대답과 함께 고개를 끄덕였다.

"약속 지켜야 해, 안 그러면 우리는 모두 죽어……. 할머니도 어머니도……, 알았지?"

눈물이 핑 돌았다. 왜 말하면 안 되는지 동우도 알지 못했다. 다만, 사람들이 알면 안 될 것 같았다. 할머니도 어머니도, 어쩌면 가족 모두가 죽을 수 있다는 두려운 생각이 들었을 뿐이었다. 섯알오름에서 보았던 사람이 아버지고, 죽인 사람이 민수 아버지 김경태라면 이쯤에서 끝나지 않을 것이다. 어쩌면 지금부터 시작일지 몰랐다. 동우는 가족에게 닥쳐올 일이 두려웠다.

"어머니도 할머니도 우리는 다 죽어, 누구에게도 말하면 절대로……. 안 돼, 동혁아, 알아들었지?"

모두가 죽을 것처럼 동우는 눈을 부릅떴다. 그러나 가슴 속에 북받쳐 오르는 눈물까지 주체할 수 없었다.
 "알았어, 형, 절대 말하지 않을게!"
 동혁은 마음을 단단히 먹었다. 그리고 고개를 천천히 끄덕였다. 동우 형은 어머니 몰래 알뜨르비행장에 다녀왔을 때처럼 다짐받고 싶었든지 새끼손가락을 걸었다. 이 약속을 어머니는 물론 할머니에게도, 그 어떤 사람에게도 절대 말하지 않을 거라고 동혁은 굳게 다짐했다.

 산에서 내려온 아저씨들이 모슬포경찰서나 모슬봉 2연대로 끌려갔다. 동우 형도 덩치가 커 끌려갈 뻔했다. 나이가 어리다며 할머니가 통 사정해 겨우 끌려가지 않았다. 어머니도 2연대로 끌려갔다. 음식과 옷가지를 아버지에게 가져다줬다는 게 죄라는 토벌대장 이치순의 말을 동혁은 이해할 수 없었다.
 "에미야, 아범은 왜 집에 안 들리는 거냐?"
 어머니가 없는 집안에 할머니 탄식이 처마를 들썩거렸다. 동우 형은 방구석에 틀어박혀 야학도 교회도 가지 않았다. 힘이 세고 덩치가 커도 고지갱이(면사무소 급사, 사환을 이르는 제주도 방언으로 어리석은 사람을 일컬음)보다 못하다는 것을 그때야 알았든지, 아니면 아무리 날래도 총부리를 감당할 수 없다는 것을 알았든지, 온종일 방구석에 처박혀 문밖으로 나오지 않았다.

좋아하던 책도 보지 않았고 성경책은 부엌 아궁이에 집어넣었다. 그리고 틈틈이 마루에서 섯알오름을 바라보았다. 저러다가 꽁다리가 될 것 같았다. 게다가 쇠꼴 먹이는 것조차 잊어버렸는지 동혁이 아침마다 소를 몰고 알뜨르비행장을 다녀왔다.

"부종수 어디다 숨겼어?"

아버지를 끌고 간 민수 아버지 김경태가 서청 놈들을 이끌고 와 자주 행패를 부렸다.

'아버지가 섯알오름에서 죽지 않고 탈출한 것일까……?'

동우는 민수 아버지 김경태를 의심했다. 꿍꿍이가 있어 보였다. 아버지가 탈출했으면 한밤중이라도 어머니나 할머니에게 기별했을 터인데, 집에 들른 흔적이 없었다.

'어떻게 된 일이지……?'

"아이고 몰라, 지난번에 끌고 갔잖아!"

할머니가 김경태를 보면 먼저 역정부터 냈다. 동혁은 할머니를 괴롭히는 서청 놈들과 토벌대 놈들이 미웠다. 형처럼 덩치가 크고 힘이라도 셌더라면 단번에 때려눕혔을 것이다. 온종일 방구석에 틀어박혀 꼼짝도 안 하는 형은 고지갱이가 된 게 틀림없어 보였다.

'잘난 척이나 하지 말든가…….'

동혁은 방안에만 처박혀 있는 문을 향해 콧방귀를 흥하고 뀌었다.

"민수야 네 아버지 집에 언제 오니?"

동혁은 민수를 꼬드겼다.

"아버지 집에 잘 안 와, 형."

민수 아버지 김경태가 아버지를 끌고 간 뒤 형이라고 부르는 민수가 꼴 보기 싫었다. 더부살이한다고 기죽지 말라던 동우 형이 말해 준 탓도 있지만, 아무튼 동혁은 민수가 꼴값 떠는 게 싫었다.

"나쁜 놈!"

민수 할아버지는 민수만 좋아했다. 할아버지가 집으로 돌아오면 동혁을 좋아할 텐데 부러울 이유가 없었다. 그런데도 사립문으로 들어서는 할아버지 모습을 꿈에서밖에 볼 수 없었다.

"민수야, 네 아버지 언제 집에 들어와?"

동혁은 민수를 꼬드겼다.

"몰라."

콧물을 질질 흘리며 동혁을 따라다니는 어린애가 제 아버지가 언제 집에 들어오는지 모를 것이다. 동혁은 민수가 실망스러웠다. 형 부탁이 아니었더라면 벌써 포기했을 것이다.

"네 아버지가 집에 오면 꼭 알려줘?"

"알았어, 형."

동우 형은 민수 아버지에게 관심이 많았다. 이유는 알 수 없어도 모슬포 교회 야학에서 확인하면 금방 알 수 있을 터인데, 굳이 민수를 꼬드겨 알아보려는지 동혁은 이해가 안 됐다.

'민수 아버지에게 부탁해 일본으로 밀항이라도 하려나……?'

동우 형이라면 그럴 수 있었다. 아무튼, 틈만 나면 민수 아버지에 대해 꼬치꼬치 캐물었다. 몇 시쯤 퇴근하는지, 어느 길로 오는지 알려고 했다. 더군다나 며칠 전부터는 낫을 벼려 뒤란 굴뚝에 걸어 두었다. 꼴 베러 가지도 않으면서 날을 벼려 어디에 쓰려는지 몰라도 낫질 한 번으로 꼴 망태를 너끈히 채울 만큼 날카로웠다. 그리고 낫을 벼렸으면 외양간 입구에다 걸어 두어야지 뒤란 굴뚝에 거는 것도 수상했다.

민수에게 연락이 왔다.

"동혁이 형, 우리 아버지 집에 왔어요. 저녁 먹고 면사무소에 다시 갈 거라던데……?"

이유가 궁금하다는 듯 민수가 고개를 갸우뚱거리더니 말꼬리를 흐렸다.

"그냥 물어본 거야, 인마……. 민수야 고마워! 근데, 민수야, 이 형이 물어봤다고 말하면 안 돼, 알았지?"

동혁은 민수에게 다짐까지 받았다.

"알았어, 형. 내일은 같이 놀아줄 거지?"

"민수야, 아침 먹고 올레로 나와. 그러면 이 형이 기다리고 있을게. 근데, 너 빈손으로 올 거야?"

민수가 고개를 끄덕였다.

"왜 형?"

감자라도 두어 개 주머니에 넣어와야지, 빈손으로 오겠다는 민수가 실망스러워도 동혁은 어쩔 수 없었다.

"어, 그래, 괜찮아."

민수가 제 아버지 정보를 알려줬으니 감자 따위로 놀아주지 않을 이유가 없었다.

7

 방문 여는 소리가 들렸다. 동혁은 자는 척 돌아누웠다. 동우 형이 집적거리지 않으면 다행일 텐데 조용했다. 하긴, 섯알오름 학살 현장을 목격한 이후로 동우 형은 의기소침했다.
 '무슨 일일까……?'
 방안 구석구석 흘끔거리던 동우 형이 눈시울을 붉혔다. 알뜨르 비행장 콘크리트 격납고에서 다짐받을 때 울음을 참던 단단한 표정, 굳게 다문 입술과 번뜩이는 눈빛이 설핏 생각났다.
 동우 형은 할머니가 거처하는 곁채 문간방을 향해 큰절한 뒤 잠시 머뭇거렸다. 그리고 뒤란으로 돌아가 굴뚝에 걸어 두었던 낫을 옆구리에 차고 사립문을 빠져나갔다. 가슴이 조마조마한 동혁은 재빠르게 형을 뒤쫓았다.

'어디 가려는 걸까……?'

동혁은 두근거리는 가슴을 누르며 동우 형을 뒤쫓았다. 올레에서 민수네 집을 기웃거리더니 마을 어귀를 슬쩍 바라보았다. 그리고 곧장 솔밭길로 향했다. 그 길은 모슬포 가는 지름길이었다. 밤이 이슥하면 인적이 드물어 강단 있는 사람도 잘 다니지 않는 길이었다.

'왜 솔밭길로 가지……?'

담장 너머에서 두런두런 목소리가 들렸다. 민수 아버지와 할아버지가 무슨 말을 주고받고 있었다.

"아버지 기다리지 말고 주무세요. 오늘은 늦을 겁니다."

민수 아버지의 목소리가 사립문 담장까지 또렷하게 들렸다.

"산에서 내려오는 사람들이 많다던데, 조심해서 다녀오너라."

민수 아버지에게 조곤조곤 이르는 민수 할아버지 말이 담장 밖까지 들렸다.

"예, 아버지, 염려하지 마세요."

민수 아버지가 절을 하고 집을 나섰다. 민수 말대로 모슬포 면사무소에 가려는지 솔밭길로 들어섰다. 낯선 그림자가 돌담을 넘어 빠르게 민수 아버지 김경태 뒤를 따랐다. 얼핏 보아도 동우 형이었다.

'야학에 가려나?'

동혁이 한눈을 판 사이 솔밭에서 외마디 비명이 들렸다. 동혁은 솔밭으로 뛰어갔다.

"누구야!"

분명 동우 형 목소리였다. 동혁은 깜짝 놀라 소나무 뒤에 몸을 숨기고 어둠을 헤집었다.

"억!"

비명이 다시 들렸다. 동우 형이 민수 아버지를 가슴팍을 낫으로 내리찍고 있었다. 민수 아버지 김경태가 버둥거렸다.

"쪽발이 새끼, 죽어!"

동우 형 목소리가 솔밭으로 흩어졌다. 민수 아버지가 축 늘어졌다. 형은 나이는 어리지만, 날래고 힘이 좋았다. 덩치 큰 어른이 아니라면 꼼짝없이 당했을 것이다. 낫을 얼마나 세게 꽂았던지 비명이 점점 작아졌다. 눈 깜짝할 사이였다. 몇 번을 더 낫을 내리꽂은 뒤, 벌떡 일어나 쏜살같이 돌담을 따라 알뜨르비행장으로 달아나기 시작했다.

"꼼짝 마!"

동혁은 숨이 멎을 것 같았다. 동우 형이 돌담을 뛰어넘으려는데 총소리와 동시에 비명이 들렸다.

"크억!"

동우 형이 꼬꾸라지더니 다시 일어나 돌담으로 뛰어올랐다. 총소리가 연거푸 들렸다. 동혁은 너무 무서워 돌담에 몸뚱이를 바짝 붙었다. 동우 형이 민수 아버지를 낫으로 찔러 죽여서 무서웠고 총

쏘는 놈이 모슬봉 2연대 소속 토벌대라서 더 무서웠다.

"이 빨갱이 새끼!"

토벌대 군인들이 쓰러진 동우 형을 발길로 짓이겼다.

"개새끼들!"

동우 형이 머리를 쳐들고 군인들에게 욕설을 퍼부었다. 솔잎이 우수수 떨어졌다. 동혁은 저토록 사납게 대드는 형을 본 적이 없었다. 섯알오름으로 끌려가던 아버지를 보고도 소리조차 못 지르는 고지갱이였다. 연거푸 총소리가 들리고 동우 형은 다시 일어나지 않았다.

"지독한 빨갱이 새끼!"

토벌대 놈들이 동우 형에게 욕설을 퍼부었다.

"이 개새끼들~."

동우 형 목소리가 어둠 속에 파묻혔다. 동혁은 움직일 수 없었다. 눈물조차 나오지 않았다. 아침마다 아버지를 찾던 할머니가 생각났다. 그러나 아버지도, 절간 고구마창고로 끌려간 어머니도 집에 돌아오지 않았다. 동혁은 집으로 돌아오지 않는 어머니도 아버지도 미웠다.

"김 서기는 어때?"

토벌대 군인들의 목소리가 들렸다.

"숨이 붙어있는 것 같습니다."

"빨리 2연대 의무실로 옮겨!"

동혁은 동우 형이 걱정됐다.
"이 빨갱이 새끼도 아직 숨이 붙어있는데요!"
"야, 내버려 둬. 어차피 죽을 놈인데…….".
"한 방 더 갈겨버릴까요?"
"그냥 둬, 총알이 아까워!"
더는 총소리가 들리지 않았다.

동혁은 담벼락에 숨어서 토벌대 군인들이 돌아가는 것을 확인한 뒤, 집으로 돌아왔다. 그리고 밤새 끙끙 앓았다.
"할머니, 토벌대가 형을 죽였어요."
동혁은 새벽녘에 겨우 입을 달싹거렸다. 할머니가 깜짝 놀라 눈을 휘둥그레 떴다.
"아이고, 내 새끼. 이 나쁜 놈들."
상모 댁은 동혁을 앞세우고 솔밭으로 달려갔다. 피비린내가 자닝하게 흩어졌다.
"아이고, 나쁜 놈들……!"
할머니는 동우 형 시체를 보자마자 그 자리에서 실신했다. 동혁은 할머니를 끌어 안고 울었다.
"어이 할망구, 뭣해 빨리 돌아가. 이놈은 빨갱이 새끼야."
언제 왔는지 토벌대 군인 놈들이 할머니 가슴에다 총구를 쿡쿡 쑤시며 윽박질렀다. 동혁은 아무 말도 못 한 채 벌벌 떨었다.

"빨갱이라니 이 어린 게 어떻게 빨갱이야, 야 이 죽일 놈아!"

할머니는 토벌대 군인 놈들에게 달려들었다.

"이 새끼가 빨갱이 아니라고? 의리도 없는 놈. 저리 가. 이 할망구가 저승길을 재촉하고 있네."

동혁은 할머니를 끌어안았다. 토벌대 군인 놈이 구둣발로 할머니를 걷어찼다. 그는 군인 놈들에게 달려들었다. 닥치는 데로 물어뜯었다.

"아니, 이 미친놈의 새끼가!"

발길이 날아들었다. 몸이 붕 뜨더니 돌담에 부딪혀 담벼락에 나가떨어졌다. 하늘이 노래도 아프지 않았다.

'개새끼들!'

동혁은 어금니를 앙다물고 다시 달려들었다.

"조그만 새끼가 들개처럼 달려들다니, 확 죽여버릴까 보다."

토벌대 놈이 동혁에게 총구를 겨눴다.

"시간 없어 빨리 돌아가,"

한바탕 욕지거리를 내뱉은 군인 놈들은 형 시체를 트럭에 싣고 솔밭을 떠났다. 동우 형 신발 한 짝이 길바닥에 나뒹굴었다. 동혁은 너무 무서워 신발조차 챙기지 못했다.

"할머니……!"

할머니는 동혁을 껴안고 울면서 혼절하고 깨어나서 혼절했다. 동혁은 보리밥을 삶은 국물을 할머니 입에 흘려 넣었다. 할머니는 입을 꽉 다물고. 더는 입을 열지 않았다. 동혁은 울었다. 슬퍼서 울었고 아무도 없어 무서워서 울었다. 아버지도 어머니도 형도 없는 집이 동혁은 너무 무서웠다.

4부

신神은 죽었다

1

 모슬포 교회 첨탑 종소리가 울렸다. 섯알오름 분화구에서 죽은 사람들의 한 서린 울음이었다. 포구 구석구석 음험한 종소리가 박혔다. 섯알오름 분화구에서 죽은 수백 명의 아우성만이 아니었다. 섬 곳곳에서 시체 썩은 냄새가 진동했다. 그러나 토벌대 허락 없이는 시체 한 구조차 거둘 수 없었다.
 동우가 김 면장 외아들 김경태를 살해했다는 소문이 빠르게 모슬포와 인근 마을로 순식간에 퍼져나갔다. 빨갱이 피는 속일 수 없다는 말과 함께, 그러나 동혁은 못 들은 척 모슬포 교회에 당당하게 들어섰다. 새벽 기도차 교회에 들른 교인들이 쑥덕거렸다. 동혁은 못 들은 척했다. 안다고 달라질 것도 없었다. 그저 할아버지와 할머니를, 아버지와 어머니를 동우 형과 여동생 동희를 집으로 보내달라 기도하고 기도하면 예수님이 집으로 돌려줄 거라 믿었다.

"은혜도 모르는 배은망덕한 놈!"

얼굴이 멀끔한 아저씨가 버럭 소리를 질렀다. 동혁은 모른 척 앞만 보고 걸었다. 이웃 마을 사람인지 처음 보는 사람이었다.

"그러게, 말이야. 곁채까지 내줬는데 주인을 죽이다니. 하긴, 종수 아들놈이 영악하기는 했지……."

이장 고순봉이 기다렸다는 듯 거들었다.

"그보다 제 할아비가 빨갱이 두목이라잖아, 그러니까 손자 놈까지 물 들었지. 아이고, 나쁜 종자들……. 산에서 내려오는 대로 모조리 죽여야 해!"

고순봉은 부종수 아버지 부일환이 '빨갱이'라고 사람들에게 퍼뜨리고 싶었다.

할아버지는 만주 벌판에서 왜놈을 때려잡았다고 아버지가 말했다. 그런데 빨갱이라니 이장이 턱없는 거짓말이었다. 동혁은 이장 말을 믿을 수 없었다.

"아이고 어린놈이 간이 배 밖에 나왔지 김 면장 아들을 살해하다니!"

사람들이 한마디씩 거들자, 이장 고순봉은 신이 나서 더 떠들었다. 봉홧불을 턱으로 가리키며 의기양양 이죽거리던 부종수가 생각나 한껏 목청을 돋웠다.

"그러게, 말입니다. 아이고 나쁜 놈, 김 면장 아들을 죽이다니……!"

동우는 영준과 동갑내기였다. 초등학생 갓 졸업한 아직 뼈다귀도 여물지 않은 어린놈이 어른을 살해하다니 고순봉은 선뜻 믿기지 않았다. 게다가 제 형이 살인을 저질렀는데도 버젓이 교회에 들른 동생 동혁은 제 형보다 더 영악했다.

"지독한 놈!"

고순봉이 중얼거렸다.

사람들이 수군거리거나 말거나 동혁은 예배당 앞자리에 앉아 성경책을 펼쳤다.

"하나님, 가족들을 집으로 돌아오게 해주세요."

열심히 기도하면, 예수님이 소원을 들어준다는 정기준 목사의 말을 동혁은 믿고 싶었다. 간절히 기도하면 예수님이 반드시 응답할 것이다. 사람들이 흘끔거렸다. 형에게 이끌려 처음 예배당에 왔을 때는 기껏 주먹밥을 달라고 기도했을 뿐이었다. 동혁은 예수님이 벌준다고 생각했다.

"하나님, 다시는 주먹밥 달라는 기도는 하지 않겠습니다. 거짓말도 하지 않겠습니다. ……. 제발 가족들을 집으로 돌아오게 해주세요."

동혁은 눈물이 났다.

"동혁이 새벽기도 왔구나."

정기준 목사가 동혁 머리를 쓰다듬었다. 목사님에게 매달려 펑

펑 울고 싶었다.

"쟤가 그놈 동생이구나. 아이고 나쁜 놈, 어린놈이 사람을 죽이다니 천벌을 받아 마땅하지."

사람들이 수군거렸다. 귀를 틀어막아도 사람들 비아냥이 귓가에서 얼쩡거렸다. 사정을 모르는 사람들은 살인자로 보였을지 모르지만, 부모를 죽인 원수를 살려둘 자식은 없을 것이다. 민수 아버지 김경태는 서청 놈들과 수많은 사람을 살해하고 다녀도 살인자라 비난은커녕 외려 사람들이 침묵했다. 게다가 동우 형이 민수 아버지를 죽이지 않았으면 동혁이 나서서 죽였을 것이다. 이장 고순봉은 더 나쁜 사람이었다. 소개할 곳이 없어 할머니가 민수 할아버지 김 면장에게 부탁해 이사할 집을 소개해 줬다. 인사치레는 차치하더라도 마을 사람들을 부추겨 동우 형을 빨갱이 자식이라 살인을 저질렀다며 소문을 퍼뜨렸다.

할아버지는 빼앗긴 나라를 찾으려고 수십 년을 왜놈들과 싸웠고, 아버지는 사람들을 마구 죽이는 토벌대와 맞서 싸웠다. 그런데 빨갱이라며 섯알오름에서 총살했다. 왜놈들과 싸운 게, 토벌대와 싸운 게 죽을 짓은 아닐 것이다. 지렁이도 밟으면 꿈틀하는데, 하물며 사람이었다. 가만히 앉아서 당할 사람은 없었다. 민수 아버지 김경태에게 눈을 부릅뜨며 욕을 퍼붓던 아버지와 가슴팍에 낫으로 내리꽂던 동우 형의 핏발 선 눈빛이 설핏 스쳤다. 죽어야 할 놈들을 죽였을 뿐이었다. 누가 뭐래도 동혁은 자신 있게 말 할 수 있었다.

"은혜도 모르는 놈……!"

귀를 틀어막아도 사람들의 비아냥이 귓가에 들리는 듯했다. 독립운동을 한 게 죽을 만큼 잘못한 일인지, 아니면, 토벌대와 맞서 싸우다 총살당한 아버지가 잘못한 것인지, 알 수 없었다. 왜놈들 앞잡이들도 잘 먹고 잘살던 놈들이 아버지를 빨갱이라고 말할 자격이라도 있는지. 동혁은 가슴이 답답했다.

"나쁜 놈!"

동혁은 동우 형을 비난하는 이장이 미웠다. 게다가 할아버지와 아버지도 싫기는 마찬가지였다. 할아버지는 할머니를 내팽개치고 만주로 가 독립운동 한다더니 섬으로 돌아와서 섬 곳곳이 돌아다니며 찬탁이니 반탁이니 이해할 수 없는 말만 지껄였다. 그리고 소식조차 없었다. 곶자왈을 드나들던 아버지는 밤늦게 뒷담을 넘어 광주리를 훔쳐 가려다가 서청 놈들에게 붙잡혀갔다.

"제 아비는 빨갱이 짓을 하고, 자식놈은 김 면장 외아들을 살해하고, 저따위 배은망덕한 집구석은 마을에서 쫓아내야 해."

마을 사람들의 비아냥은 끊이지 않았다.

"아이고, 나쁜 놈 같으니라고……. 검은 털 난 짐승은 그래서 거두는 게 아니라고 말하지 않던가……."

가는 곳마다 사람들 비난밖에 들리지 않았다.

고순봉은 신이라도 난 듯 이곳저곳 기웃거리며 말참견했다.

"그러게, 말이야……. 부모도 없는 빨갱이 자식을 누가 거들떠 보겠어, 차라리 죽는 게 낫지……. 아이고 나쁜 놈들!"
"어린애에게 그렇게 험한 말 하세요!"
정기준 목사가 동혁을 편들자, 이장 고순봉은 머쓱했던지 입을 다물었다.

"동혁이 안에 있나?"
정기준 목사가 사립문으로 들어섰다. 동혁은 못 들은 척 방바닥에 얼굴을 파묻었다. 서러웠다. 서러워서 눈물이 났다. 배고픈 것도, 빨갱이 자식이라 비난하는 것도, 아버지는 섯알오름에서 동우 형은 솔밭에서 어머니는 절간 고구마창고로 끌려간 뒤 돌아오지 않았다. 할머니를 밭에 묻었다. 목사님 목소리를 듣자마자 동혁은 서러움이 물밀듯이 몰려왔다.
"동혁이 안에 있었구나!"
훌쩍거리는 소리를 들었던지 정기준 목사가 방문을 열었다. 동혁은 돌아누웠다. 초라한 모습을 보이기 싫었다.
"사내가 울면 쓰나!"
정기준 목사가 동혁 어깨를 쓰다듬었다.
"……."
동혁은 목사님을 보면 눈물이 쏟아질 것 같아 꼼짝달싹하지 않았다.

"동혁아, 얼른 일어나라. 목사님과 같이 예배당으로 가자. 목사님이 쓰던 방에서 지내면 돼."

동혁은 대답하지 않았다.

"자, 동혁아, 어서 일어나, 짐 챙겨라."

동혁은 할머니 시체를 묻던 생각이 났다. 밭에서 돌을 골라내고 땅을 파서 시신을 뉘고 돌을 쌓았다. 기태 어머니와 동생 숙자를 땅속에 묻으면서 돌을 쌓던 할머니가 생각났다.

"동혁아, 척박한 땅이라도 돌을 주워내면 밭이 된단다. 그래야 봄에 씨앗을 뿌리고 비가 오면 새싹이 움트지."

돌을 주워낸 빈 밭에 고랑을 파 씨앗을 뿌리던 할머니가 생각났다. 그때는 무슨 말인지 몰랐다. 이제는 조금 알 것 같았다. 동혁은 할머니 무덤에 정성껏 돌을 쌓아 올렸다. 파리떼가 사방에서 날아들어도 쉬지 않고 돌을 쌓았다. 대양의 세찬 바람은 못 막더라도 한라산 매운바람이라도 막아달라 예수님에게 기도했다. 그리고 동우 형이 집을 나설 때처럼 할머니 무덤 앞에 두 번 절을 했다.

"목사님, 다음에 갈게요……."

동혁은 할머니를 밭에 두고 정기준 목사를 따라갈 수 없었다. 식사는 못 올려도 절은 해야 할 것 같았다.

"동혁아, 할머니 때문에 그러냐?"

동혁은 말하지 않았다.

"예배당에 가더라도 가끔 할머니 보러 오면 돼, 걱정하지 마."

정기준 목사는 가슴이 먹먹했다. 이 어린애에게 무슨 죄가 있다고 이따위 참담한 고통을 주는지 예수님이 원망스러웠다.

"목사님, 다음에 가겠습니다."

동혁은 정기준 목사를 따라가고 싶었다. 그러나 거절했다. 동혁은 아버지와 어머니가 돌아올 때까지 기다릴 참이었다. 섯알오름에서 군화를 벗어 던지던 사람이 아버지일 리 없었다. 동우 형도 아버지가 아니라고 분명히 말했다. 어머니는 절간 고구마창고로 갔으니 곧 돌아올 것이고, 아버지가 '동혁아'하고 부르며 방문을 열 때까지 기다릴 것이다. 그리고 할머니 시신을 머을왓에 묻었다고 말할 참이었다.

2

 송악산 위에 초승달이 깜빡거렸다. 물비늘이 걷히고 수평선이 잠들면 아버지가 뒷담을 넘을 것이다.

 동혁은 날이 어두워지기를 기다렸다. 그러나 달빛이 걷힌 지 한참 지나도록 뒷담 넘는 아버지 발소리는 들리지 않았다. 뱃구레가 꼬르륵거렸다. 동혁은 민수 할아버지 집으로 향했다. 뭐라도 훔쳐 먹을 참이었다. 온몸이 팽팽하게 긴장했다. 섯알오름으로 끌려가던 무력한 사람들을 덤불 속에 숨어서 지켜볼 때처럼.

 올레를 지나자, 민수 할아버지 집이 보였다. 담장이 우뚝했다. 동혁은 가슴이 두근거렸다. 솔밭 돌담을 넘으려던 동우 형이 총에 맞아 쓰러지던 모습을 바라보았다. 그것도 숨어서, 고함은커녕 부들부들 떨었던 기억이 났다.

대문이 닫혀있었다. 동혁은 돌담을 따라 남새밭으로 드나드는 뒷문으로 갔다. 쪽문이 닫혀있었다. 문고리를 잡고 안으로 밀었다. 문 열리는 소리가 삐걱하면 안으로 밀려들었다. 동혁은 숨이 멎을 것 같았다. 장독대 옆으로 안마당으로 들어가는 길이 보였다. 그 뒤로 넓은 마당이 나타났다. 민수 따라 몇 번 와 보아도 이처럼 어리어리한 집인 줄 몰랐다. 동혁은 부엌문을 살그머니 밀었다. 돌쩌귀 마찰음이 찌익거리며 허공을 갈랐다.

"그~, 누구요?"

인기척을 들었던지 민수 할아버지가 방문을 열었다. 동혁은 빠르게 부엌문 뒤에 숨었다.

"아버님, 제가 나가볼게요."

민수 어머니 신발 끄는 소리가 들렸다. 마당을 지나 중문 쪽으로 멀어졌다가 다시 가까워졌다.

"아무도 안 보이는데요. 아버님."

"바람 때문인 모양이다."

민수 할아버지 마른기침 소리가 들렸다.

"예, 아버님."

안방 문 닫는 소리가 들렸다. 민수 어머니는 언제나 다소곳했다. 어머니 패악에도 조곤조곤 대답해 일본 사람보다 더 일본 사람 같은 섬사람이라며 할머니가 말한 적 있었다.

"아버님, 돌아가신 고모님 댁에 들러봐야 하는 것 아닌가요?"

"관둬라, 제 팔자려니 여겨라……."

민수 할아버지 목소리가 문틈으로 새 나왔다.

"그래도, 아버님 하나밖에 없는 여동생인데……, 조카라도 챙기는 게 도리일 것 같았어요. 불쌍하기도 하고요……."

민수 어머니가 조곤조곤 말했다. 동혁은 할머니 이야기라는 것을 금방 알아차렸다.

"그건 그렇고……."

김승보는 뜸을 들였다. 사실, 여동생에게 미안했다. 그렇다고 시집간 여동생 때문에 집안을 거덜 낼 수 없었다. 매제 놈은 일제 강점기에는 독립운동 한다며 집안을 들쑤셔 놓았다. 해방되자 제주 남로당 간부라는 소문이 돌았다. 모슬포에서 매제 부일환을 모르는 사람이 없었다. 다행히 생질 놈(부종수)을 붙잡아 넘겨줬지만, 그놈의 자식놈도 제 아비를 닮았는지 경태에게 해코지했다. 어쨌든, 외아들 경태가 그만하기 다행이었다. 여동생이 부일환을 만난 것은 애초부터 악연이었다. 매제 놈을 붙잡아 토벌대에 넘겨주지 않으면 두고두고 후환이 끊이지 않을 것이다. 이참에 인연을 끊어 뒤탈을 없애야 한다.

"아가, 애비가 퇴원하면 일본으로 들어가는 게 좋을 것 같구나."

"예, 아버님……."

민수 어머니는 말이 없었다. 뒤이어 흐느끼는 울음소리가 들렸다.

'민수 아버지가 퇴원하다니…….'
 동혁은 의아했다. 민수 아버지는 분명 솔밭에서 죽었는데, 퇴원하다니 무슨 말인지 도무지 이해할 수 없었다.
 '죽지 않았다는 말인가……. 그런데 민수 아버지가 살아 있으면 어떻게 하지…….'
 동혁은 겁이 났다. 민수 아버지가 퇴원하면 당장 곁채에서 쫓아낼지도 몰랐다. 어쩌면 서청 놈들을 시켜 죽일지도 몰랐다.
 "민수 깨겠다."
 민수는 잠자는 것 같았다.
 "예, 아버님."
 "배편을 알아볼 테니 오사카에 작은아버지 집에 가서 있도록 해라."
 "아버님은 어쩌시려고요."
 "나야 다 늙었으니 무슨 걱정이야. 걱정하지 마라, 죽더라도 섬에서 죽어야지…… 조상들이 섬에 다 있는데, 어디를 가겠나…….'
 민수 할아버지가 말끝을 흐렸다. 나쁜 짓은 다 하면서 인제 와서 선심이라도 베풀려는지, 섬에서 죽겠다고 했다. 어처구니없었다.
 '섬에서 편히 살다가 죽겠다고…….'
 동혁은 토벌대 대장보다 더 무서웠다.
 "그래도요, 아버님……."
 "걱정하지 마라."

"일본에서 민수 잘 키워 세상이 조용해지면 돌아오너라."

민수 할아버지가 말끝을 흐렸다.

"배편은 내일 서귀포에 가서 알아볼 테니, 그리 알고 준비하거라. 그리고 집까지 알아보라고 편지도 이미 보냈다."

민수 어머니는 대답하지 않았다.

동혁은 감자 훔치기는커녕 허겁지겁 쪽문을 빠져나왔다.

'민수가 일본으로 간다고?'

그것도 며칠 뒤라고 했다. 서귀포에서 배를 타면 일본으로 갈 수 있을 것이다. 끝까지 따라가 죽이고 말리라. 동혁은 그다음은 아무래도 상관없었다.

"일본으로 따라가자."

민수를 따라가면 될 것 같았다. 동혁은 장롱을 뒤졌다. 가져갈 만한 게 없었다. 서랍을 열었다. 작은 보퉁이가 보였다. 보퉁이 안에 잘 싸둔 종이 꾸러미에서 검정 고무신 한 켤레가 나왔다. 새 신발이었다. 아버지가 준비한 선물 같았다. 동혁은 신어 보았다. 작았다. 너무 작아 발이 들어가지 않았다.

"그새 발이 컸나?"

동혁은 군화를 던지던 아버지가 생각났지만 울지 않았다. 검정 고무신과 식칼을 넣은 뒤 옷가지를 위에 덮고 보퉁이를 꾸렸다.

'죽이자, 일본으로 따라가서라도 죽이자.'

민수 아버지 김경태의 험악한 얼굴이 밤새 어른거렸다.

"동혁이 일어났니?"

이장 고순봉은 사립문을 기웃거렸다.

"동혁아……!"

고영준 목소리였다. 전쟁 통에 학교가 휴교했다더니 제 아버지 꽁무니를 따라온 모양이었다.

방문이 열렸다.

"동혁아, 괜찮니?"

고영준이 방으로 들어왔다. 동혁은 방바닥에 엎드렸다. 머리가 어질어질했다.

"아이고, 동혁아……!"

방바닥에 널브러진 동혁을 보더니 이장 고순봉이 호들갑을 떨었다. 모슬포 교회에서 동우 형을 비아냥거리더니 도무지 속내를 알 수 없는 사람이었다.

"애, 영준아, 부엌에서 물 한 대접 떠와라.!"

"예, 아버지!"

동혁은 부엌으로 들어가는 고영준의 발소리가 가물거렸다.

"동혁아!"

이장이 외마디를 질렀다. 마루로 뛰어오르는 고영준의 허둥거리는 발걸음이 동혁 기억 너머에서 아른했다.

3

　서귀포 부두에 사람들이 북적거렸다. 보퉁이는 들고 봇짐을 메고 다시는 돌아오지 않을 차림이었다. 동혁은 승선하는 사람들에게 뒤섞여 화물이 빽빽한 연락선 화물칸으로 숨어들었다. 어둡고 음습했다.
　뱃고동이 길게 울었다. 사람들이 숨을 죽였다. 동혁은 보퉁이를 힘껏 껴안았다. 짙은 해무가 수평선을 점점 지워가고 있었다.
　"물 한 모금 마셨으면……."
　갈증이 났다. 동혁은 물을 마시고 싶었다.
　'물, 물, 물!'
　동혁은 새우처럼 등을 구부리고 보퉁이를 끌어안았다.

"동혁아……! 동혁이 일어났니……?"

누군가 부르는 소리에 동혁은 눈을 떴다. 두런거리는 소리가 들리고 봉창으로 들어오는 햇살이 눈 부셨다.

'여기가 어디지……, 일본인가……?'

"저대로 뒀다가 큰일 나겠어요."

말소리가 뚝 끊겼다. 분명 어머니나 할머니 목소리는 아니었다.

'누굴까?'

끊어졌던 말이 다시 들렸다.

"면장 어른이 알면 어쩌려고요?"

영준 어머니와 아버지 다투는 목소리였다.

'어떻게 된 것일까? 분명 서귀포에서 밀항선을 탔는데…….'

익숙한 천장이 눈에 들어왔다. 일본은 아니었다. 누군가 방문을 열고 방 안으로 들어왔다. 동혁은 돌아누웠다.

"아이고, 축 늘어졌네."

동혁은 목구멍이 꽉꽉했다. 낯선 손가락이 콧구멍으로 다가왔다.

"숨 쉬는 것을 보니 죽지 않았나 보네."

이장 고순봉이 한숨을 쉬었다.

"아이고 참, 이를 어쩌나……, 집안이 몰살당했네. 몰살당했어!"

고영준 어머니가 혀를 찼다.

"성산 댁이 대정초등학교에서 총살당했다던데요."

"그러게……. 억척스럽게 남편 뒷바라지하더니만……! 결국 그렇게 됐네."

고순봉이 혀를 차며 마음에 없는 말을 주절거렸다.

"아버지, 동우는 2연대에서 죽었다던데요."

고영준 목소리가 방 안에 흩어졌다. 결국 형은 죽고 말았다. 동혁은 눈물조차 나오지 않았다.

"동혁아, 지실(감자) 여남은 개 머리맡에 두었으니 있다가 먹어라. 물허벅에 물 채워뒀으니 마시고……."

고영준 어머니 목소리가 칼칼하게 목구멍을 조였다.

"어머니, 서청에서 빨갱이 색출한다고 야단인데. 동혁이도 집 밖으로 나가면 잡아갈지 몰라요."

고영준이 제 어머니를 거들고 나섰다.

"어린아이를 설마 죽이기야 하겠니……?"

"아녜요, 어머니. 경찰에서 말하는데 나이는 상관없데요. 한경면 저지리에서도 초등학교 5학년짜리 학생 서너 명 총살했다는데, 걔네들 부모가 빨갱이라고 하던데요. 한 명은 충성 혈서까지 쓰고, 해병대에 자원입대하는 조건으로 겨우 목숨을 구했대요."

고영준이 중학교에 들어가더니 제법 아는 게 많았다.

'혈서를 쓰고 자원입대하다니…….'

동혁은 귀를 의심했다.

"아이고, 안 됐다. 어린 것이 뭘 안다고 죽이기는 죽여……, 나쁜 놈들!"

고영준 어머니가 한숨을 몰아쉬었다.

"조용히 안 해! 애들 앞에서 아무 말이나 지껄이는 거야!"

이장 고순봉이 목소리를 높이며 영준 어머니 입을 틀어막았다. 동혁은 마른침을 꼴깍 삼켰다.

'이죽거릴 때는 언제고 인제 와서 조용히 하라니······.'

동혁은 이장이 실없다는 생각이 들었다.

"동혁아, 물이라도 좀 마셔라."

이장 목소리가 꿈처럼 아득하게 멀어지고 있었다.

사립문 여는 소리에 동혁은 잠이 깼다. 아무리 입이 팍팍해도 이장이 떠다 놓은 물은 마시기 싫었다. 배고프지도 않았다. 이대로 죽고 싶었다. 빨갱이라 손가락질까지 받으며 살 바에는 차라리 죽는 게 나았다. 하지만······, 민수 아버지 김경태를 죽일 때까지는 살아야 한다.

"동혁이 일어났니?"

모슬포 교회 정기준 목사였다. 동혁은 눈물이 핑 돌았다.

"아이고, 이 일을 어쩌누······, 뭐라도 먹어야지!"

정기준 목사가 동혁을 일으켜 챙겨온 미음을 입에 떠 넣었다.

"예배당으로 가자니까. 고집은 웬 고집이야!"

목구멍이 촉촉이 젖었다. 동혁은 눈물이 났다. 알 수 없는 눈물

4부 신神은 죽었다 243

이 볼을 타고 흘렀다.

"괜찮아 동혁아, 예배당으로 가서 목사님이 쓰던 관사 알지? 너도 몇 번 와봤잖아, 동우가 가끔 청소하던 곳 말이야. 그곳에서 지내면 돼. 동우가 퇴원하면 곧 집으로 돌아올 거야."

동혁은 믿지 않았다.

'형이 집으로 돌아오다니…….'

목사님이 괜히 하는 소리일 것이다.

"……?"

쓸데없는 위로였다. 아무리 어린애라도 그 정도 거짓말은 알 수 있었다. 어차피 교회에서 머물러도 빨갱이 자식이었다. 여태 나타나지 않은 아버지와 어머니가 돌아올 리도, 총 맞아 죽은 동우 형이 살아서 나타날 리도 없었다. '아멘' 하면 천국에 간다던 그 잘난 예수님도 아버지와 어머니를 살리지 못했다.

동혁은 강기준 목사를 믿지 않았다.

"형 일어나!"

민수 목소리가 들렸다. 정기준 목사를 따라왔는지 방문 앞에서 걱정스러운 듯 방 안을 들여다보았다. 동혁은 민수 꼬락서니조차 보기 싫었다. 제 아버지 때문에 동우 형이 죽었는데. 집까지 찾아와서 호들갑이었다. 아무리 나이가 어려도 철딱서니까지 없기는, 멱살이라도 비틀고 싶었다. 아무튼 눈치까지 없는 놈이었다. 동혁은 민수를 물끄러미 바라보았다.

동혁은 민수 아버지가 퇴원한다던 말이 떠올랐다.

'수십 번을 낫에 찔렸는데 살아 있다니…….'

어쩌면 동우 형도 살아 있을지 모른다는 생각이 언뜻 들었다. 총알 몇 방에 죽을 형이 아니었다. 힘이 장사인 형이 총알 따위에 죽었을 리 없었다. 어쩌면 살아 있을지도 몰랐다. 동혁은 동우 형을 찾아야겠다는 생각이 들었다.

"동혁아, 형이 걱정되니?"

정기준 목사가 동혁에게 물었다.

"……?"

동혁은 대답 대신 정기준 목사를 바라보았다. 당장이라도 보고 싶었다.

"걱정하지 마라, 동우 지금 병원에서 치료 중이니 며칠 지나면 퇴원할 거야."

정기준 목사가 말꼬리를 흐렸다. 동우 형이 살아있다니, 동혁은 자리에서 벌떡 일어났다.

"목사님, 형이 아직 살아 있다고요?"

동혁은 천근처럼 무겁던 몸이 새털처럼 가볍게 느껴졌다.

"근데, 그게 말이야…….."

정기준 목사 어물쩍거렸다.

"그런데요 목사님……?"

동혁은 눈물이 쏟아질 것 같았다. 펑펑 울고 싶었지만, 애써 참왔다.

"그래, 그렇다니까. 그런데…… 동우가 해병대에 입대할지도 몰라……."

정기준 목사가 말꼬리를 흐렸다.

"입대하다니……."

동우 형이 해병대에 입대하더라도 당장 만나고 싶었다. 하지만, 서청 놈들이 빨갱이를 찾아다니며 모두 죽인다던, 게다가 혈서를 써도 해병대에 자원입대조차 허락하지 않고 죽였다던 고영준의 말이 생각나 동혁은 금세 풀이 죽었다.

'형이 해병대 입대하기 전에 만나봐야지…….'

동혁은 목사님을 올려다보며 입술을 깨물었다.

"목사님, 형에게 데려다주세요."

동혁은 정기준 목사에게 매달렸다.

정기준 목사는 이장 고순봉이 '아이고 우리 영준이는 몸이 워낙 약해서…….'라며 어물쩍거리던 말이 생각나 입을 다물었다. 이장 고순봉의 음흉한 속내를 모르는바 아니어서 얼버무렸다.

"어, 그게 말이야……."

사실, 이장이 김경태를 설득할 수 있을지 의문이었다. 서북청년단을 이끌던 사람이 어린 동우에게 당했으니 쉽게 용서할 수 없을 것이다. 게다가 동우도 해병대 입대를 망설이는 것 같아 동혁이 알아서 좋을 게 없어 정기준 목사는 어물쩍했다.

"아직 병원에 있어, 그리고 토벌대장 허락 없이 아무도 면회할 수 없어. 목사님이 알아볼 테니 조금만 참아. 알았니?"

정기준 목사는 말하기조차 부끄러웠다. 시체 더미에서 구사일생 살아난 아이를 전쟁터로 내몰려고 하다니 인간이 할 수 있는 일이 아니었다. 예수님이 야속했다. 어쩌면 예수님은 없을지도 몰랐다. 그는 목사라는 게 너무 부끄러웠다.

"하나님, 이 어린 양들을 보살펴 주십시오."

정기준 목사는 이들 형제를 도와달라고 간절히 기도했다.

"하나님 아버지. 수많은 사람이 죽어 나가는데, 왜 이들에게는 구원의 능력을 보여주지 않습니까. 이 어린 양들이 얼마나 더 피를 흘려야 합니까."

정기준 목사는 하나님이 원망스러웠다.

"동혁아, 조금만 기다려라. 목사님이 조금 더 알아보고 데리러 올 테니……. 그때 다시 이야기하자."

"목사님, 저 예배당에 가겠습니다."

정기준 목사는 동혁을 설득할 자신이 없었다.

"그래, 내일 다시 올 테니 그때 가자."

'형이 살아 있다니…….'

동혁은 힘이 불끈 솟았다. 그런데 정기준 목사는 형을 만나지 못한다고 왜 어물쩍거리는지 이해할 수 없었다. 동우 형이 살아있다는 것만으로 동혁은 가슴이 두근두근했다.

4

 동우 형을 만난다는 생각에 밤새도록 뒤척이며 날이 밝기를 기다렸다. 이처럼 긴 밤은 처음이었다.
 "모슬포 의원이라고……."
 솔밭에서 안개가 빠져나가고 있었다. 낮이든 밤이든 솔밭길은 늘 어두웠다. 더군다나 동우 형이 2연대 군인들에게 사살당했던 장소였다. 그런데 밝고 아름다웠다. 굶은 탓인지 다리가 휘청거렸지만 동혁은 개의치 않았다. 형을 만나는데 다리쯤 휘청거린다고 문제 되지 않았다. 오히려 코끝을 스치는 솔잎이 향긋했다.
 "동혁이 어디 가니?"
 정기준 목사가 자전거를 타고 솔밭길로 들어서고 있었다.
 "예, 목사님, 모슬포 의원에 가려고요."

동혁은 목청껏 소리 내어 대답했다.
"아니, 동혁아, 동우는 모슬포 의원에 없어."
"······?"
동혁은 목사님이 무슨 말을 하는지 의아했다. 모슬포 의원에서 치료한다고 말하더니 인제와 동우 형이 그곳에 없다니······.
"그게 말이야, 해병대 입대하려고 모슬포 의원에서 퇴원했어. 지금쯤 해병대 신병 훈련소에 입소했을 거야. 알뜨르비행장 일본군 막사 알지? 그곳에 갔을 거야. 모슬포 의원에 가더라도 동우를 만날 수 없어. 그러니 목사님과 같이 예배당으로 가자. 군사 훈련이 끝나면 면회할 수 있다고 하니, 그때 목사님과 함께 동우 면회하러 가자. 알았니?"
그러니까, 동우 형은 모슬포 의원에서 퇴원했고 지금은 해병대 훈련소에서 훈련받고 있다는 말이었다. 입대하더라도 짬을 내면 집에 들를 수 있었을 것이다. 동생은 안중에도 없는지······. 동혁은 서운했다. 동우 형을 만나면 할 말도 많았다. 목사님이 그를 빤히 바라보는데 동혁은 눈물이 왈칵 쏟아졌다.
"형을 만날 수 없어요?"
"그렇단다."
정기준 목사는 미안했다. 어린아이가 얼마나 외로웠으면 제 형이 살아있다는 말만으로 새벽같이 집을 나서다니······, 생각만 해도 가슴 아팠다. 영준을 대신해 동우를 해병대에 입대시키려던 이장 고순봉의 야릇한 미소가 소름 끼쳤다.
 동혁은 풀이 죽었다. 고영준이 빨갱이 자식은 해병대 입대도 안 된다고 했다. 신체검사를 받아도 혈서를 써도 총살한다고 했는데, 동우 형이 해병대에 입대한 것을 보면 얼치기 고영준이 잘못 알았던 모양이었다.
 '해병대에 입대하자.'
 동혁은 고민할 필요가 없었다. 어차피 빨갱이 자식으로 손가락질이나 받을 바에, 그리고 아무도 없는 집에서 혼자 살 바에 형처럼 해병대 입대하는 게 차라리 나았다. 동우 형도 같은 생각이었을 것이다.

 대정초등학교 정문에 사람들이 북적거렸다. 동혁은 사람들을 비집고 교문으로 들어갔다. 사람들의 얼굴이 어두웠다. 우는 사람, 찡그린 사람, 심지어 주저앉아 흐느끼는 사람들까지 운동장에 모여든 사람들의 표정은 제각각이었다.
 운동장 가운데에 총을 든 군인들이 줄지어 서 있고, 그 뒤로 기둥에 묶인 학생 서너 명이 피범벅이 된 채 고개를 떨구고 있었다.
 "무슨 일이지……?"
 동혁은 더럭 겁이 났다. 어쩌면 군에 가겠다고 혈서를 안 쓴 사람들일지도 몰랐다. 동혁은 마음을 다잡고 사람들을 헤치고 운동장으로 들어갔다.

"동혁아!"

발걸음을 떼려는데 누군가 뒷덜미를 잡아챘다. 동혁이 뒤를 돌아보았다. 정기준 목사였다.

"여기서 뭣해, 얼른 나와!"

"……네?"

동혁은 정기준 목사를 멀거니 바라보았다. 새파랗게 질려있었다.

"어서, 예배당으로 돌아가자."

정기준 목사는 다짜고짜 동혁 뒷덜미를 잡아끌고 운동장을 빠져나왔다.

"목사님?"

동혁은 어리둥절했다.

"네 동생 동희는 어떻게 하려고?"

동희라는 말에 깜짝 놀랐다. 동희가 살아있다는 말인가.

'목사님이 동희를 어떻게 알지……?'

동혁은 얼떨떨해 정기준 목사를 바라보았다.

"목사님……, 동희 어디 있는데요?"

정기준 목사는 부일환이 모슬포 의원에서 손녀를 치료하고 돌아갔다는 말을 의원 양성준에게 들었다. 게다가 섬에 남아있을 거라는 말까지 해주었다. 아버지처럼 따르는 사람이라 허튼 말을 했을 리 없었다. 부종수 아버지 부일환은 섬 어딘가에 숨어있는 게 분명했다. 아무튼, 쉽게 죽을 사람은 아니었다.

"그래, 아직 살아 있다는구나. 목사님도 수소문 중인데 조금만 기다려 보자. 그런데 너는 대정초등학교에는 왜 들어갔느냐?"

"해병대에 지원하려고요."

"네가 지원하면 죽어, 입대는커녕 살 수가 없어. 그리고 너무 어려서 지원도 받아주지 않아, 알았니!"

정기준 목사가 다짜고짜 동혁을 학교 밖으로 끌고 나갔다.

"목사님……, 저 해병대 지원할 거예요!"

동혁이 떼를 썼다. 화가 잔뜩 나 소리를 지르는 정기준 목사를 동혁은 이해할 수 없었다. 빨갱이 자식이라 손가락질 받으며 비루하게 살 바에는 차라리 해병대 입대하고 싶었다.

"동혁아, 예배당으로 돌아가자. 목사님 설명 들은 뒤에 해병대 입대를 결정해도 늦지 않을 거야, 그렇게 하자."

정기준 목사는 마음이 아팠다. 이 어린아이가 빨갱이가 무슨 의미인지, 알 턱이 없었다. 그저 무심코 지껄이는 사람들의 비난을 벗어나고 싶었을 것이다.

동혁은 대답하지 않았다. 목사님이 무슨 말을 하더라도 해병대에 입대해 형을 만날 거라 다짐했다.

영신이 교문을 나왔다.

"얘, 동혁아?"

"어, 영신아, 네가 왜 그곳에서 나와?"

"나, 해병대 지원했어."

아버지가 꼬드겨 동우 오빠가 해병대에 지원했다는 소문을 들었을 때 영신은 할 말이 없었다. 아무리 영준 오빠가 독자라지만, 남의 집 자식을 대신 군에 보내려는 아버지가 부끄러웠다. 그런데 마침, 해병대에서 여군을 모집한다는 소식을 듣고 입대 지원서를 내고 오는 길이었다. 아버지가 알면 노발대발하겠지만 상관없었다. 그리고 그래야 동우 오빠에게 덜 미안할 것 같았다.

"정말……?"

동혁은 눈이 번쩍 뜨였다.

"그래."

고영신의 대답은 당찼다. 계집애도 해병대에 입대하는데, 동혁이 해병대에 입대 못 할 이유가 없었다. 목사님이 무슨 말을 하더라도 동혁은 해병대에 지원하기로 마음먹었다.

5

 1950년 9월 10일, 월미도 아침은 맑았다. 9월 들어 하루도 거르지 않고 제물포 연안을 빼곡하게 채우던 해무가 걷혔다. 이례적인 9월 기상이었다. 작약도와 영종도가 훤히 눈앞에 보였다. 더없이 맑은 하늘에서 내리쬐는 햇살은 따가웠다.
 영종도 상공에서 비행기 서너 대가 한꺼번에 날아올라, 월미산을 지나 송도 상공에서 급선회해 영종도로 사라졌다. 동희는 할아버지 잠방이를 널다가 월미산에 부딪힐 듯 날아가는 비행기를 쳐다보았다. 알뜨르비행장 활주로에서 상평마을로 날아오르던 비행기보다 빠르고 몸체도 컸다. 왜놈 비행기라며 돌담에 엎드리라던 동우 오빠 말이 떠올라 후다닥 울타리에 밑으로 피했다.
 영종도로 돌아갔던 비행기가 다시 해면에 낮게 깔려 월미도로 달려들었다.

"할아버지!"

동희가 방으로 뛰어 들어가 잠에 취한 할아버지를 깨웠다. 밤새 월미산 방공호 진지 공사를 하다가 새벽녘에야 돌아와 잠든 지 두어 시간밖에 되지 않았다.

"무슨 일이냐?"

비행기 소리를 들었던지 할아버지가 마당으로 나와 비행기 날아간 하늘을 유심히 살폈다.

"언제부터 저러더냐?"

"조금 전에 날아왔어요…….''

동희가 뿌연 연기를 내뿜으며 영종도로 날아가는 비행기 꽁무니를 가리켰다. 분명 인민군 전투기는 아니었다.

"그래……?"

해안마을 마을 사람들이 술렁거렸다. 마당으로 나온 정달호와 이수원도 영종도로 날아가는 비행기 정체를 가늠하고 있었다.

"국군이 반격한다며?"

정달호가 느닷없이 고개를 삐죽 내밀며 말했다.

"아이고, 그게 어디 쉽겠어. 인민군이 낙동강까지 밀고 내려갔다는데……. 이제는 틀린 게지."

이수원이 끼어들었다. 영종도로 피난 떠났다가 엊그제 해안마을로 다시 돌아왔다. 그곳도 이미 인민군이 점령해 월미도와 상황이 다르지 않다고 했다. 게다가 이승만 임시정부가 제주도로 옮긴다는 소문이 파다했다. 인민군이 부산을 점령하면 한반도가 김일성 치하에 들어갈 터인데, 임시정부를 제주도로 옮긴다고 불리한 전황을 뒤집기는 어려워 보였다.

"무슨 일 있습니까?"

부일환이 눈치를 살피며 끼어들었다.

"덕적도에 국군이 잠입했다는데요……?"

이수원의 말은 놀라웠다. 덕적도에 잠입한 국군이 팔미도 등대를 이미 점령했다는 소문도 나돌았다. 국군이든 인민군이든 어느 쪽에서 거짓 정보를 흘렸을 것이다. 인민군이 아니라면 국군일 터인데, 심상치 않아 보여 부일환은 신경이 쓰였다.

"이수원 동무, 무슨 일이 있는 거 아니오?"

부일환이 정달호를 의심의 눈초리로 쳐다보자 말꼬리를 내렸다.

"글쎄요……."

정달호는 대답할 수 없었다. 사실 정확한 정보가 아니었다. 어쩌면 유엔군의 교란 정보일지도 몰랐다. 궁지에 몰린 유엔군이 상륙작전을 감행할 거라는 정보가 여러 경로로 감지되었다. 원산이라든지, 군산이라든지, 게다가 영덕으로 상륙하던 국군이 전멸했다는 정보까지 출처를 알 수 없는 소문들이 인민군 정보원 사이에 돌아다녔다. 어딘지는 알 수 없어도 유엔군이 상륙작전을 추진한다는 생각이 들었다. 어쨌든, 제물포 연안으로 유엔군이 상륙할 거라 부일환은 생각하지 않았다. 아무리 멍청한 전략가라도 조수간만의 차가 극심한 제물포에서 상륙작전을 감행하지 않을 것이다.

비행기가 다시 영종도 너머에서 날아올라 월미도를 향해 달려들었다. 전투기 편대였다.

—콰콰광!

해안마을 가운데에 폭탄이 터졌다. 만주에서도 본 왜놈 비행기가 떨어뜨리던 폭탄과는 비교조차 할 수 없었다. 불기둥이 솟아올랐다. 해안마을은 순식간에 불바다가 되었다. 불길은 미친 듯이 타올랐다. 유월 초순, 해안마을 건너편에 주둔하던 미군이 철수할 때도, 인민군이 월미도로 들어왔을 때도 총격전은 없었다. 제물포에서 인민군 총소리가 가끔 들렸지만 별다른 조짐은 없었다. 사정이 어떻든, 피하는 게 급선무였다. 부일환은 동희를 데리고 월미산 벼랑으로 냅다 뛰었다.

비행기 편대가 뒤따라왔다. 부일환은 바위틈에 숨어서 날아오는 비행기 편대를 바라보았다. 갈매기처럼 해면으로 날더니 기관총을 쏘았다. 말로만 들었던 양놈들의 콜세어 전투기였다.

"동희야, 엎드려!"

부일환은 동희 목덜미를 잡아 눌렀다.

"할아버지……?"

동희는 깜짝 놀랐다.

"할아버지……!"

동희는 정신이 없었다. 콜세어 전투기 기관총은 해안마을을 향하고 있었다. 사람들은 비명을 지르며 혼비백산 달아났다. 비행기는 송도 유원지를 한 바퀴 돌아 다시 월미도로 날아와 기관총을 난사하고 영종도로 날아가기를 여러 차례 했다.

해안마을에서 연기가 시커멓게 치솟아 올랐다. 사람들이 콜세어 전투기를 피해 연륙교를 향해 달아났다. 비행기가 날아올라 연륙교를 향해 기관총을 쏘았다. 사람들이 픽픽 쓰러지며 비명을 질렀다. 콜세어 전투기가 영종도로 사라지면, 팔미도 방향에서 포탄이 월미산으로 날아왔다. 분명 무슨 일이 벌어지고 있었다.

부일환은 당황했다.

"동희야!"

부일환은 손녀 동희를 낚아챘다.

"이리 와!"

동희는 할아버지 손에 잡혀 땅바닥으로 나뒹굴며 벼랑에서 뛰어나왔다.

"할아버지!"

"쉿!"

부일환은 검지를 입술에 댔다. 해안마을은 온통 불길에 휩싸였고 월미산은 포연으로 뒤덮였다. 제물포 연륙교에 포격 맞은 시체들이 즐비했다. 포격이 잠잠해지자 사람들은 연륙교를 제쳐두고 갯벌로 뛰었다. 영종도 방향에서 콜세어 전투기가 날아왔다. 달아나던 사람들이 일제히 개펄에 엎드렸다. 비행기가 급강하면서 갯벌을 향해 기관총을 쏘았다. 여기저기서 비명이 들렸다. 비행기가 날아오르며 사람들이 갯벌에 나뒹굴었다. 부일환은 동희를 끌어안고 온종일 갯벌에 엎드렸다가 총성이 멎은 해거름이 되어서야 해안마을로 돌아왔다. 해안마을이 폭삭 타버린 뒤였다. 그래도 갓집인 이수원 집은 불타지 않았지만, 정달호 집은 잿더미로 변했다.

"동희야 어서 짐 싸라, 제물포로 떠나자."

부일환은 동희를 다그쳤다. 혼돈의 세상에서 사는 방법은 오로지 운밖에 없었다. 그 운조차 신의 영역이 아니었다. 만주에서 왜놈들과 싸울 때도 신은 없었다. 신은 공평하지도 않았고 늘 이긴 자의 편이었다. 죽기를 각오하고 싸울 때도 신은 없었다.

"예, 할아버지……."

동희는 할아버지에게 이끌려 제물포로 향했다. 연륙교와 갯벌에 사람 시체가 즐비했다. 피비린내가 해안마을에 진동했다. 시체 더미를 밟지 않고서는 연륙교를 건널 수 없었다.

"빌어먹을 세상……!"

어쩌다가 제 민족에게 총부리를 겨누게 되었는지 어처구니없었다. 있을 수도, 있었어도 안 될 짓이었다. 일제강점기에는 왜놈들과 싸운다고 정신 차리지 못했다지만, 해방까지 되었다. 그런데 제 민족에게 총질했다. 사람들이 미쳐 돌아가고 있었다. 어쨌든 당장 월미도에서 탈출하지 않으면 죽을지도 몰랐다. 부일환은 이것저것 따질 여유가 없었다. 콜세어 전투기 편대가 해안마을을 두들기고 돌아가면 포탄이 월미산을 퍼부었다. 사람들이 우왕좌왕했다. 월미도는 그야말로 생지옥이었다. 부일환은 제물포로 탈출할 기회를 엿보았다.

6

이튿날은 포격이 없었다. 인민군이 구축한 월미산 방공포 진지와 교통로는 무참히 파괴됐다. 빽빽하던 아름드리나무들은 뿌리째 뽑혀 나뒹굴었다. 해안마을 건너편 해군 기지를 제외한 월미도는 모조리 불타 화장장처럼 역겨운 냄새가 섬을 뒤덮었다.

포화에도 살아남은 사람들은 가족 시신 찾기에 정신이 없었다. 부일환은 이수원을 수소문했다. 포격이 있기 전날 영종도에서 돌아왔다. 본 사람이 없었다. 불탄 집을 일일이 뒤지다가 까맣게 그을린 시신이 나왔다. 그러나 이수원인지 확인할 방법은 없었다. 부일환은 월미산 자락에 땅을 파고 시신 뼈를 추려 묻었다.

"할아버지……?"

동희는 무서워 할아버지 손을 꼭 잡았다.

"걱정하지 마라, 애야."

부일환은 할 말이 없었다. 먹을 음식도 없었다. 우물에는 시체들이 빠져 마실 물조차 없었다.

다음날, 월미도에 포격이 다시 시작됐다. 포격이 잠잠하면 영락없이 영종도에서 콜세어 전투기 편대가 날아와 해안마을과 월미도 선창과 조탕 건물에 포탄을 떨어뜨리고, 달아나는 사람들을 향해 기관총을 쏘았다. 월미산 인민군 방공포 진지에서 박격포가 콜세어 전투기를 향해 포탄을 쏘기 시작했다. 늦게야 정신 차린 인민군 대응 사격이 시작되었는데, 위치 확인만 해줬을 뿐이었다.

저녁노을이 섬 너머로 가라앉자 포격이 잠잠해졌다. 제물포로 달아났던 사람들이 월미도 해안마을로 다시 돌아왔다. 다음날도 그다음 날도 포격은 멈추지 않았다. 부일환은 콜세어 전투기 방향을 가늠했다. 영종도 너머 먼바다였다. 살려면 월미도를 떠나는 수밖에 없었다.

"동희야, 짐 챙겨!"

부일환은 서둘러 짐을 챙겼다. 짐이라야 보통이 서너 개지만, 필요한 것부터 챙겼다. 그리고 연륙교 건너기가 위험해 썰물 때를 기다려 연륙교 옆 갯벌을 통해 제물포로 뛰었다.

"동희야······!"

콜세어 전투기가 월미도로 내리꽂혔다. 동희를 가슴에 껴안고 갯벌에 엎드렸다. 생각할 겨를이 없었다. 부일환은 어떻게든 살아서 동희를 섬 제주로 돌려보낼 생각만 했다.

"할아버지……."

숨이 막혔다. 동희는 할아버지를 밀어냈다.

"참아!"

부일환은 동희를 살려야겠다는 생각밖에 없었다. 기관총 소리가 들리고 갯벌이 튀어 올랐다.

"답답해, 할아버지……."

동희는 제주로 돌아가고 싶었다. 돌아갈 수 있을까……, 할아버지를 붙들고 늘어졌다. 정신이 점점 아득해지고 있었다.

숙자 어머니가 가슴을 끌어안고 숨을 헐떡거렸다.

"숙자야, 빨리 도망쳐라!"

"엄마!"

숙자가 외마디 비명을 지르더니 그 자리에서 꼬꾸라졌다. 동희는 깜짝 놀라 눈을 떴다. 꿈이었다.

"애야……? 정신이 드니?"

눈을 떴는데 온통 캄캄했다. 아무것도 보이지 않았다. 수염이 덥수룩한 낯선 할아버지가 동희를 내려다보았다.

"……?"

빨리 도망가라던 숙자 어머니의 다급한 목소리가 귓속에 들리는 듯했다. 동희는 몸을 뒤척였다. 온몸이 굳었는지 옴짝달싹하지 않았다.

"괜찮다. 할아버지야."

동희는 할아버지를 본 적이 없었다. 북간도에서 돌아오지 않았다고 동우 오빠가 말했다. 그런데, 할아버지라니…….

"살려주세요!"

동희는 눈을 뜨자마자 손을 싹싹 빌었다.

"애야, 지금부터 내 말 잘 들어라. 여기는 모슬포란다. 그리고 너는 죽창에 찔려 상처를 입었다. 지금은 상처를 잘 치료했으니 이제 집으로 돌아가면 된단다. 조금만 더 있으면 통증이 점차 가라앉으면, 집으로 돌아가면 돼. 알았지?"

"……?"

집에 돌아가라니, 동희는 무슨 말인지 도무지 이해할 수 없었다. 주위를 둘러보았다. 풍경이 낯설었다.

할아버지가 말을 이었다.

"여기는 모슬포란다. 날이 밝으면 한라산이 보일 거야, 돌담을 따라 곧장 가면 상평마을이니 앞만 보고 걸어가면 된단다. 그리고 오른쪽이 바굼지오름이니 그 아랫길로 곧장 가거라. 애야, 알았지?"

동희는 무서웠다. 어머니 따라 모슬포 부두 어시장에 두어 번 가봤지만, 파도 소리밖에 기억나지 않았다.

"그리고……."

동희는 할아버지를 빤히 바라보았다.

"네 할머니나 어머니, 아버지와 오라비에게도 할아버지를 만났다고 말하면 안 된단다. 알아들었니?"

도대체 무슨 말을 하는지 동희는 알 수 없었다. 아무에게도 말하지 말라며 다짐까지 받으려는 할아버지가 참으로 어처구니없었다.

"……?"

"그럼 조심해서 가거라."

대답 대신 고개를 끄덕였지만, 할아버지가 바닷가로 사라지자 동희는 겁이 났다.

"할아버지……?"

동희는 있는 힘을 다해 일어섰다. 이대로 누워있다가는 숙자처럼 죽을지도 모른다는 생각이 언뜻 머리를 스쳤다. 할아버지를 놓치면 안 될 것 같았다.

"할아버지!"

동희는 멀찍이 떨어져 할아버지 뒤를 따라갔다.

"오지 말래도!"

할아버지가 돌아보며 손사래 칠 때마다 동희는 제자리에 멈췄다. 그리고 움직이면 따라가고 돌아보면 멈췄다. 할아버지 발걸음이 빨라졌다. 동희는 냅다 뛰었다. 솔밭 해안에서 모슬포 부두에서 불빛이 깜빡거렸다. 할아버지가 더는 뒤돌아보지 않고 솔밭으로 사라졌다. 솔밭은 어두웠다. 아무것도 보이지 않았다. 동희는 할아버지가 사라진 곳으로 정신없이 뛰었다.

"할아버지, 할아버지!"

동희는 할아버지를 불렀다.

"아이고, 어쩌려고 이놈아!"

할아버지가 한숨을 길게 내쉬며 솔밭에서 걸어 나왔다. 동희는 정신이 아득했다. 기억은 여기까지였다. 그리고 속이 메스꺼워 눈을 떴을 때는 할아버지가 내려다보고 있었다.

"동희야?"

갑판으로 올라왔다. 햇빛이 눈에 부셨다. 사방에서 출렁거리는 푸른 파도밖에 보이지 않았다.

7

 동혁은 대정초등학교에서 정기준 목사에게 끌려 나왔다. 정기준 목사는 당황하고 있었다. 얼굴은 차라리 흙빛이었다. 그러나 해병대 입대를 반대하는 이유를 말해 주지 않았다.
 "목사님……?"
 동혁은 정기준 목사를 바라보았다.
 "네 뜻을 알았으니 일단, 교회로 돌아가서 이야기하자. 동우도 만나야 할 것 아니냐."
 "……?"
 동혁은 대답할 기분이 아니었다. 훈련이 끝나야 동우 형을 만날 수 있다고 했으니 시간도 충분했다. 면회할 수 없다면서 해병대 지원을 못 하게 하는 목사님을 믿을 수 없었다.

"못 알아듣겠니, 동혁아."

동혁은 정기준 목사를 빤히 올려다보았다.

"목사님 해병대 지원하면 왜 안 되는데요?"

"그게 말이다. ……."

정기준 목사는 대답할 수 없었다. 아버지의 좌익활동 때문에 동혁이 해병대에 입대할 수 없다고 차마 말할 수 없었다.

"네가 중학교에 들어갔을 때 목사님이 말해 주면 안 되겠니?"

"네……?"

동혁은 어이가 없었다. 공부는 관심조차 없는데 중학교 합격할 리도, 게다가 가고 싶지도 않았다.

"중학교 안 갈 건데요?"

동혁은 정기준 목사를 빤히 쳐다보았다.

정기준 목사는 동혁의 맑은 눈을 차마 볼 수 없어 고개를 돌렸다. 어린아이에게 대답조차 할 수 없는 부끄러운 일이 섬, 제주에서 군인들과 경찰이 자행하고 있었다. 게다가 영준을 대신해 동우가 해병대에 입대했다고, 열 살짜리 아이에게 설명한다고 이해할 수 없을 것이다. 어른들이 어린아이에게 죄를 짓고 있었다. 그래야 살 수 있다고 말할 수 없었다. 정기준 목사도 이해가 안 되는데, 설득하기에는 동혁은 어렸다.

"어떻게 하지……."

동혁이 가여웠다. 정기준 목사는 똑바로 볼 수 없어 눈길을 돌렸다. 목사라는 게 이처럼 부끄러울 수 없었다. 마을을 돌아다니며 사람들에게 자수하라고 설득했던 게 부끄러웠다. 차라리 놔둘걸, 예수님이 계신다면 기도라도 들어줘야지……. 동혁에게 할 말이 없었다. 원망 가득한 눈빛을 바라볼 수밖에…….

정기준 목사는 하나님을 원망했다.

"하나님, 이 어린아이들에게까지 이처럼 무자비한 시련을 주어야 합니까. 차라리 저에게 내리시면 기꺼이 감내하겠습니다."

그는 동우에게 했던 말이 떠올랐다.

"동우야……! 너무 걱정하지 말아라. 해병대에 입대해 전선에 투입된다고 죽는 것은 아니란다. 목사님을 봐. 목사님도 만주 전쟁에 참여했지만 이렇게 살아서 제주에서 목회도 하잖아. 그렇지?"

정기준 목사는 동우에게 미안했다. 어처구니없는 말장난이었다. 전쟁 통에 살아남기는 하늘의 별 따기보다도 어렵다. 허튼소리라는 것을 뻔히 알면서 그것도 위로랍시고 어린 동우에게 능청스럽게 말장난한 게 부끄러웠다. 총탄에 맞아 죽어가면서 집으로 돌아가고 싶다던 동지들의 마지막 모습이 눈에 선했다. 정기준 목사는 동우에게 미안했다.

날이 밝았다. 파도 소리가 목사님 서재까지 들렸다. 밤늦게까지 성경책을 읽던 목사님이 보이지 않았다. 동혁은 예배당 출입문을 열었다. 정기준 목사가 재단 앞에 쓰러져있었다.

"목사님!"

동혁은 깜짝 놀랐다.

"잠이 들었나?"

정기준 목사가 기도 중에 잠들었던지 부스스한 얼굴에 눈물 자국이 어지럽게 보였다. 얼굴이 게슴츠레했다. 동혁은 눈을 비비며 예배당을 나서는 목사님을 바라보았다. 그리고 서재를 나와 대정초등학교로 향했다.

"그래, 해병대에 입대하자!"

동혁은 다짐했다. 해병대에 입대하면 동우 형을 만날 수 있을 거라고…….

5부
붉은 해안

1

 해무가 자욱했다. 이곳이 어딘지 도무지 감 잡을 수 없었다. 부산항 제 2부두에서 승선한 뒤 열흘이 지났다.
 "어디로 가는 것일까?"
 목적지를 알 수 없는 항해는 두려웠다. 해무가 갑판으로 몰려들었다. 묵직한 파도가 함정을 흔들었다. 일본을 드나드는 연락선보다 수십 배나 큰 배라도 대양의 거센 파도를 감당하기에는 버거워 보였다. 포신에 물기가 축축했다. 섯알오름 방공포 진지에서 죽어가던 사람들의 아우성조차 묻어버리던 해무, 그 해무와 다르지 않았다. 동우에게 해무는 혼돈이었다. 레이더 소리가 윙윙거렸다. 가슴에 통증이 찾아왔다. 총상이 아물기도 전에, 해병대에 입대해 하루에 네댓 번은 통증이 찾아왔지만, 치료는커녕 아프다는 말조차 꺼낼 수 없었다. 그는 오른쪽 가슴을 지그시 눌렀다. 온몸이 찢어질 것처럼 쑤셨다. 통증을 견디려면 이 방법뿐이었다.

"천운이야, 천운!"

이장 고순봉 말이 떠올랐다. 정말 천운일지 몰랐다. 어쨌든 동우는 살아있었다. 그리고 동우는 해군함정에 승선해 비밀 작전에 참여하고 있었다. 목적지는 모르지만…….

축축한 해무가 얼굴에 부딪혔다. 섯알오름을 순식간에 뒤덮어 버리던 해무, 두려움과 분노, 그리고 증오, 그것들이 뒤엉켜 알뜨르비행장 돌담에 촘촘히 박혀 진실조차 깡그리 묻어버렸던, 지독한 해무, 생각만 해도 소름이 돋았다. 이제 동우가 해무 속으로 빠져들고 있었다. 뱃고동이 길고 묵직하게 울었다. 함정과 함정의 소통일 것이다. 동우는 뱃고동 소리가 섯알오름에서 죽어가던 사람들의 비명처럼 들렸다. 가슴이 바짝 오그라들기 시작했다.

"트럭에 실어. 이 새끼야."

거친 말소리가 들렸다. 동우는 총소리가 들리자마자 돌담에 꼬꾸라졌던 기억밖에 없었다.

"빨리 트럭에 싣지 않고 뭐 하는 거야!"

알뜨르비행장 활주로에서 밧줄에 묶인 사람들을 트럭에서 끌어내리던 군인들의 욕설처럼 동우 고막을 후볐다.

'물건을 트럭에 싣는 것일까?'

무슨 일이 벌어지고 있었다. 동우는 숨을 죽였다.

"이장님, 이 자식은 아직 숨이 붙은 것 같은데요?"

동우를 뒤집더니 발끝으로 가슴팍을 쿡쿡 짓눌렀다.

'살아 있는 것일까?'

심장에서 거꾸로 피가 솟구쳐 올랐다. 동우는 현기증이 났다. 솔밭에서 불꽃이 번쩍거린다는 생각이 들었을 때 엄청난 통증이 가슴 속을 깊게 파고들었다. 다음 총소리를 들었을 때, 또 다른 충격이 온몸을 바스러뜨렸다. 그리고 통증을 느끼는 순간 다리에 힘이 풀렸다.

'죽었구나.'

눈앞에 민수 아버지 김경태 가슴에 핏줄기가 샘처럼 뿜어져 나오고 있었다.

"개새끼……."

동우는 참을 수 없는 희열이 솟아올랐다. 사람을 죽였다. 동우는 죄책감이나 두려움 따위는 없었다. 살기 위해 산속에 숨은 마을 사람들에게 음식과 옷을 가져다줬다고 총살하는 무자비한 놈들, 그중 한 놈을 죽였을 뿐이었다. 동우가 아니더라도 누군가가 반드시 처치해야 할 놈이었다.

"허……."

헛웃음이 나왔지만, 동우는 입 밖으로 뱉어낼 수 없었다.

"누군지 알 수 있습니까?"

정기준 목사 목소리가 들렸다. 동혁을 놀리던 아이들을 혼내주었고, 성경책도 선물로 주었다. 그러나 산속으로 달아난 사람들을 꼬드겨 경찰서로 넘기고 토벌대는 그들을 죽였다. 목사라는 가면을 쓴 정기준은 협잡꾼에 불과했다. 감히 예수님의 성경책을 선물하다니 가당치도 않았다. 매일 사람들이 죽는데, 예수님이 보호해 준다는 미친 소리를 믿은 게 억울했다. 그러고도 '아멘'이라 소리를 지르며 예수님의 사함을 받았다며 기뻐하는 얼간이 목사 정기준을 동우는 한 번도 의심하지 않았다.

"부종수 아들 같은데요."

이장 고순봉이 동우를 알아봤다.

"그렇구나. 맞네. 아이고, 이 일을 어쩌지……. 아이고, 동우야?"

안타까워하는 정기준 목사의 목소리가 가증스러웠다. 지난해, 동우는 제주농업중학교에 합격하고도 집안 형편이 어려워 입학을 포기했다. 중산간 상평마을에 살 때는 감자라도 모슬포 시장에 내다 팔아 중학교에 보내주겠다던 어머니가 상모리로 이사 한 후로는 입을 닫아버렸다. 하루 세끼도 근근이 먹는데, 중학교에 보내달라는 말을 차마 할 수 없었을 때, 모슬포 교회 야학에 나오라던, 그리고 아버지가 집으로 돌아오면 중학교에 입학해도 늦지 않다고 위로해 주었던 정기준 목사였다. 그러나 이제는 동우가 믿지 않았다.

"동우야, 동우야……?"

정기준 목사가 어깨를 흔들었다. 눈을 감았다.

'살면 뭐 하나…….'

동우는 살 생각이 없었다. 민수 아버지 김경태가 앞장서서 섯알 오름으로 사람들을 끌고 가 죽이는 것을 두 눈으로 똑똑히 보았다. 분명, 아버지도 그곳에 있었다. 그런 놈을 낫으로 찔러 죽였을 뿐이다. 부모를 죽인 원수가 아니더라도 쓰레기 같은 놈을 살려두면 사람들을 모두 죽일 것이다. 허가받은 살인자였다. 다시 깨어나더라도 살려두지 않을 것이다. 동생과 할머니가 마음에 걸렸지만, 그렇다고 밥 먹듯 사람을 죽이는 살인자를 살려둘 수 없었다. 김경태는 반드시 죽어야 마땅했다. 동우는 후회하지 않았다.

"동우 맞네."

살았는지 확인이라도 하려는지 고순봉이 동우 뒷덜미를 잡고 거칠게 흔들었다.

"아이고, 동우야?"

총알을 맞고도 살아있으니 놀라는 것도 무리가 아니었다. 동우는 입술을 움직였다. 피가 엉겼는지 입술이 떨어지지 않았다. 혀끝으로 입술을 문질렀다. 침이 나오지 않았다.

"일단, 저쪽 그늘 밑으로 옮겨라."

정기준 목사가 누군가에게 말했다.

"저기……. 목사님, 서청 놈들이 가만히 안 있을 건데요."

이장 고순봉이었다. 서청 놈들이 시비 걸까 봐 걱정하는 눈치였다. 그럴 것이다. 빌붙어서 사는 놈이 어디 이장 고순봉뿐이 아닐 터, 정기준 목사라고 다르지 않을 것이다.

"제가 책임지겠습니다. 이장님."

정기준 목사가 말했다.

"야, 나무 그늘로 옮겨라."

"예, 알겠습니다. 목사님."

서청이라니, 아무튼 또래 아이들 목소리였다.

"근데, 산 사람이 몇 명이나 돼?"

"동우 이 새끼밖에 없는데요."

모두 죽은 모양이었다. 무엇 때문에 어떤 이유로 죽었는지 알 수 없지만, 산 사람은 없는 것 같았다. 동우는 숨이 막혔다. 서청 놈들이야 그렇다 치더라도 정기준 목사까지 태연했다.

"저런 놈이 목사라니……."

동우는 토악질이 날 것 같았다. 오른쪽 가슴에 통증이 찾아왔다. 손가락을 움직였다. 꼼짝달싹할 수 없었다. 피가 말라붙었는지 겉옷이 뻣뻣했다. 중학교에 입학하면 새 옷을 사주겠다고 우선 입으라며, 민수 어머니가 내다 버린 낡은 왜놈 군복을 줄여서 준 거였는데 옷이 마땅찮아 입어 보았는데 어머니 바느질 솜씨가 좋아 나쁘지 않아 입고 다녔다.

'김경태, 그 쪽발이 개새끼 시체도 있겠지…….'

동우는 곁눈질로 주위를 살폈다. 김경태 시체라도 보고 싶었다.

왜놈 앞잡이 시체는 죽창으로 난도질을 치거나, 그것도 안 되면 다리를 분질러 버리든지, 갈가리 찢어버리든지 해야 속이 시원할 것 같았다.

"빨갱이 새끼들!"

시체를 트럭에 싣던 놈들의 주둥아리가 동우 귀를 자극했다. 서청 놈들이었다. 또래거나 서너 살 위 평안도 서북 출신이 대부분이었다. 적어도 이남이나 제주 출신은 아니었다. 가슴 깊숙이 묵직한 게 울컥거렸다. 그것이 무엇인지 알 수 없지만, 참을 수 없을 만큼 커다란 응어리가 막창을 뒤집었다.

'개새끼들 빨갱이라니…….'

동우는 서청 놈들을 때려죽이고 싶었다. 섯알오름에서 죽은 수백 명의 시체가 눈앞을 어른거리는 듯했다.

'개새끼들…….'

눈물이 핑 돌았다. 군화 끄는 소리가 들렸다. 동혁이 민수에게 자랑하던 아버지 군화, 섯알오름에서 흔적을 남기려고 벗어 던졌던 아버지 군화, 그 군화를 찾으려고 온종일 풀숲을 헤집고 다녔지만 끝내 찾을 수 없었던 군화 끄는 소리가 귓전에 들렸다.

"이장님, 동우를 어찌시게요?"

정기준 목사는 서청 놈들의 보복이 두려웠던지 걱정스럽게 이장 고순봉에게 말을 건넸다.

"목사님, 걱정하지 마세요. 미리 서청 단장과 이야기를 끝냈습니다."

'끝냈다'라는 고순봉의 말이 무슨 뜻인지 동우는 궁금했다.

'죽이려는 것일까?'

동우는 눈을 감았다.

"괜찮겠습니까?"

"영준이 놈이 몸이 너무 약해서……, 입대하기에는……."

"서청 단장이 허락하던가요?"

고순봉은 속삭이듯 낮은 목소리로 정기준 목사 귀에다가 소곤거렸다.

"쉬이……."

입술에 검지라도 댔는지 바람 빠지는 소리가 들렸다. 영준이 삼대독자라던 할머니 말이 떠올랐다. 형제는 없었고 여동생 영신밖에 없었다. 고영준은 동우와 같이 제주농업중학교에 입학시험을 치렀는데 보기 좋게 떨어졌다. 늘 꼴찌에서 다퉜으니 당연한 결과였다. 그런데 개학이 얼마 남지 않았을 때였다. 합격했다는 소문이 모슬포에 퍼졌다. 뒷문으로 밀어 넣었다는 소문과 함께……. 그리고 고영준은 제주농업중학교에 입학했다.

'고영준, 그 새끼가 몸이 약하다니…….'

말도 안 되는 소리를 이장은 잘도 지껄였다. 그 아비에 그 자식이었다. 아버지 같았으면 턱도 없었다. 돈이 남아돌아도 뒷돈으로 학교에 들어가는 일은 없었을 것이다. 전쟁이 일어나면서 제주농업중학교가 휴교하는 바람에 상모리로 돌아온 고영준이 동우가 다니는 모슬포 교회 야학이나 민애청 독서회를 기웃거리며 거들먹거리던 꼬락서니를 차마 눈 뜨고 보기 민망할 정도였다. '몸이 약하다니……?' 고영준이 아플 리 없었다. 민애청에 가입하라 부추기며 목소리가 설핏했다.

"목사님, 그래서 하는 말인데, 동우 놈 치료받을 수 있게 합시다."

"치료야 제가 주선하겠습니다만, 김승보 면장에게 알려지면 잠자코 있지 않을 텐데 어쩌시려고요?"

정기준 목사 목소리가 가라앉았다.

"염려하지 마세요."

"……?"

정기준 목사는 아무래도 걱정되는지 어물쩍거렸다.

"김 서기는 좀 어떻다고 합디까?"

고순봉은 민수 아버지의 김경태 상태가 궁금했던지 조심스럽게 정기준 목사에게 물었다.

"상처가 깊지 않아 곧 회복될 거라며 걱정하지 말라고, 모슬포의원 양성준 원장이 말하던 데요."

정기준 목사는 김경태를 염려하는 것 같았다. 그럴만했다. 면서기에다 서북청년단 모슬포 지역을 맡고 있으니 함부로 무시할 수 없었을 것이다. 어떻게 돈을 끌어모았는지 알 수 없어도 모슬봉 일대의 논밭은 대부분 민수 할아버지 소유라고 할머니가 말해 주었다. 여름에는 그 비싸다는 모시옷까지 입고, 대청에만 있어 하얀 얼굴에 쪽발이 티가 잘잘 흘렀다. 동우는 민수 할아버지가 뒷짐을 지고 어슬렁거리는 모습만 보았지, 일하는 모습을 한 번도 본 적이 없었다.

'그런데, 김경태가 살아있다는 말인가?'

동우는 울화통이 터졌다.

"그런가요……. 다행이긴 하지만, 그래도……. 영준이 대신 동우를 군에 입대시킨다는 게 쉽지 않을 텐데요?"

정기준 목사는 고영준 대신 동우를 입대시키려는 이장 고순봉의 발상이 어처구니없었던지 한숨을 쉬었다.

"걱정하지 마세요. 덩치도 비슷하잖아요."

'김경태가 살아 있다니…….'

동우는 그때야 뭔가 잘못 돌아가고 있다는 생각이 들었다. 살인자 김경태를 죽이지 못하고 할머니와 동생만 곤란하게 한 것 같았다. 김경태가 살아있다니……. 동우는 믿을 수 없었다. 가슴이 답답하고 분통이 터질 것 같았다.

2

갑판에서 방송이 흘러나왔다. 갑판을 두드리는 바람 소리, 미친 듯이 돌아가는 레이더 소음, 함정을 두드리는 파도 소리까지 뒤섞여 우리말도 알아듣기 어려운데 영어방송은 도무지 알아들을 수 없었다. 야학에서 배운 영어 실력으로 알아듣기에 턱없이 부족했다.
"장병 여러분, 우리 배는 동중국해 공해상에서 머물다가 서해로 항해하고 있습니다."
영어방송이 끝난 뒤, 일정한 간격을 두고 우리말 방송이 흘러나왔다. 누군지 모르지만, 장황하고 결의에 찬 목소리였다. 손원희 해군 제독이라고 양기수 수경이 귀띔해 줬다. 양기수는 제주농업중학교 2학년 재학 중, 민애청 제주 남서부 지역 선전부장이었다.

할아버지는 모슬포 의원 원장으로 그의 아버지는 유학에서 돌아오지 않고 일본에서 의원을 차렸는데, 그 뒤 조선총련 가입이 발각되어 요시찰 인물로 수배 중에, 양기수의 민애청 활동까지 탄로 났다. 그의 할아버지 양성준 원장이 토벌대장 이치순에게 빌다시피 해 양기수는 총살을 겨우 면하고 해병 4기로 입대했다. 동우보다 두 살 위여도 덩치는 동우보다 왜소했다. 방법은 달라도 양기수 아버지도 나라를 위하는 마음은 어쩌면 아버지와 같았을 것이다.

"주위를 둘러보십시오. 수많은 연합군 함대가 우리 곁에 있습니다."

동우는 파도 끝자락을 겨누었던 M1 소총을 어깨에서 내려놓고 해무가 걷힌 바다를 바라보았다. 아니나 다를까, 각양각색 국기를 게양한 군함들이 바다를 가득 메우고 있었다. 시퍼런 바다, 쉼 없이 출렁거리는 바다에 수백 척의 군함들이 같은 방향, 북쪽으로 항해하고 있었다.

"우리는 지금 인민군을 물리치러 북쪽으로 갑니다. 작전명 '오퍼레이션 크로마이트', 제군들은 드디어 조국에 충성할 기회가 왔습니다. 평화를 원하는 유엔군들이 우리와 함께합니다."

손원희 해군 제독 목소리가 잠시 멈췄다. 유엔군까지 도우러 와 가슴 벅찼던 모양이었다.

"그리고 우리는 곧장 인천으로 상륙해 인민군 보급로를 차단하고 서울로 진격할 것입니다."

스피커를 두드리는 손원희 제독의 묵직한 목소리는 결의에 차 떨고 있었다. 어쩌면 스스로 감동하고 있을지도 몰랐다. 웃겼다. 조국에 충성할 기회라니, 조국이란 게 도대체 뭔가, 동우는 조국에 충성할 기회라는 손원희 제독의 감격에 절은 말에 동의할 수 없었다. 수많은 사람을 죽인 군인들과 경찰들, 그리고 그들의 죽음을 방관한 공무원을 원망하는 원혼들이 섯알오름에 머물러 있는 한, 그의 외침은 한낱 거짓 가득한 메아리에 불과했다. 미친 짓이라고 동우는 고함을 지르고 싶었다.

수백 척의 군함 함상에는 각양각색의 국기들이 나부꼈다. 저들은 왜 보잘 것 없이 작은 나라, 국가가 국민을 마음대로 죽이는 나라, 주인이 누군지도 모르는 나라에 목숨을 던지려는지. 이해할 수 없었다. 저들은 도대체 누구이며, 조국이 무엇이며, 할아버지와 아버지가 조국을 찾겠다고 가족도 팽개치고 만주에서 북간도에서 한라산에서 싸웠던 그 조국은 어떤 나라였던가. 동우는 손원희 제독의 미친 소리를 들을 수 없었다.

"장병 여러분, 우리 함대는 인천 영흥도 앞바다에서 국제연합군과 합류하게 될 것입니다."

손원희 제독의 방송이 끝나자 한국 해병대 연습 사격 명령이 떨어졌다. 동우는 사격은커녕 연습 사격조차 한 적이 없었다. 기껏 총기 분해조립 서너 번 했을 뿐이었다. 해병대 4기로 입대하자 곧장 알뜨르비행장 왜놈 막사에 입소했다. 일주일쯤 지났을 때였다.

아침 식사 준비에 여념이 없는데 이동 명령이 떨어졌다. 모슬포항에서 어선을 타고 제주읍 산지항에서 하선했다. 육로로는 시간이 걸린다는 게 이유라고 동료들이 말했다. 동우는 상관없었다.

산지항 연병장에서 일주일을 보낼 때도 제대로 된 훈련은 없이 군함에 승선해 부산항 제 2부두에 도착했다. 총기 분해조립도 동래 훈련소에서 겨우 서너 번 했을 뿐, 사격훈련은 없었다. 실탄을 장착하고 연습 사격하라면서 국가를 위해 충성을 요구했다. 그게 사는 길이라고 했다. 그 잘난 조국, 백성을 함부로 죽이는 조국을 위해 총알받이가 되라는 말이었다. 어처구니없었다.

'조국…….'

총알받이로 내몰면서 조국에 충성하라고 했다. 동우는 그 조국이 뭔지 몰라 동의할 수 없었다. 상륙작전에서 살아남을 병사가 몇 명이나 될까. 아마 없을지도 몰랐다.

'사지로 보내면서 조국에 충성할 기회라고!'

죽으라는 말이었다. 미친 짓이었다. 훈련조차 못 받은 학생들을 전장에 내모는 게 조국에 충성하는 길이라고……. 죽으라고 하는 게 차라리 솔직한 말이었다. 도대체가 미친놈들이 아니고서 어린 학생들을 전장으로 내몰 수 없을 것이다.

'미친놈들……!'

모두가 미쳤다. 대한민국 해병 4기들은 함상 좌우 현 갑판에 중대별로 늘어섰다. 사격 연습조차 못 한 병사들에게 총 쏘는 법이라도 알아두라는 어쭙잖은 발상이었다.

"거총!"

중대장의 목소리가 거친 파도 소리를 타고 흘렀다.

"1소대 앞으로!"

파도 소리와 레이더 돌아가는 소리로 중대장의 명령은 귓전으로 휙 하고 지나갔다. 분명하지 않은 명령을 동료 병사들은 잘도 따랐다. 동료들을 흘끔거리며 허겁지겁 따랐다. 동우는 M1 소총 개머리판을 어깨에 밀착했다. 그리고 솟아오르는 파도를 향해 총구를 겨냥했다.

"준비……, 사격 개시!"

중대장의 명령이 귓속으로 빨려들었다.

—탕, 타당.

총소리가 여기저기 들렸다. 동우는 밀려오는 파도를 향해 방아쇠를 당겼다. 물방울이 파면에 흩어졌다. 엄청난 충격이 어깨를 팅겨냈다. M1 소총의 위력은 실로 엄청났다. 다시 거총해 방아쇠를 당겼다. 또 한 번의 충격이 온몸을 진동시켰다. 한 발짝 뒤로 밀려났다. 총알은 종적을 감췄고, 파도가 거세게 들이쳤다. 총을 난사하던 토벌대 군인들의 총탄에 속절없이 섯알오름 분화구에서 죽어가던 사람들의 아우성이 동우 귓속을 난잡하게 후벼팠다.

중대장을 흘끔거렸다. 깃발을 머리 위로 올리고 있었다. 총구를 돌려 쏘고 싶은 충동이 났다. 가슴이 울렁거렸다. 중대장 눈과 눈이 마주쳤다. 동우는 쏠 자신이 없었다. 얼른 고개를 돌렸다. 그리고 파도를 향해 방아쇠를 당겼다. 총소리가 귓전을 세차게 두드렸다. 살아야겠다는 비겁한 속삭임과 함께.

"개새끼들……."

동우는 어금니를 깨물고 파도에다 방아쇠를 당겼다. 섯알오름에서 죽었던 사람들의 비명처럼.

"이 새끼 동우 아냐?"

모슬포 예배당 야학 들렀던 고영준과 양기수였다.

"맞네. ……."

"근데 왜 이곳에 있는 거야?"

"네 아버지가 데려다 놨데?"

고영준은 조상 대대로 제주도 토박이라며 자랑했다. '제주도 토박이라…….' 그의 아버지도 면장 김승보의 밭떼기를 소작하며 빌붙어 살던 집구석이었다. 토박이가 무슨 대수라고……. 창피한 줄도 모르고 조상까지 들먹여 자랑질이 한창이었다. 얼치기 같은 놈이 중학교에 들어가더니 민애청 선전부장 양기수를 따라다니며 거들먹거렸다.

"치료를 빨리 받아야 한다던데?"

"나야 모르지, 우리 아버지 생각이 있겠지…….."

이장 고순봉이 동우를 치료해 줄 만한 사람이 아니었다. 양기수

5부 붉은 해안   287

는 고개를 갸웃거렸다.

"얘들아, 나가서 일 봐라."

이장 한마디에 고영준과 양기수가 병실을 나갔다. 동우는 그때까지 눈을 감고 있었다. 무슨 일이 있기는 한 모양이었다. 사람을 죽이려다 실패했는데 치료를 해주다니 도무지 이장 고순봉도 정기준 목사도 이해할 수 없었다.

'무슨 꿍꿍이지……?'

병실 문 여는 소리가 들렸다.

"목사님 오셨어요?"

모슬포 교회 정기준 목사가 온 것 같았다.

"동우 좀 어때요?"

"총알이 심장을 빗겨 갔답니다."

"다행입니다. 근데 이장님, 해병대 3기생 지원자 중에서 산에서 내려온 학생들이 있었는데 군사 훈련장에서 대놓고 총살했다고 합디다."

"왜요?"

고순봉이 되물었다. 해병대 지원자를 총살하다니 무슨 일일까. 돌아가는 정황이 심각해지는 것 같아 신경이 쓰였다.

"정확히는 알 수 없지만, 제 부모가 빨갱이라서 총살했다는데요?"

정기준 목사는 담담하게 말했다. 아무리 살해 미수했더라도 남의 집 자식을 대신 해병대에 입대시키려 들다니 몹쓸 사람이었다.

"해병대에 지원했는데도 말입니까?"

"예, ……."

한참 말이 없던 이장 고순봉이 말을 꺼냈다.

"저어 목사님……."

"예, 영준 아버지."

언짢은 일이라도 있었던지 정기준 목사 대답이 시무룩했다.

"어제 면사무소에 들러 동우 민적을 떼보았는데, 나이가 열네 살로 되어있더라고요?"

"그래요?"

정기준 목사는 안심되었다. 동우는 나이가 너무 어려 해병대 입대할 수 없다는 뜻이었다.

"해병 입대를 하려면 열여섯 살은 넘어야 한다던데……."

"아, 예……."

"그래서 말인데요. 목사님이 보증을 서주면 제 나이로 고칠 수 있다던데……."

"무슨 보증을 말입니까?"

"실제 나이가 열여섯 살이라고요."

"그게……."

정기준 목사는 망설였다. 아무리 목사라지만, 남의 집 자식 나이를 마음대로 고친다는 게 께름칙했다. 동우는 아버지도 없는데 나이까지 속여 남의 집 자식을 대신 해병대에 보내려는 이장 고순봉의 짓거리가 어처구니없었다.

"어쩌시려고요?"

정기준 목사가 이해할 수 없다는 듯 말했다.

"우리 영준이 군에 보내면 대代가 끊어집니다. 제가 죽으면 조상 볼 낯도 없고……. 어쨌든 대는 이어야 하지 않겠습니까, 목사님."

"영준 아버지, 말 골라서 하세요. 대를 이으려고 어떻게 남의 자식을 대신 군에 보냅니까!"

정기준 목사가 발칵 화를 냈다.

"목사님……."

고순봉이 다시 나섰다.

정기준 목사는 한참 뜸을 들이더니 조심스럽게 말을 꺼냈다.

"그래도 그렇지, 남의 집 자식 나이를 부모 허락도 없이 고치려고 합니까? 말이 되는 소리를 하세요."

정기준 목사는 난처하다는 듯 고순봉에게 발칵 했다.

"그리고 동우 나이를 바꾸려면 면서기인 민수 아버지 허락을 받아야 할 텐데, 동우가 살아 있다는 것을 알면 가만히 있지 않을 겁니다. 그 정신 나간 소리 그만 좀 하세요. 그리고……."

정기준 목사 말이 채 끝나기 전에 동우를 힐끗 본 고순봉은 손바닥으로 입을 가리고 말했다.

"민수 아버지에게 이미 말해 뒀습니다. 동우가 살기는 해도 해병대에 입대하면 죽은 거나 마찬가지라고 말했더니 아무 말 안 합디다."

"그러니까, 김 서기가 아무 말 없었다고요?"

"아닙니다. 처음에는 펄쩍 뛰더니 내 말을 듣더니 잠자코 있더라고요."

동우는 이장 말이 귓속으로 뚜렷하게 들려왔다. 전쟁터에 나가서 총알받이로 죽으라는 것이었다. 인민군이 낙동강 전선까지 침략했다고 하니 전선에 투입되는 군인이 그것도 훈련도 받지 않고 최전선에 나서는 해병대가 살아서 돌아오기 쉽지 않을 터, 괜한 허풍이 아니었다. 이장 고순봉의 마음은 진심이었다.

"그렇지만……."

이장이 뭐라든, 정기준 목사는 마음이 내키지 않았다.

"내일 제가 면에 가서 민수 아버지에게 부탁해 보겠습니다."

정기준 목사는 여전히 어물쩍거리면서 슬그머니 자리를 피했다.

"아이고, 목사님 고맙습니다."

고순봉은 코가 땅바닥에 닿을 정도로 고개 숙여 절을 했다. 정기준 목사가 병실 문을 열고 나가는지 문 닫는 소리가 들렸다.

"동우야 좀 어떻냐?"

고순봉은 동우 상처 치료보다 해병대에 입대할 수 있는지가 관

건이어서 살려야 한다는 생각이 앞섰다. 그래야 외아들 영준 대신 동우를 입대시킬 수 있었다. 그놈이 민애청 활동만 안 했어도 군 면제를 받을 수 있었을 터인데, 서청 놈들의 밀고로 토벌 대장 이치순에게 걸리고 말았다. 영준이 대신 동우를 군에 보내고 전쟁이 끝날 때까지 숨어 지내면 아무도 눈치채지 못할 것이다. 동우를 꼭 낫게 해야 한다.

'빨리 나아야 할 텐데…….'

이장 고순봉은 마음이 다급했다.

"그게, ……?"

동우는 대답하지 않았다.

"아이고, 나 원 참!"

고순봉은 대답 안 하는 동우를 보고 있으려니 애가 탔다. 낫게 해준다는데 대답조차 안 한다니……. 지독하기는 제 아버지 부종수보다 더하면 더했지 덜하지 않았다.

"좀 괜찮아?"

고순봉의 채근에도 동우는 대답하지 않았다. 해병대에 입대하면 총알받이가 될 것이고, 입대하지 않으면 빨갱이라고 총살할 것이다. 어차피 살기는 어려웠다. 차라리 해병대에 입대해 동혁이라도 빨갱이 누명을 벗겨주고 싶었다.

'그래, 해병대에 입대하자.'

동혁에게 잘된 일일 지도 몰랐다. 아무도 없는 모슬포에 남아

죄인처럼 살 바에는 차라리 해병대에 입대하고 싶었다. 어차피 죽었던 목숨이었다. 동우는 마음을 단단히 먹었다.
"예, 아저씨, 그렇게 하겠습니다."
"아이고~, 동우 일어났구나?"
고순봉 얼굴에서 희색이 돌았다.
"의원님, 동우 상처 좀 봐주세요."
고순봉은 호들갑을 떨면서 모슬포 의원 원장 양성준을 찾아 병실 밖으로 뛰어나갔다. 동우는 어처구니가 없어 이장 고순봉의 뒷모습을 물끄러미 바라보았다.

3

비상벨이 울렸다. 동우는 군장을 차리고 갑판으로 뛰었다. 함포를 쏠 때마다 함정이 뒤뚱거렸다. 콜세어 전투기가 활주에서 날아올랐다. 포탄 소리가 멈추면 전투기가 하늘로 날아올랐다. 해안에서 불길이 하늘로 치솟아 올랐다.

동우는 숨이 턱턱 막혔다.

'인천으로 상륙한다더니 저곳일까?'

양기수 수경이 M1 소총을 껴안고 부들부들 떨고 있었다.

"저곳이 인천이야?"

동우는 양기수 수경에게 물었다.

"맞아, 포탄 떨어지는 곳이 월미도래."

콜세어 전투기 편대가 월미도로 향해 급강하했다. 양기수 수경의 M1 소총이 파르르 떨었다.

"언제 상륙한대?"

"2시간 정도 남았네."

양기수 수경이 손목시계를 들여다보며 대답했다. 그의 아버지가 마련해준 미제시계일 것이다.

"어느 곳으로 상륙할 것 같아?"

"우리 3연대는 붉은 해안으로 상륙한다는데……."

양기수가 말꼬리를 흐렸다.

포연이 인천을 뒤덮었다. 포연이 뿌옇게 피어올랐다. 월미도가 어딘지 인천항이 어딘지 구분할 수 없었다. 바닷물이 빠르게 제물포 해안으로 밀려갔다. 수백 척 군함 너머에서 붉은 저녁노을이 수평선 아래로 가라앉고 있었다.

"고영준 수경 준비하자."

동우는 이름표를 힐끗 보았다. 노란 바탕에 '고영준'이라는 파란색 글씨가 쓰인 명찰이 눈에 띄었다.

'고영준……?'

양기수 수경도 고영준이라 부르기 어색했던지 눈을 찡긋했다. 부동우가 아니라 고영준이었다. 이 세상에 부동우는 없었다. 있어서 안 될 사람이었다.

"알았어."

바닷바람은 인천 붉은 해안으로 불었고 바닷물이 연안으로 밀려들었다. 사이렌이 울렸다.

"4중대, 하선 준비."

중대장 명령이 스피커에서 흘러나왔다. 동우는 양기수 수경을 따라 정신없이 뛰었다. 병사들 발소리가 함상을 뒤흔들었다.

"4중대는 좌현, 상륙주정上陸舟艇 앞에서 대기하라."

중대장 명령이 저승사자 목소리처럼 들렸다. 가슴 통증이 순식간에 사라졌다. 동우는 바다에 떨어지지 않겠다는 생각밖에 없었다. 상륙주정이 파도에 뒤채여 모함에 붙었다 떨어지기를 반복했다. 하선망이 내려졌다. 동우는 군장을 확인한 뒤 양기수 수경을 보았다. 창백했다. 민애청에서 쩌렁쩌렁한 목소리로 호기를 부리던 용기는 찾아볼 수 없었다.

"1소대는, 1번 상륙정, 2소대는 2번, ……."

3소대란 말이 떨어지기 전에 동우는 한발 먼저 함상을 출발했다. 하선망이 출렁거렸다. 젖 먹던 힘까지 쏟아내 매듭을 움켜잡았다. 놓치면 바다로 곧장 떨어져 죽음이었다. 힘줄이 퍼렇게 돋았다. 발끝으로 망을 디뎠다. 하선망이 출렁거리면서 몸뚱이가 뒤집혔다. 하늘이 빙글빙글 돌았다. 상륙주정이 뒤집힐 것처럼 기우뚱거렸다. 손아귀에 힘이 풀렸다. '동우야, 정신 차려…….' 봉홧불을 바라보며 손을 잡아 주던 아버지의 따스한 목소리가 들렸다.

"고영준 수경……!"

양기수의 목소리가 귓전에서 멀어지고 있었다. 동우는 정신이 아뜩했다. 한참을 곤두박질쳤다.

"야, 고영준 수경, 괜찮아?"

정신없이 떨어진 것 같은데 다행히 상륙주정 안이었다. 동우는 하선망을 바라보았다. 병사들이 까맣게 매달려 안간힘을 쓰고 있었다. 양기수 수경이 밧줄을 타고 내려오고 있었다. 동우는 그의 엉덩이를 잡아 상륙주정으로 당겼다.

"괜찮아?"

대답은커녕 양기수가 눈물을 글썽였다. 민애청에 발을 잘못 들여놓은 부잣집 도련님 회한에 찬 눈물이었다.

"3소대 승선 완료."

소대장이 복창이 끝나고 3번 상륙주정은 두어 바퀴 돌더니 물살을 일으키며 앞으로 튕겨 나갔다.

"출발!"

중대장 목소리가 바다를 짓이겼다. 상륙주정이 붉은 해안으로 빠르게 내달렸다. 병사들이 주정 바닥에 납작 엎드렸다. 가르쳐 주지 않아도 몸이 반응했다. 살고 싶은 동물적인 본능일 것이다. 포탄 떨어지는 소리가 점점 또렷해지기 시작했다.

"상륙 준비!"

방파제 앞에 제1, 2 상륙주정에서 목제 사다리를 방파제에 걸치고 미 해병들이 사다리로 기어오르고 있었다. 제3, 4 상륙주정은 늦게 붉은 해안에 도착했다. 사다리가 없었다. 안벽을 기어오르던 병사들이 바다에 떨어지기를 거듭했다. 병사들이 당황했다.

"야, 올라타!"

한 병사가 해안 안벽에 붙어 어깨를 내주자, 뒤따르던 병사가 올라타고 다시 어깨를 내줬다. 인간 사다리였다. 동우가 인간 사다리로 기어올랐다. 해안 안벽은 생각보다 높았다. 섯알오름 방공포 진지로 기어오르면서 달아나지 못한 채 끌려가던 사람들이 생각났다. 동우는 어금니를 깨물고 안벽에 달라붙었다. 떨어지면 곧 죽음이었다. 앞서 올라가던 병사들이 바닷속으로 떨어졌다. 뒤를 돌아보았다. 양기수 수경이 바닷속에서 허우적거렸다.

"양기수, 손잡아!"

동우가 손을 내밀었다. 양기수 수경 팔에 힘이 없었다. 동우는 무릎을 방파제 돌 틈에 고였다.

"양기수, 힘~내!"

파도가 양기수를 끌고 갔다. 파도에 뒤채여 허우적거리는 그의 얼굴이 백지장처럼 창백했다.

"동우야, 살려줘."

양기수 수경의 외마디 비명은 애처로웠다. 동우는 군장을 친 채 바다로 뛰어들었다.

"됐어, 걱정하지 마!"

동우는 양기수 수경의 목덜미를 낚아챘다.

"발을 움직여."

양기수 수경의 눈빛을 설핏 보았다. 애절했다. 살고 싶어 애절한 눈빛이었다. 어리다고 민애청에 들어오지 말라며 큰소리치던 호기는 찾을 수 없었다. 섯알오름으로 끌려가면서 군화를 벗어 던지던 아버지 초췌하던 모습이 설핏 떠올랐다. 살고 싶었을 것이다. 죽음 앞에 사상이나 신념 따위가 필요하지 않았다.

"힘내."

방파제 너머에서 포탄 떨어지는 소리가 귀청을 후볐다. 사방에서 파편이 날아들었다. 붉은 해안은 암흑천지였다. 어디가 어딘지 구분할 수 없었다. 동우는 양기수 수경을 옆구리에 끼고 방파제를 넘었다. 그리고 포화 속으로 냅다 뛰었다.

"엎드려!"

소대장 목소리가 포연 속에서 허우적거렸다. 미군들이 무어라 소리를 지르면서 파괴된 건물로 몸을 던졌다. 총알 소리가 귓가에 스쳤다. 죽음의 순간이 지나는 소리였다. 동우는 양기수를 끌어안고 길바닥에 엎드렸다. 양기수 눈빛이 흐렸다. 초점이 없었다. 미군들이 앞으로 정신없이 뛰어가고 있었다. 앞서 뛰던 미군이 픽 쓰러졌다. 아찔했다. 또 한 번의 죽음이 지나갔다. 동우는 양기수 수경 옆구리를 잡고 부서진 건물 안으로 머리를 쑤셔 박았다.

"3소대 앞으로."

소대장의 명령이 떨어졌다. 동우는 양기수 수경을 바라보았다. 의식이 없었다.

"야, 양기수. 정신 차려!"

동우가 양기수 뺨을 후려쳤다. 그 순간 그가 눈을 멀뚱거렸다.

"뭘 수 있겠어?"

양기수 수경이 고개를 끄덕거리더니 손바닥으로 땅을 짚고 일어섰다.

4

 포격이 뜸해지고, 뒤덮었던 포연이 걷히기 시작했다. 제물포 윤곽이 조금씩 드러나기 시작했다. 온전한 건물은 없었다. 폭삭 내려앉은 도심 곳곳에서 불길이 타올랐다. 불길이 건물에서 건물로 날아다니며 도시를 송두리째 집어삼키고 있었다. 함상에서 쏘는 붉은 해안 포격은 실로 엄청났다. 뿌리째 뽑힌 나무는 꺾어져 하얀 속살을 드러냈다.
 3소대 대원들은 미 해병을 뒤따라 응봉산 102고지로 향했다. 산기슭 움막 주민들이 하나둘 손을 들고 길거리로 몰려나왔다. 흰옷, 때 묻은 흰옷에 가려진 찌든 얼굴에 죽음의 공포가 어른거렸다. 동우는 그들의 얼굴에서 할머니를 보았고 어머니를 보았다. 아들을 살려달라며 무릎 꿇으며 애걸하던 그 애잔한 모습을, 그리고 매몰차게 돌아서서 사립문을 나서면서 생사여탈권이라도 가진 듯한 면서기 김경태의 오만한 태도를 동우는 미군에게서 보았다.

'누가 누구를 살려 준다는 것인가?'

포탄에 불탄 매캐한 연기처럼 동우 가슴에 울분이 끓어올랐다.

—탕

앞서가던 미 해병들이 일제히 길옆으로 나동그라졌다. 총알이 귓전을 스쳤다. 동우는 가슴이 덜컥했다. 죽음과 삶이 갈리는 찰나였다. 짧은 정적이 지나가고 세 번째 죽음이 피해 갔다. 엎드리라는 소대장의 수신호가 보였다. 산허리에서 연막탄이 피어올랐다. 곧장 콜세어 전투기가 하강해 포탄을 웅봉산 102고지에 투하했다. 웅봉산 산허리 인민군 동굴 진지에서 비명이 들렸다.

동우가 양기수 수경을 바라보았다. 얼빠진 사람처럼 멍하게 바라보더니 땅바닥에 풀썩 주저앉았다.

"양기수 일어나!"

동우는 양기수 수경을 일으켜 겨드랑이에 꼈다. 미 해병 통신병이 타전하는 목소리가 들리고 포탄을 떨어뜨린 콜세어 전투기 편대가 영종도 상공으로 되돌아갔다.

돌격 명령이 떨어졌다.

"돌격."

소대장 명령이 떨어지자 미 해병들이 웅봉산 102고지로 올라갔다. 고개를 숙인 양기수 수경을 바라보았다. 축 처진 모습이 안쓰러웠다. 동우는 M1 소총으로 능선을 가리키며 말했다.

"양기수, 일어나. 여기 있으면 죽어!"

양기수 수경이 고개를 끄덕거렸다. 아군이 쏘는지 인민군이 쏘는지 알 수 없는 총소리가 요란했다. 수류탄 터지는 소리가 연이어서 들렸다. 인민군과 교전이 시작된 것 같았다.

동우는 양기수 수경을 끌고 정신없이 앞으로 뛰었다.

"Come on." (손들고 나와)

미 해병들이 무어라 지껄였다. 긴장이 팽팽했다. 동우가 인민군 동굴 진지에 도착했을 때 총을 머리 위로 들어 올린 인민군 포로 여남은 명이 동굴 밖으로 기어 나오고 있었다. 며칠을 굶었는지 까만 광대뼈가 앙상하게 튀어나왔다.

"안 나오면 모두 죽인다!"

3소대 소대장이 동굴을 향해 소리쳤다. 허리를 굽혀야 들어갈 만큼 작은 방공포 진지였다.

―땅 땅 땅.

동굴 속에서 총알이 날아왔다. 병사들은 약속이나 한 것처럼 동굴 옆으로 몸을 날렸다. 그리고 동굴을 향해 M1 소총을 난사했다. 동굴 안에서 비명이 들리더니 금방 조용했다.

"야 이 새끼야 동굴 안에 몇 명이나 있어?"

손발이 묶인 포로들은 입을 꽉 다물었다. 동지들을 살리려는 의지일 것이다. 죽음을 눈앞에 두고도 입을 다문 인민군 포로들에게

3소대장 군홧발이 머리통을 찍어 눌렀다.

"아~악."

"이 새끼들이 아직도 상황 파악이 안 돼?"

3소대장은 인민군 포로들에게 씩씩거리며 욕설을 퍼붓자, 그때야 포로들이 우물거렸다.

"삼십여 명 됩니다."

"Buried Ground!" (땅속에 묻어!)

미 해병의 명령은 간단했다.

'무슨 말이지?'

무엇을 묻는다는 말인지 동우는 의아했다.

"Yes, Boss." (알겠습니다.)

무전병이 격하게 타전했다.

동우는 M1 소총 총구를 인민군 포로를 향해 겨누었다. 희번덕거리던 눈이 시간이 지나자 다소곳해졌다. 웅장한 소리가 들렸다. 소대원들은 깜짝 놀라 땅바닥에 엎드리는데 도져 탱크 한 대가 응봉산 102고지로 올라왔다. 엄청난 괴물이었다.

미 해병들이 동굴 진지 안으로 수류탄을 몇 차례 더 던졌다. 동굴이 폭발음을 토해냈다. 동우는 양기수 수경의 목덜미를 눌러 동굴 옆으로 엎드렸다.

"Hey, Buried Ground. hurry up!" (야, 묻어 버려, 서둘러!)

"Yes, sir." (알겠습니다.)

불도저가 동굴 입구를 깔아뭉개 주변 흙더미를 밀어 올려 동굴 입구를 막았다. 바깥에서 출구를 뚫어주지 않는 한 인민군은 동굴에서 탈출할 수 없었다. 동우는 섯알오름을 떠올렸다. 수백 명의 사람을 살해한 뒤 흙으로 시체를 덮어버리던 2연대 토벌대 군인들의 지독한 수법과 다르지 않았다. 사람이 살았든 죽었든 상관없이 땅속에 묻어버리면 그만이었다.

포성이 멈추고 포연이 걷히자, 수평선에 걸친 저녁노을이 붉은 숨을 할딱였다. 상륙군이 붉은 해안으로 까맣게 들이닥쳤다. 상륙 성공, 무전이 타전됐다. 한국 해병대 3소대와 4소대는 응봉산 102고지 자락 공동묘지에서 하룻밤을 묵을 모양이었다. 분대별 텐트 칠 곳을 정해주고 대원들에게 시레이션을 나눠 주었다.

동우가 양기수 수경을 바라보았다. 시레이션을 움켜쥔 그의 모습은 국군인지 인민군인지 분간할 수 없을 만큼 몰골이 초췌했다.

"양기수 수경, 괜찮아?"

동우는 양기수 수경을 불렀다. 사회주의를 꿈꾸다가 할아버지와 부모마저 빨갱이로 내몰려 어쩔 수 없이 지원했을 것이다. 그런데 인민군의 실상을 눈앞에서 보았으니 생각이 많았을 것이다. 동우도 마찬가지였다. 전쟁은 미친 짓이었다. 인간이든 자연이든 송두리째 망가뜨렸다. 그런다고 세상은 달라지지 않을 것이다. 사회주의든 자본주의든 인간을 파멸하는 전쟁은 그 어떤 의미도 없었다.

"……."

양기수 수경은 말없이 동우를 올려다보며 고개를 끄떡거릴 뿐 더는 말이 없었다.

5

동우는 잠을 설쳤다. 한여름이 지나서인지 해안 밤공기는 쌀쌀했다. 해무가 응봉산 102고지를 뒤덮었다. 섯알오름을 뒤덮었던 해무처럼 축축하고 음습했다. 새벽잠에서 덜 깬 동혁이 송아지를 후리지 못해 쩔쩔매던 모습이 설핏했다.

"우리 동우 중학교 입학금이니 쇠꼴 잘 먹여라."

소를 몰고 집을 나설 때마다 어머니가 말했다. 동혁은 그 말이 듣기 싫었던지 입을 삐죽거렸다. 아버지가 돌아오면 중학교에 갈 수 있을 거라던 정기준 목사의 희망 섞인 위로가 떠올랐다. 피식 웃음이 나왔다. 동우는 중학교에 진학할 생각이 없었다.

"야, 영준아, 모슬포 의원으로 동우 빨리 옮겨라."

이장 고순봉이 동우를 모슬포 의원으로 옮기라며 재촉했다.
"아직 보름이나 남았습니다."
정기준 목사가 이장에게 목소리를 높였다.
"아, 그게 말입니다. 할 일이 좀 많아서요……, 신체검사도 하고, 신원 조예도 받아야 하는데 시간이 너무 촉박해서……."
멋쩍었던지 고순봉이 뒤통수를 긁적거렸다.
"그래도 그렇지, 서두른다고 될 일이 아닙니다. 동우가 수술은 잘 끝났지만 완쾌하려면 치료도 해야 하는데, 이장님이 다그친다고 될 일은 아니지 않습니까?"
정기준 목사가 목소리를 높였다.
"목사님, 그렇긴 하지만……."
지나치다 싶었던지 고순봉이 어물쩍거렸다.
"모슬포 의원 양성준 의원에게 특별히 부탁해 두었으니, 목사님이 너무 걱정하지 않으셔도 됩니다."
정기준 목사가 이장을 멀거니 바라보았다.
"이장님, 아무리 다급해도 동우에게 이러시면 안 됩니다."
"염려하지 마세요. 목사님……, 제가 알아서 잘할게요."
고순봉은 사사건건 집적거리는 정기준 목사가 못마땅했다. 그렇다고 입까지 틀어막을 수 없었다. 신체검사를 받아야 하는데 그때까지 회복하려면 아무래도 시간이 촉박했다.
"동우야 괜찮지……?"

동우는 대답하지 않았다. 트럭 소리가 들렸다. 모슬포 의원으로 싣고 가려는 모양이었다. 온몸이 으스러질 것처럼 아팠다. 어금니를 깨물었다. 허사였다.

파도 소리가 들렸다. 동혁을 데리고 하모리 바닷가에서 게를 잡을 때 들려오던 파도 소리였다.

"형, 게가 바위틈에 들어가 버렸어."
"형이 갈 테니, 기다려."
동우는 소라를 손에 든 채 소리를 지르는 동혁에게 뛰어갔다.
"어디에 있어?"
"도망가 버렸잖아!"
버럭 소리를 지르면서 동혁이 울음을 터뜨렸다.
"형이 잡아 줄 테니 울면 안 돼……."
게는 도망가고 없었다. 동혁을 달래려고 딴청을 피웠다.
"여기 있잖아."
동우가 거짓말했다. 이미 달아난 게가 보일 리 없었다. 형만 보리밥을 준다며 투덜거리는 동생에게 늘 미안했다. 동생을 편들고 싶었으나 어머니 마음이 바뀔 리 없었다.
"어디 있어?"
"여기 잡았잖아."
동우는 광주리에 담았던 소라를 동혁에게 보여줬다.

"피이, 거짓말……."

동혁은 더는 보채지 않았다. 도망간 게를 잡을 수 없다는 것쯤은 알 나이였다. 아이처럼 보채는 동생이 농사일은 한몫한다고 할머니가 말했다. 동우는 동혁이 버텨줄 거라고 믿었다.

천정이 눈앞으로 다가왔다. 왕거미가 꽁무니를 흔들고 거미줄을 풀어내며 새벽을 알렸다.

"동우 깨어났어?"

이장 고순봉이 병실에 들어왔다. 동우는 눈을 감았다.

"동우야?"

"……."

동우는 대답하지 않았다.

"괜찮아?"

"모래까지 해병대 지원 신청서를 내야 한다고 하네……."

"……."

이장 고순봉이 다그쳤다. 그래도 동우는 대답하지 않았다.

"지원서는 내가 접수해도 괜찮겠지……?"

동우는 여전히 대답하지 않았다. 대답하든 안 하든 이장이 알아서 할 거라는 것쯤은 알고 있었다. 더는 대답이 필요하지 않다는 것도. 하지만, 이장도 양심은 있었던지 동의를 얻으려고 필사적으로 동우에게 달려들었다.

"동우야, 네가 해병대 지원서를 내면 네 아버지가 빨갱이라고 동혁이도 너도 총살할지 몰라."

이장은 결국 협박까지 했다. 그래도 동우는 대답하기 싫었다.

"……."

"내가 미리 조처해 놓았으니 너는 몸만 잘 관리하면 해병대 입대하는 것은 걱정하지 않아도 돼. 알았지?"

동우는 아버지가 빨갱이라는 말에 온몸이 떨렸다. 할아버지는 빨갱이가 아니고 독립군이라고, 아버지는 이승만 정부의 부정부패에 저항했을 뿐이라고 소리치고 싶었다. 그러나 입 밖으로 꺼내 말할 용기는 없었다. 왼쪽 가슴이 쑤시기 시작했다. 자주 있는 일이었다. 참아야 한다. 살인자 김경태를 죽이려면 일단은 살아있어야 한다. 동우는 눈을 감았다.

"동우야! 뭐 하고 있어, 얼른 일어나지 않고!"

어머니가 부르는 소리에 동우는 벌떡 일어났다. 등골이 오싹했다. 아직 동트기 전인지 사방이 어두컴컴했다. 신음이 들려왔다. 텐트 안을 둘러보았다. 양기수 수경은 아직 잠에 취해있었다. 동우는 소총을 들고 텐트 바깥에다 귀를 기울였다. 군화 끄는 소리가 들렸다.

"손들어!"

동우는 총구을 내밀었다. 아무것도 보이지 않았다. 어둠이 익숙해지자 텐트 쪽으로 무언가 널브러져 있었다.

"꼼짝하지 마!"

"……, 물 한 모금만 주세요."

금시라도 숨이 끊어질 듯했다. 온몸이 오싹했다. 동우는 소리 나는 곳을 바라보았다. 해무가 희끗희끗한 공동묘지에 무언가 움직이고 있었다. 눈을 부릅떴다. 해무 사이로 무덤이 여럿 보이고 밤새 묶어두었던 인민군 포로들이 기어가고 있었다.

"양기수 일어나."

양기수 수경이 부스스 일어나더니 눈앞에 벌어진 상황에 놀랐는지 화들짝 놀랐다.

"헉!"

인민군 시체들이 밧줄에 묶인 채 기어가거나 죽어있었다. 스무 명은 됨직했다. 동굴에서 생포한 인민군 포로들이었다.

"으~윽."

숨통 끊어지는 소리였다. 어차피 죽을 놈들이었다. 고통이라도 줄여주자는 속셈이라면 그나마 다행이었다. 동우는 소름이 돋았다. 총부리를 맞대고 총질하다 죽으나 자수해서 포로가 되어 며칠 더 살다 죽으나 어차피 다르지 않았다. 고통받지 않고 죽을 수 있다면 차라리 지금 죽는 게 덜 고통스러울 것이다.

6

포연은 아침까지 도심에 남아있었다. 다음 날은 포격도 콜세어 전투기도 출격하지 않았다. 타다만 제물포 교회에서 시체 탄 냄새가 났다. 교회로 숨어들었던 인민군들이나 기도하던 교인들일 것이다. 물론 대부분은 인민군이겠지만. 예수님이 목숨을 지켜줄 거라던 모슬포 교회 정기준 목사 생각이 났다. 무자비하게 사람들을 살해하는 토벌대에게 교인들도 목회자도 없었다. 전지전능한 하나님이라도 눈앞에서 죽어가는 사람들을 보호할 수 없었다.

배다리를 건너는데 근처에서 총소리가 들렸다. 퇴각하지 못한 인민군들이 도심 민가로 숨어들어 산발적으로 저항할 수 있으니 조심하라는 중대장의 명령이 신경이 쓰였다. 도로에 몰려나온 시민들이 태극기를 흔들었다. 포승줄에 묶인 채 끌려가는 인민군 포로 사이로 어린 소녀와 노인이 사진처럼 박제되어 보였다. 헐렁한 저고리에 반쯤 뜯거나가 옷고름은 금방이라도 뜯어질 것 같았다.

'저 노인과 소녀는 무슨 죄를 지었을까?'

십수 년 만에 집에 왔다가 한라산으로 들어가려던 때였는데, 잠자는 동희를 바라보며 발걸음을 떼지 못하던 할아버지가 설핏 생각나 동우는 고개를 돌렸다. 양기수 수경을 돌아보았다. 살아야겠다는 의욕조차 잃었는지 눈에는 초점마저 없었다.

"야. 양기수, 정신 차려!"

양기수 수경의 어깨를 툭 쳤다. 그대로 두었다가는 금방 쓰러질 것 같았다.

"걱정하지 마."

양기수 수경이 동우를 흘낏 보았다. 그는 초점을 잃은 게 아니라 포로로 끌려가는 계집아이와 노인을 바라보고 있었다. 수염이 덥수룩한 노인 손을 꼭 잡은 계집아이는 초등학교 3학년쯤 돼 보였다. 저고리와 치마에 개펄이 덕지덕지 들러붙어 있었다. 노인의 걸음걸이는 거릴 낄 게 없다는 듯했지만, 계집아이는 바들바들 떨고 있었다.

"월미도에서 도망 나오다가 체포됐데."

"왜?"

"인민군에 부역한 사람들이래. 월미도 연륙교로 도망 나와 배다리 근처에서 미 해병이 체포했다는데, 인민군 첩자래. 그런데 정확히는 모르겠어…….”

앞서가던 3중대 통신병이 거들었다.

“……. 설마, 인민군 첩자가 도망가지 않고 여태 제물포에 남아 있었겠어?”

양기수 수경이 심드렁하게 대답했다.

“첩자란 말이야?”

동우가 끼어들었다.

“첩자는 무슨, 인민군이 총부리 앞에서 부역 안 할 사람이 있겠어. 아마 제물포 사람 대부분은 부역했을걸.”

양기수 수경이 발칵 목소리를 높였다. 어쨌든, 동우는 포로로 끌려가는 노인과 계집아이가 안타까웠다. 잔뜩 겁에 질린 어린 계집아이와 노인이 포로들과 같이 미 해병 앞에 무릎을 꿇고 있었다. 미 해병이 노인에게 총을 겨누며 무어라 중얼거렸다.

“Hey, grand fa?” (어이, 영감)

“아이고 몰러, 우리 손녀는 죄지은 게 없어. 다 내가 한 일이야.”

동우는 계집아이와 할아버지가 안타까워 통역을 자처했다. 사실 영어라야 모슬포 교회 야학에서 배운 것밖에 없지만, 그들을 이대로 내버려 둘 수 없었다.

“Can I make a translation?” (제가 통역해도 되겠습니까?)

미 해병이 동우를 바라보더니 신기하다는 듯 고개를 갸웃거렸다.

"Available?" (가능해?)

"Yes. Sir." (예)

동우는 미 해병 가슴팍 명찰을 힐끔 훔쳤다. 'H.N. Kelly.' 해병 하사였다. 케리라고 부르면 될 것 같았다. 동우는 모슬포 교회 야학에서 민수 아버지 김경태에게 배웠던 영어 수업이 언뜻 떠올랐다. 재밌었던 수업이었다. 김경태는 일본 오사카 대학에서 영문학을 전공했다고 정기준 목사가 말했던 기억이 났다.

"What kind of talking about grand fa?" (저 영감이 뭐라고 지껄이는 거야?)

계집아이와 노인이 동우를 바라보았다. 노인의 눈에는 계집아이가 아릿하게 자리 잡고 있었다. 아버지를 살려달라며 김경태에게 매달리던 할머니 눈빛과 다르지 않았다. 동우는 안심하라는 듯 노인에게 미소까지 슬며시 지었다.

"She isn't a spy. fisherman's daughter only. (그 여자애는 간첩이 아니고 어부 딸이랍니다.)

모슬포 교회 야학에서 배웠던 영어가 미 해병 케리 하사가 제대로 알아들었는지 모르지만, 동우는 계집아이와 노인이 위기에서 벗어나 집으로 돌아가기를 진심으로 바랐다.

"Really?" (정말?)

"Yes, sir." (예,)

케리 하사는 동우를 바라보았다. 사실인지 확인해 달라는 눈치였다. 동우는 한 번 더 용기를 냈다.

"Look at girl, her face is white than them" (여자애를 봐, 얼굴이 저들보다 하얗잖아.)

동우는 왼편에 서 있는 인민군 포로를 턱으로 가리켰다. 상평마을에서 행방불명된 여동생 동희가 생각나서 그도 모르게 뱉어낸 말이었다. 사실 노인이 어부인지 인민군 첩자인지 동우가 알 턱이 없었지만, 계집아이는 인민군 포로들에 비할 바 아니었다. 곱게 자랐는지 깨끗한 고운 얼굴에 비해 그들은 피죽도 얻어먹지 못했는지 비쩍 마르고 얼굴이 까맸다.

계집아이가 파르르 떨며 노인을 끌어안으며 눈물을 찔끔거렸다.

"Right side!" (오른쪽으로!)

동우는 일단 한숨 놓았다. 오른쪽이면 계집아이는 풀려나 집으로 돌아갈 것이다. 어린 계집아이가 인민군에게 부역했을 리 없었다. 군인들에게 무릎 꿇은 채 끌려가는 아버지를 문구멍으로 바라보며 한마디도 할 수 없었던 때를 생각하면 지금도 가슴이 답답했다.

케리 하사가 싱긋 웃었다.

이차방정식을 풀어낸 듯 동우는 어깨를 으쓱하며 싱긋 웃어 주었다.

"Grand fa." (영감)

케리 하사가 노인에게 겨눴던 총를 들어 올렸다. 일어나라는 신호였다. 노인은 덥수룩한 수염을 쓰다듬으며 굼뜨게 일어났다.

"어흠."

노인이 케리 하사를 노려보았다.

"할아버지 일어나세요."

동우는 한라산으로 들어간 할아버지가 설핏 떠올랐다. 그날 밤, 집을 나서는 할아버지와 할머니가 하던 말이 기억났다.

"부인, 나라가 없는데 가족이 무슨 소용이 있겠소."

할아버지 말은 묵직했다.

"가족 없는 나라는 있답디까?"

할머니가 대들었다. 할머니에게 나라 따위는 필요 없었다. 남편보다 자식이 중요했다. 자식들이 굶어 죽게 생겼는데 나라 따위는 소용없었다. 도대체 나라가 해준 게 뭐가 있는가. 알 듯 모를 듯한 대화를 동우는 이해할 수 없었다. 자식이 죽게 생겼다며 할아버지에게 대들던 할머니 말이 오래도록 귓속에서 얼쩡거렸다.

"What's matter." (무슨 일이야?)

케리 하사 표정이 굳어졌다. 동우는 당황했다. 노인이 케리 하사에게 고분고분하지 않을 것 같았다.

"Ah, I asked grand fa if he could walk himself" (아, 할아버지에게 걸을 수 있겠냐고 물었습니다.")

동우는 케리 하사에게 거짓말을 했다.

"그럼 걸을 수 있지 않고, 나는 월미도로 가야 하니 그만 보내주라고 하시게."

노인은 월미도에 사는 모양이었다. 월미도는 엊그저께부터 시작한 포격이 어제저녁까지 계속되었다. 산 사람은 없을 것이다. 살았다고 하더라도 지금쯤이면 미 해병에게 잡혀 인민군 포로들과 함께 수용소로 끌려올 것이다.

"할아버지, 월미도는 포격으로 아무것도 없을 겁니다. 가시더라도 가족을 만날 수 없습니다."

"이보게 그만 보내주시게."

노인이 벌러덩 드러누웠다. 놓아주지 않으면 총 맞아 죽더라도 물러날 기미가 없었다. 케리 하사를 힐끗 보았다. 눈빛이 번쩍했다. 동우는 당황했다.

동우는 노인에게 귀엣말했다.

"할아버지 무조건 모른다고 하세요."

"……?"

노인이 동우를 힐끗 보더니, 케리 하사를 바라보며 이죽거렸다.

"몰러, 이 양코백이야!"

What's mean?" (무슨 뜻이야?)

케리 하사의 얼굴을 찡그리며 동우를 쏘아보았다.

동우는 당황했다.

"He doesn't know anything." (아무것도 모른다고 합니다.)

노인이 첩자 노릇 할 것처럼 보이지 않았던지 케리 하사가 고개를 끄덕였다. 계집아이는 노인과 함께 집으로 돌아갈 수 있을 것 같았다. 동우가 눈을 찡긋했다.

Left side." (왼쪽으로)

동우는 당황했다. 왼쪽이면 첩자는 아니더라도 적어도 인민군에 부역한 포로들이었다.

"동우 오빠!"

계집아이가 갑자기 이름을 불렀다, 동우는 깜짝 놀랐다. 계집아이가 이름을 알 리 없었다. 앙큼스러운 계집애가 통역을 해줬더니 거짓말을 하고 있었다. 이름표를 내려다보았다. 노란색 바탕에 파란색 글씨, '고영준'이라는 이름이 또렷하게 쓰여 있었다.

'고영준……?'

생소한 이름을 보는 순간 동우도 깜짝 놀랐다. 분명히 '고영준'이라 쓰여있었다.

'동우 오빠라니?'

동우는 계집아이를 자세히 바라보았다.

'계집아이가 어떻게 동우 이름을 알았을까……?'

동우는 징병 심사관 앞에서 조국에 충성 맹세할 거라 혈서를 썼던 기억이 났다. 궁지에 몰리면 거짓말도 쉽게 할 수 있다는 것을 그때야 비로소 알았다.

노인이 놀랐던지 벌떡 일어났다.

"동희야……!"

동우는 계집아이를 바라보았다.

'동희라니……?'

키는 컸지만, 어딘지 익숙한 얼굴이었다. 동우는 상평마을에서 잃어버린 동희일지 모른다는 생각이 퍼뜩 들었다.

'설마……, 동희가 제물포에 있으려고……?'

동우는 말문이 막혔다. 훌쩍 자란 모습이 2년 전과 달랐지만, 얼굴 형태며 동그란 눈매며 오뚝한 콧날까지 분명 동희였다. 노인을 바라보았다. 정확한 기억은 없었지만, 분명히 한라산으로 들어간 할아버지 부일환이었다.

'이 무슨……!'

동우는 혼란스러웠다. 아무 생각이 떠오르지 않았다. 그렇다고 짧은 영어로 이 긴 사연을 케리 하사에게 설명할 방법도, 한라산 남로당 무장대를 미 해병이 풀어줄 리 없었다.

"어, 할아버지……!"

동우도 모르게 뱉어내고 말았다.

"오빠, 나 동희야."

동우는 이러지도 저러지도 못한 채 엉거주춤 동희와 할아버지를 번갈아 보았다. 당장 어떻게 방법이 없었다. 잘못 말했다가는 첩자로 몰려 군사재판에 회부 될 터, 모른 척 고개를 돌렸다.

양기수 수경이 동우를 바라보았다.

"양기수 수경, 저 노인은 왼쪽으로 보내!"

동우가 단호하게 말했다.

동희가 동우 바짓자락에 매달렸다.

"동우 오빠. 왜 이제 데리러 왔어?"

동희가 울음을 터뜨렸다.

동우는 모른 척 발을 빼냈다. 어떻게 여기까지 왔는데 면서기 김경태와 이장 고순봉을 죽이기 전에는 죽을 수 없었다.

"너, 누구야?"

동우는 동희를 모른 척 매몰차게 내쳤다.

부일환은 애써 동우 눈길을 피했다. 이런 얄궂은 일이 일어나다니 정말 어처구니없었다. 잘못 나섰다가 맏손주 동우가 위험할 것 같았다. 가슴이 아렸다. 가족을 위해 제주를 탈출했지만 여기까지인 것 같았다.

"동우 오빠, 나 동희야. 동희라고!"

동희가 고개를 쳐들고 재차 동우에게 매달렸다. 철모 속에 감춰진 동우 오빠 얼굴은 보고 싶었다.

동우는 매몰차게 돌아섰다.

"나는 네 오빠가 아니야……!"

동희는 울음을 터뜨렸다. 오빠가 아니라니 아무리 보아도 동우 오빠가 분명했다. 거짓말이었다.

"동희야, 네 오라비가 아니다. 아무래도 네가 잘못 본 모양이구나."

　부일환은 동희를 끌어안으며 고개를 돌렸다. 잘 자랐다. 해병이 되다니, 무사히 살아서 섬으로 돌아갔으면 하는 바람뿐이었다. 눈 덮인 만주 벌판을 뒤덮은 하얀 눈이 눈에 보이는 듯했다.

7

 내일이면 미 해병 1, 2소대와 한국 해병 3, 4소대는 부평 전선으로 이동한다. 그러면 도원초등학교 운동장 포로들을 사살할지 몰랐다. 동우는 대정초등학교에서 시체를 트럭에 싣던 2연대 군인들이 생각났다. 모슬봉 2연대 토벌대장 마디에 생과 사가 갈렸다. 동우는 이 어처구니없는 현실 앞에 서 있었다.
 "동희를, 할아버지를 제물포에서 만나다니……."
 동우는 꿈에서도 상상하지 않았다. 언젠가 돌담에 새겨둔 글씨를 보면 동희가 집으로 돌아올 거로 생각했다. 바닷길로 수백 해리 떨어진 제물포에서, 그것도 생과 사의 갈림길에서 동희와 할아버지를 만나다니……, 하나님이 원망스러웠다.
 "하나님, 무엇이 옳은지 그른지 도무지 알 수 없습니다. 하나님은 왜 저에게 이렇게 가혹한 시련을 주십니까?"

하모리 바닷가가 생각났다.

오랜만에 깊은 잠에서 깨어나 병실 창문을 열었다. 정어리떼라도 몰려왔는지 가파도에 갈매기떼가 어지럽게 날아올랐다. 하모리 바닷가에도 정어리떼가 모래사장으로 뛰어올랐다. 광주리만 가져가면 한 소쿠리는 단번에 주워 담을 수 있었다. 치맛자락에 정어리를 안고 동동거리던 어머니가 생각났다.

"동우, 일어났니?"

병실 문이 열렸다. 이장 고순봉이었다. 그때야 동우는 수술받았던 가슴을 만져 보았다. 숨 쉴 때마다 가슴이 뜨끔거렸다.

"예, ······."

"좀 괜찮니?"

"예, 아저씨."

"오늘까지 입대 지원서를 접수해야 하는데······."

"······."

해병대 지원일 것이다. 어차피 입대하려고 마음먹었다. 더는 머뭇거릴 필요가 없었다.

"접수는 내가 할 테니 너는 서류 빈 곳만 채워 넣으면 돼."

이장 고순봉은 서류 봉투를 주머니에서 꺼냈다.

"동우야 네 민적 나이는 열여섯 살로 적으면 돼."

동우는 이장 고순봉을 물끄러미 바라보았다. 아버지가 호적을 늦게 올리는 바람에 열네 살이 된 것을 제주농업중학교 입학 원서를 쓸 때 그는 처음 알았다. 몇 살이면 어때 동우는 개의치 않았다.

이장이 민적 나이를 고쳐 쓰라는 것 같았다.

"왜요?"

"그렇게 쓰기만 하면 돼……."

적어도 양심은 있었던지 이장 얼굴에 비굴한 웃음이 일렁거렸다. 동우는 더는 말할 필요가 없었다. 해병대 입대하지 않으면 토벌대에서 가만 내버려 두지 않을 것이다.

"괜찮을까요?"

"아, 나이……, 걱정 안 해도 돼, 내가 면사무소에 가서 이미 다 조치해 뒀어. 적기만 하면 돼."

동우는 서류를 주섬주섬 넘겼다.

"제가 접수하러 갈까요?"

"아냐, 내가 접수해 놓고 올게. 너는 신체검사만 받을 때 '충성맹세'만 하면 된다더라. 아, 참, 그리고 총 맞은 상처가 아프냐고 물으면 훈련하는데 지장 없다고 대답하면 돼. 내가 다 말해 뒀어, 알았니?"

동우가 고개를 끄떡였다.

"동우, 좀 어때?"

모슬포 의원 양성준 원장이 들어왔다.

"예, 원장님, 괜찮습니다."

"퇴원해도 되겠지요?"

이장 고순봉이 끼어들었다.

"아직은 힘들 텐데, 뭘 그렇게 다그치나? 이 사람아."

"그만큼 치료했으면, 퇴원해야지……. 젊은 애들이 오래 입원해서 뭐 하게 돈도 없을 텐데……."

양성준 원장 대답이 못마땅했던지 고순봉이 역정을 냈다.

"이 사람아, 돈이야 어떻게 되든 동우 상처라도 나아야 퇴원할 게 아닌가!"

모슬포 의원 양성준은 퇴원을 서두르는 고순봉을 이죽거렸다. 동우가 끼어들었다.

"괜찮습니다. 원장님, 퇴원하면 될 것 같아요."

이장 고순봉이 병원비를 걱정하는 게 미안했다. 사실, 동우는 돈이 없었다. 치료비 낼 처지도 아니었고, 더군다나 치료비 나올 구멍조차 없다는 것을 누구보다 잘 알았다.

"동우야, 점심나절에 그만 퇴원하자. 그래도 되겠지?"

이장 고순봉은 모슬포 의원 양성준 원장을 힐끗거리며 동우가 퇴원할 것을 종용했다.

"예, 그렇게 할게요."

동우가 어떤 말을 해도 의미가 없었다. 이미 모든 곳에 연락해 두었을 것이다. 면사무소며, 해병대 신체검사 담당 군무원이며, 하물며 경찰서장까지도 모두 구워삶았을 것이다. 여기서 꾸물거리다가 되레 곤란해질지도 몰랐다. 구질구질하지 말고 깨끗하게 해병대에 입대하자. 재수 좋으면 예수님이 살려줄지도 모르는 일 아닌가.

가족조차 버리고 혼자 살겠다고 정신없이 곶자왈로 달아나던 아버지의 뒷모습이 설핏했다. 그래, 살아서 돌아오자. 하나님은 분명히 나를 기억하고 있을 거야. 아버지처럼 맥없이 죽지 않을 자신이 있었다. 봉홧불만 보고도 손바닥에 땀이 질척거리던 아버지의 손……. 그 손이 그리웠다.

해병대 3대대가 부평으로 출발했다. 발걸음이 떨어지지 않았다. 도원초등학교에서 총소리가 요란하게 들렸다. 동우는 발걸음을 멈췄다. 양기수 수경이 그의 손을 잡았다.

"고영준 수경, 괜찮아?"

동우는 대답하지 않았다.

"힘내……!"

양기수 수경이 동우를 잡아당겼다. 동우는 꼼짝할 수 없었다.

"야, 고 수경 걸어!"

양기수 수경이 뒤를 돌아보았다. 포로들을 사살하는지 도원초등학교에서 연거푸 총소리가 들렸다. 인민군이 사방에서 노리는데, 포로들을 두고 가기는 미 해병도 부담이었을 것이다. 굳이 포로송환법을 들먹이지 않더라도 포로를 죽이는 게 작전에 유리할 것이다. 동우는 물끄러미 도원초등학교를 바라보았다. 희뿌연 연기가 피어올랐다.

한강은 넓었다. 강 건너 북한산이 우뚝했다. 저곳이 서울이라니……. 성곽에 우뚝 솟은 숭례문이 보이는 듯했다. 동우는 화산석 돌담을 생각했다. 용암길을 따라 평원을 굽이쳐 해안 절벽에 다다라 대양의 거센 바람과 수천 년을 더불어 살았다. 제주 사람들의 과거와 현재와 미래였고, 그리고 삶이었다. 그 돌담이 대양의 미친 바람에 어이없이 무너지고 있었다. 동우는 도원초등학교에서 들렸던 총소리가 머릿속을 떠나지 않았다. 가슴이 먹먹했다.

"제군들은 보아라. 저 앞이 한강이다. 잘 보아 두어라. 우리 부대는 오늘 밤 자정을 기해 한강을 도하 해 행주산 95고지를 탈환할 것이다. 그리고 곧장 서울로 진격할 것이다. 알아들었나!"

"예."

해병들의 복창 소리는 우렁찼다. '오퍼레이션 크로마이트 작전' 성공으로 상륙군 해병의 사기는 하늘을 찔렀다.

하지만, 동우는 죽을 곳을 찾고 있었다. 누군가 죽어야 누군가는 살 수 있었다. 그 누군가는 가족일 수도, 동료일 수도 그리고 이웃일 수도 있었다.

동료들을 돌아보았다. 지금은 살았지만, 내일이면 차가운 시신으로 버려질지 아무도 모른다. 그것이 삶이라면 동우는 굳이 피하고 싶지 않았다. 이름표를 보았다. '고영준' 부동우는 이 세상 어디에도 없었다. 비쩍 마른 손을 들어 올리고 살려달라고 애원하던 인민군이 설핏 떠올랐다. 그도 누군가의 가족이고 자식일 것이다. 동우가 아니더라도 누군가에게 죽었을 것이다. 그 또한 누군가에게 죽을 것이고…….

상륙주정이 한강을 도하渡河하기 시작했다. 건너편 행주산 95고지 인민군 방공포 진지에서 기관포 포탄이 빗발처럼 날아왔다. 인민군 저항은 거셌다. 동우는 인식표를 목에서 떼어내 오른손에 들고 왼손으로 이름표를 뜯어 한강에 던졌다. 동우의 죽음은 아무도 모를 것이다. 흔적조차 찾을 수 없을 것이다. 고영준이든 부동우든, 상관없었다. 애초부터 세상에 존재하지 않았던 사람처럼 사라지면 그뿐이었다.

동우는 상륙주정에서 일어나 M1 소총을 어깨에 걸쳤다. 강 건너 행주산 95고지가 하얗게 눈앞으로 다가왔다. 가슴이 뜨끔했다. 섯알오름 방공포 진지로 굴러떨어지던 사람들이 맞았던 총알이 이랬을까. 동료들의 함성이 들려왔다.

"어머니!"

토벌대의 무분별한 총소리가 어지럽게 들렸다.

"빨갱이 새끼는 모조리 죽여야 해!"

동우 귓가에 토벌대 이치순의 발칙한 고함이 귓전을 스쳤다.

"동희야 미안해,……, 할아버지 죄송해요……."

동희와 할아버지에게 미안했다. 동우는 그릇된 판단이 부끄러웠다. 몸뚱이가 하늘로 떴다. 그리고 자유낙하를 시작했다. 한강을 넘나드는 총소리가 섯알오름 분화구에서 나는 듯했다. 그는 눈을 감았다. 그리고 중력에 몸을 맡겼다.

| 에필로그 |

"양기수 수경?"

소대장이 양기수 수경을 불렀다.

"수경 양기숩니다."

"자네, 제주 출신이지?"

"예, 소대장님."

"고영준 수경 알고 있나?"

"예, 압니다."

"이 편지 읽어 주겠나. 도무지 무슨 말인지 이해할 수가 없어서 말이야……."

소대장이 고개를 갸우뚱거렸다.

"알겠습니다."

양기수는 소대장이 내민 편지를 받았다. 발신인이 모슬포 교회 정기준 목사였다. 의외의 군사우편이었다. '오퍼레이션 크로마이트' 상륙작전은 극비여서 군 장성들 외에는 아무도 모르게 진행됐다. 그런데, 군사우편이라니……. 게다가 정기준 목사는 이장 고순봉과 모의해 고영준 대신 동우를 해병대에 입대시킨 장본인들이었다.

봉투는 뜯겨있었다. 양기수는 편지를 꺼냈다. 제주 사투리가 섞인 편지였다.

'무슨 내용일까?'

양기수는 가슴이 두근거렸다.

"편지 읽겠습니다."

소대장은 말없이 한강을 바라보며 맨 앞 상륙주정에서 돌격하다 전사한 수경 고영준을 생각했다. 쉽지 않은 도하작전이었다. 어쩌면 그의 장렬한 죽음이 병사들의 사기를 북돋아 행주산 95고지를 탈환하는 실마리였다고 믿었다.

"읽어 봐."

고영준(부동우) 읽어 보아라.

양기수 수경은 괄호 안에 쓰인 동우 이름을 보자 가슴이 아렸다. 여동생과 할아버지를 매몰차게 외면하던 수경 고영준, 아니 부동우, 그의 일그러진 얼굴이 설핏 스쳤다.

"양기수 수경, 잠깐만, 고영준은 4기 해병 고 수경이겠지만, 괄호 안의 부동우는 뭐야?"

소대장이 양기수 수경을 바라보며 고개를 갸웃거렸다.

"그게……. 그러니까……."

양기수는 어떻게 대답할지 몰라 어물쩍거렸다.

"알았네, 계속 읽게."

"예, 소대장님."

양기수 수경은 편지를 읽기 시작했다.

입대한 지 두 달이 넘었구나. 군 생활은 잘 적응하는지 궁금하다. 좀 더 치료하고 건강을 회복한 뒤에 입대해야 하는데, 아픈 몸으로 보내서 미안하구나. 그리고 아버지와 어머니 소식은 알 수 없지만, 수소문 중이니 너무 염려 말아라.

그런데 더 미안한 일이 있는데, 망설이다 편지에 적는다. 네 동생 동혁이 말이다. 네가 군에 가기 전에 동혁을 데리고 면회하려고 했지만, 이미 산지항으로 출발한 뒤라 면회할 수 없었다. 형제가 생이별해 마음이 아프구나. 아무튼, 몸 성히 잘 견디고 버텨 건강한 몸으로 섬 제주로 꼭 돌아오기를 바란다.

추신) 이장 딸 고영신도 해병대에 입대했는데, 네 소식을 모른다고 연락 기다린다고 하더라. 시간 되면 편지라도 보내거라.

양기수는 입을 다물었다. 고영준과 부동우 이름을 함께 쓴 정기준 목사 마음을 이해할 것 같았다. 하지만 구질구질한 변명을 늘어놓은 것 같아 토악질이 났다.

"이 편지는 말이야 진해 해병대 여군이 동료들 사기를 고취할 수 있도록 안부를 묻는 군사우편이야. 제군들은 참고하도록."

"알겠습니다. 소대장님."

양기수 수경은 소대장에 경례했다.

"이 봉투 보이지?"

소대장은 또 다른 봉투를 흔들어 보였다.

"알겠습니다. 소대장님!"

양기수는 그때야 강기준 목사가 고영신을 통해 보낸 편지임을 알아차렸다.

정기준 목사는 편지를 쓰다가 여러 번 구겼다. 일가족이 몰살했다. 허망하게 사라진 집안이 얼마나 많을까, 어처구니없는 일이었다. 동우라도 꼭 살아서 섬으로 돌아와 이 참혹한 현실을 알려주기를 하나님에게 기도했다.

"하나님 아버지, 동우를 지켜주십시오."

정기준은 목사라는 게 부끄러웠다. 하지만, 할 수 있는 것은 아무것도 없었다. 동혁이 해병대에 입대하려고 대정초등학교에 들렀다가 토벌대가 빨갱이 자식이라며 총살했다고 차마 편지에 쓸 수 없었다.

에필로그 335

| 작가의 말 |

 이 소설을 쓰는 내내 오래된 상처를 더듬는 마음으로 살았다. 잊히길 바라면서도, 결코 잊을 수 없는 그 시절, 제주 4·3과 한국 전쟁이라는 거대한 격랑 속에서 스러져간 수없이 많은 이름 없는 사람들. 그들의 삶과 죽음을 어떻게든 기록하고, 전하고 싶었다.
 장편소설 『신神의 몰락』은 한라산과 곶자왈을 배경으로, 해방 이후부터 6·25 전쟁기까지 격동의 세월을 살아간 한 가족의 이야기다. 그러나 이 소설은 부일환과 부종수, 동우와 그 일가족의 비극만을 말하려는 것이 아니다. 그들은 곧 수없이 많은 또 다른 '우리'였다. 이웃을 잃고, 가족을 잃고, 믿음을 잃고, 급기야 자신조차 잃어버린 이들은 혼란의 시대를 살아냈다. 그리고 그들 중 일부는 끝내 살아남았고, 또 일부는 흔적도 없이 사라졌다.
 국가의 이름으로 정당화된 폭력 앞에서 누가 선하고 누가 악한지를 단정 짓기는 위험하다. 필자는 이 소설을 통해 이념이라는 이름으로 서로를 향해 총구를 겨눠야 했던 그 슬픈 선택을, 그 속에서 끝내 인간다움을 지키고자 애쓴 사람들을 간절히 그리고 싶었다. 그것이 살아남은 자로서, 그리고 글을 쓰는 사람으로서 해야 할 몫이라 믿었다.

이 소설을 다 쓴 지금, 나는 묻는다. 과연 '신神의 몰락'은 타락한 시대를 향한 원망이었을까, 아니면 끝끝내 인간으로 살고자 했던 구원 받지 못한 사람들이 신神에 대한 모독이었을까.

나는 이 이야기가 독자들의 마음 어딘가에 오래도록 머물기를 바란다. 그래서 우리가 다시는 이런 비극을 되풀이하지 않기를 간절히 소망한다.

2025년 가을 초입에서

참고자료

1, 『만뱅듸의 눈물』, 제주 4·3 구술자료 총서07, 제주4·3연구소 엮음, 한울아카데미
2, 『가리방으로 기억하는 열두 살 소년의 기억』, 제주4·3연구소 역음, 한울아카데미
3, 『자기가 겪은 만큼 아는 게 4·3이라』, 제주4·3평화재단 04
4, 『인천상륙작전 비사』, 주치호 지음, 오렌지연필
5, 『그 섬이 들려준 평화 이야기』, 강변구 지음, 서해문집
6, 『월미도 이야기』, 김윤식 조우성 공저, 발행 재단법인 가천문화재단